［英］玛丽·雪莱 / 著

弗兰肯斯坦

［西班牙］艾列娜·奥德利奥佐拉 / 绘

刘玉玺 / 译

山东教育出版社

图书在版编目（CIP）数据

弗兰肯斯坦／（英）玛丽·雪莱著；（西）艾列娜·奥德利奥佐拉绘；刘玉玺译. ——济南：
山东教育出版社，2018
〔布拉迪斯拉发国际插画双年展（BIB）获奖书系／刘海栖主编〕
ISBN 978-7-5701-0197-9

Ⅰ.①弗… Ⅱ.①玛… ②艾… ③刘… Ⅲ.①科学幻想小说–英国–近代 Ⅳ.①I561.44

中国版本图书馆CIP数据核字(2018)第077748号

山东省著作权合同登记号：图字 15-2017-115

总策划：刘东杰
主　编：刘海栖
顾　问：苏珊娜·加洛索娃／布拉迪斯拉发国际插画双年展国际委员会主席
　　　　　方卫平／著名儿童文学理论家、浙江师范大学教授

Frankenstein © illustrations by Elena Odriozola.(photography:Perdinande Sancho)

中文简体字版由山东教育出版社有限公司在中国大陆地区独家出版发行
版权代理公司：北京百路桥咨询服务有限公司

弗兰肯斯坦 FULANKENSITAN

〔英〕玛丽·雪莱／著　〔西班牙〕艾列娜·奥德利奥佐拉／绘　刘玉玺／译
出　版　人：刘东杰
责任编辑：王慧　侯文斐
美术编辑：蔡璇　装帧设计：于洁
主管单位：山东出版传媒股份有限公司
出版发行：山东教育出版社（济南市纬一路321号　邮编：250001）
电　　话：（0531）82092664
网　　址：www.sjs.com.cn
印　　刷：山东临沂新华印刷物流集团有限责任公司
版　　次：2018年11月第1版
印　　次：2018年11月第1次印刷
规　　格：787mm×1092mm 16开　印　张：18.75
定　　价：98.00元

（如印装质量有问题，请与印刷厂联系调换）印厂电话：0539-2925659

造物主啊，难道我曾要求您用泥土把我造成人吗？

　　难道我曾哀求您从黑暗中救出我？

——《失乐园》

目　录

作者的介绍

出版社的编辑在选中《弗兰肯斯坦》作为合集的一部分时，请我提供一些有关这篇故事的灵感来源。我欣然同意了这个请求，因为这样我也能给那些频繁向我提出的问题做出统一的答复。他们总是问我："你作为一位年轻女性是如何想到并且展开这样一个如此惊人的想法呢？"确实，我非常反对以书面形式介绍自己，但由于这一篇将会作为序言出现，且仅需介绍我作为作家的素质，故谨以此文做自我介绍。

我的双亲都是文学界的杰出人士，因此我自然而然地在很小的时候就萌生了写作的想法。小时候我就爱乱写些东西，尤其喜欢"编故事"。然而还有我更喜欢做的事情，那就是幻想、做白日梦，并跟随那些想法形成一连串的想象。我的梦就一下子比我的写作更有趣更精彩了。在写作时，我更像是一个严格的模仿者，做着别人已经做过的事情，而不是记录我自己脑中产生的想法。我的作品会给其他人看，比如我儿时的朋友和玩伴，但我的梦只属于我自己，我没有把它们告诉任何人：它们是我心情糟糕时的一片净土，是我在感到自由时最大的满足。

小时候我住在乡村，在苏格兰生活了很长时间。我经常会去那些风景如画的地方走走，我家住在泰河岸边，离邓迪很近。现在我认为那河岸既空旷又阴郁，然而那时却不是这样。那时那里是自由的港湾，是最令人愉快的地方，在那里我可以自由自在地和我想象出来的一切对话。在那时我经常写作，但用的是最普通的风格。我那些真正的创作、那些天马行空的想象，诞生于我家花园的大树下，或者是附近山脉的山脚下。我并没有在故事里将自己封为英雄，对于我来说生活太过于平淡无奇了。我永远无法想象那些浪漫的不幸或者奇妙的事情会发生在我身上，但我也从没对自己感到过沮丧。在那个年纪，我可以把更多的时间用在比我个人情感有趣千万倍的创作上。

之后，我的生活变得忙碌起来，现实开始逐渐取代想象。然而，我丈夫从一开始就急于想让我证明自己配得上我的家世，也值得在荣誉史册上留下名字——那是从前的我最想得到的，尽管后来我对这些都不在乎了。那时候，我丈夫想让我继续写作，不仅是希望我能创作出吸引大家的东西，更能由此判断我在创作道路上能够走多远，然而我还是什么都没做。旅行和对家庭的照顾占据了我所有的时间，那些曾经占据我所有精力的文学创作也只能浓缩成研究学习，或是以阅读的形式，或是通过与我丈夫这样更有文化修养的头脑交流，来完善我自己的思想。

1816年夏天，我们去了瑞士，并且和拜伦勋爵做了邻居。我们在湖边散步来度过愉快的时光。那时拜伦勋爵正在写《恰尔德·哈罗德》的第三章，这是他所有思想中唯一落实在纸面上的。这些作品和他陆续要展现给我们的一样，都包裹着诗歌般的和谐和辉煌，创造出了天地间神一般的荣耀，一直深深影响着我们。

但是这个夏天又潮湿又炎热，接连不断的雨把我们困在家里好多天。我们读了许多由德语翻译成法语的幽灵故事。这其中就包含《多变的情人》：主人公想要拥抱新娘，却发现自己置身于被弃女人苍白的幽灵的怀抱里。还有一则有关家族邪恶祖先的故事。当他的子女们青春年少时，他将给予他们一个致命的吻——这是对他的惩罚。他的形象阴暗，穿着就像哈姆雷特的幽灵，伴随着极度的痛苦。当他半夜沿着街道缓慢前行时，遮阳板升起，他便被暴露在月光下。他的轮廓在城墙的阴影下消失不见，没过多久，响起了铁栅栏的吱嘎声和脚步声，房门被打开。他走到年轻人的床榻边，他们面色红润，正陷入梦中。当他俯身亲吻孩子们的额头时，痛苦的表情在他的脸上堆积，孩子们立刻像被折断的花一样枯萎下去。从那时起我再也没有看过这样的故事，但是这些故事不时浮现在我的脑海里，就像昨天刚刚读过一样。

"我们每个人都来写一个有关幽灵鬼魂的故事吧。"拜伦勋爵说道。我们都接受了这个建议。我们总共有四个人。那位伟大的作家最先开始了创作，其中的片断出现在他的诗歌《马泽帕》的结尾。比起创作故事情节，雪莱更倾向于在光芒四射的想象中，在能修饰言语的悦耳的诗歌韵律中，表达他的想法和情感。于是他开始以他人生第一阶段的经历为基础来创作故事。波利多里则提出了一个可怕的想法：一位贵妇因为通过锁眼偷窥而被惩罚，她的头变成了骷髅。我已经忘了她窥到了什么，当然，一定是既可怕又恶毒的事情。但是，一旦情况开始恶化，甚至比考文垂的著名的汤姆的境况更糟糕时，他就不知该拿她如何是好了，只得把她送到了凯普莱特的坟墓，这是唯一合适的地方。这些杰出的诗人被文章的平庸轻浮弄得不舒服了，于是立刻放弃了这项令人反感的任务。

我也开始投身于编一个故事的创作中。我想写一个故事，能与那些激励我们创作的故事相提并论。一个讲述了我们与生俱来的恐惧和令人震撼的恐怖的故事，一个能够让读者恐惧到左顾右盼的故事，一个能让人血液凝固、心跳加速的故事。如果我不能做到这些，我写的故事就不配其名。我思考了许久，但最终一无所获。我们急切的乞求只得到了"没有"这样凄惨的答复。这一刻我感受到了对于一个作家来说，最大的灾难就是在创作上的无能为力。

"你想出故事了吗？"他们每天早上都这样问我，而我只能被迫以令人难过的否定来回答。

万事皆有开头，用桑丘的话来说，这个开头一定会与之前的事情有联系。印度人十分肯定地认为世界是由大象撑起来的，但是，使大象撑起世界的却是乌龟。创作一定要虚心接受这一点，不能是凭空而造，也不该由混乱而生。首先要有材料，这可以给无形的事物定型，但不能赋予物质本身意义和价值。在所有发现和创作的问题中，尽管有些问题属于想象范畴，但还是不断让我们想起哥伦布和他的鸡蛋的故事。创作在于领会所有主题的可能性，并且能够让由此而生的想法成型。

拜伦勋爵和雪莱之间的对话十分丰富，大多数时候我都是他们对话的热心听众，虽然我几乎不说话。他们曾讨论过许多哲学理论，一些重要原则的本质以及发现这些原则并付诸惰性物质的可能性。他们谈到了达尔文博士的实验（我说的不是博士真正做过的那些实验，而是那时在人们口中的他已经做过的实验），他在玻璃盒子里放了面条，通过一些非凡的方式面条自动了起来，就像被注入了生命一样。也许尸体也可以重新动起来，因为流电已经证明了类似的事情；也许还可以创造出生物的组成部分，将其组合并赋予它们生命能量。

在交谈中，夜晚慢慢过去了，甚至在我们结束谈话起身回去休息时，连巫婆活动的时间都已过去。当枕在枕头上时我却睡不着，尽管我也不知道自己在想些什么。我的幻想不由自主地占据并引导着我，我脑海中产生的画面被赋予鲜活的生命。我看到——我虽然闭着眼，但思维仍然敏捷地转动——那个面色苍白的学生跪在一个生生旁边。我看到了一个仰卧着的男人的可怕的幽灵；之后，我看到了他所展现出来的生命的迹象，伴随着笨拙又微弱的生命气息移动。这一定是可怕的，因为人类在尽力模仿着造物主的奇妙机制，这结果终将是可怕的。成功终会降临在艺术家身上，也会让他逃离这令人厌恶的作品。他相信，生物被抛弃后，那注入其内的微弱的生命火苗也将熄灭；他相信这个生物受到这样不完整的激活，最终还是会变成毫无生息的物质。在确信挑战了生命起源的曾短暂存在的可怕尸体，会永远消失在寂静的坟墓中后，艺术家终于可以进入梦乡。那学生睡着了，但他又醒了，他睁开双眼看到了在他床边的那个可怕的生物。他打开窗帘，深深凝望着那双沉思的充满雾气的黄色双瞳。

我在惊恐中睁开眼睛。那些可怕的画面完全占据了我的思绪，让我不禁打了一个寒战。我想让周围的现实事物驱散脑中那些幻想出的恐惧。幸好我还能看见周遭的一切，房间、阴暗的公园、透过百叶窗的白色月光，还有那清澈的湖面和高耸的阿尔卑斯雪山。我还是不能将可怕的鬼怪从我脑海中挥散，它一直停留在我的脑子里。我该试图去想一想别的事情。我又回顾了一遍我那有关幽灵鬼怪的故事……那真是一个让人讨厌的故事！噢！但至少我能创作出让我的读者感到害怕的故事，就像那晚吓到自己一样！

我灵光一现。"终于找到了！那个让我感到害怕同样地会让其他人感到害怕的故事。我只需要把那一晚光顾我床边的幽灵找到就够了。"第二天早上我就宣布"我想出了这样一个故事"。那天起我就开始写作，以《一个阴森的十一月的晚上》命名，把那天晚上让我惊醒的噩梦一字不差地用文字表达出来。

起初我只想写短短几页的短篇小说，但雪莱极力想让我将这个想法发散。诚然，我不再亏欠我丈夫任何想法，也不再欠他任何情感，然而，如果不是他的鼓励，我永远不可能等到这个想法的诞生。除了前言，都是据我回忆是由他书写的。

现在，我想再次让这可怕的创作问世并得到发展。我非常喜欢我的创作，因为这是那些快乐的日子所结的果，在那些日子里，死亡和痛苦不过是在我心里激不起任何涟漪的词语。有几页里讲述了在不孤单的日子里我与同伴一起散步、旅行、交谈的事情，而那些朋友从此后我将再也见不到了。不过这些都是我自己的事情，与我的读者们无关。

我只想简单说一下我所做的一些改动，主要是风格上的变动。我并没有更改故事的任何一部分，也没有引入新的想法和情景。我改正了一些让故事变得枯燥无味的语言风格，这些改动只出现在了第一部分的开头。其余的部分仅限于故事的添加，其本质和内容都完整无缺。

玛丽·沃斯通克拉夫特·雪莱

1831年10月15日于伦敦

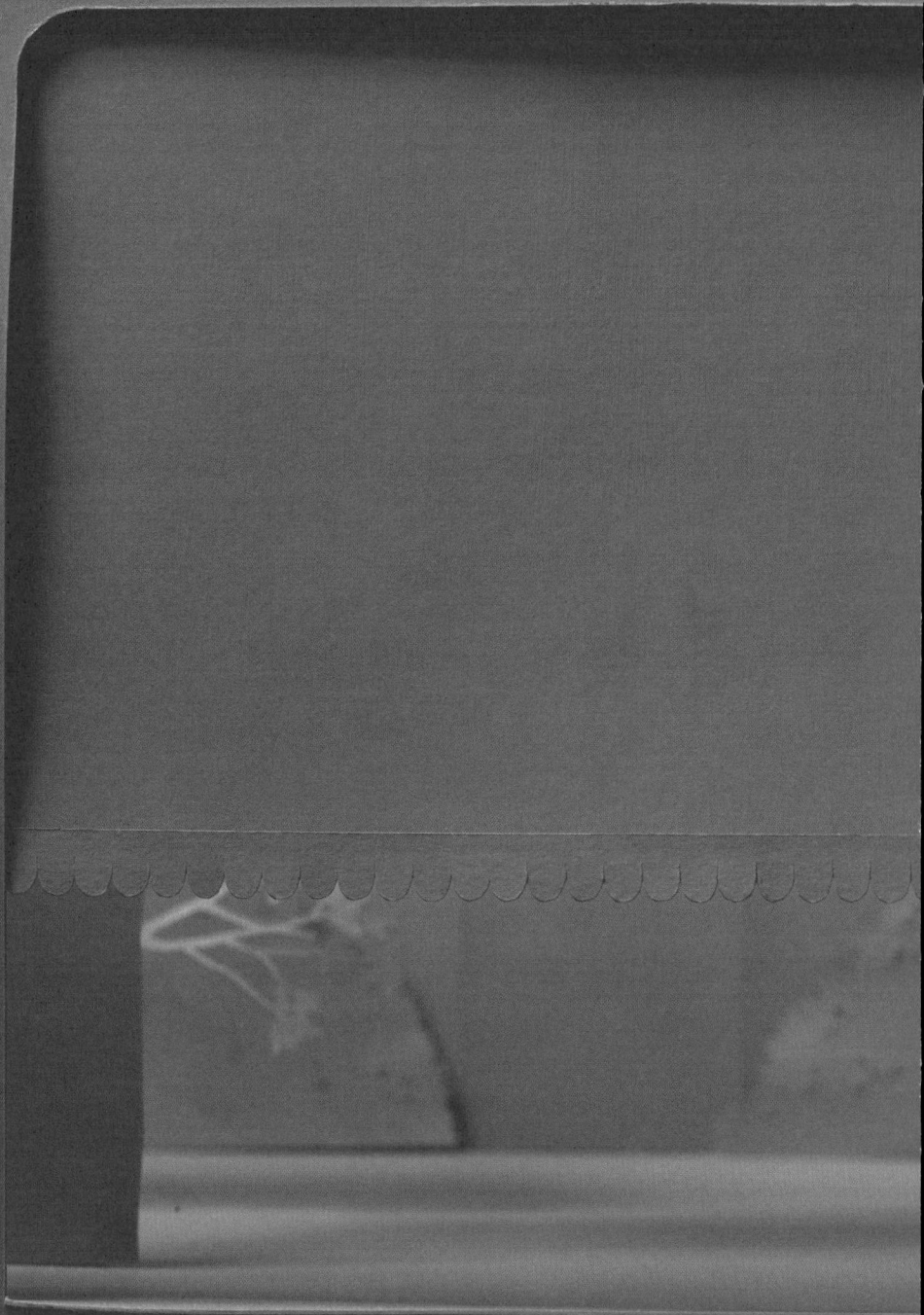

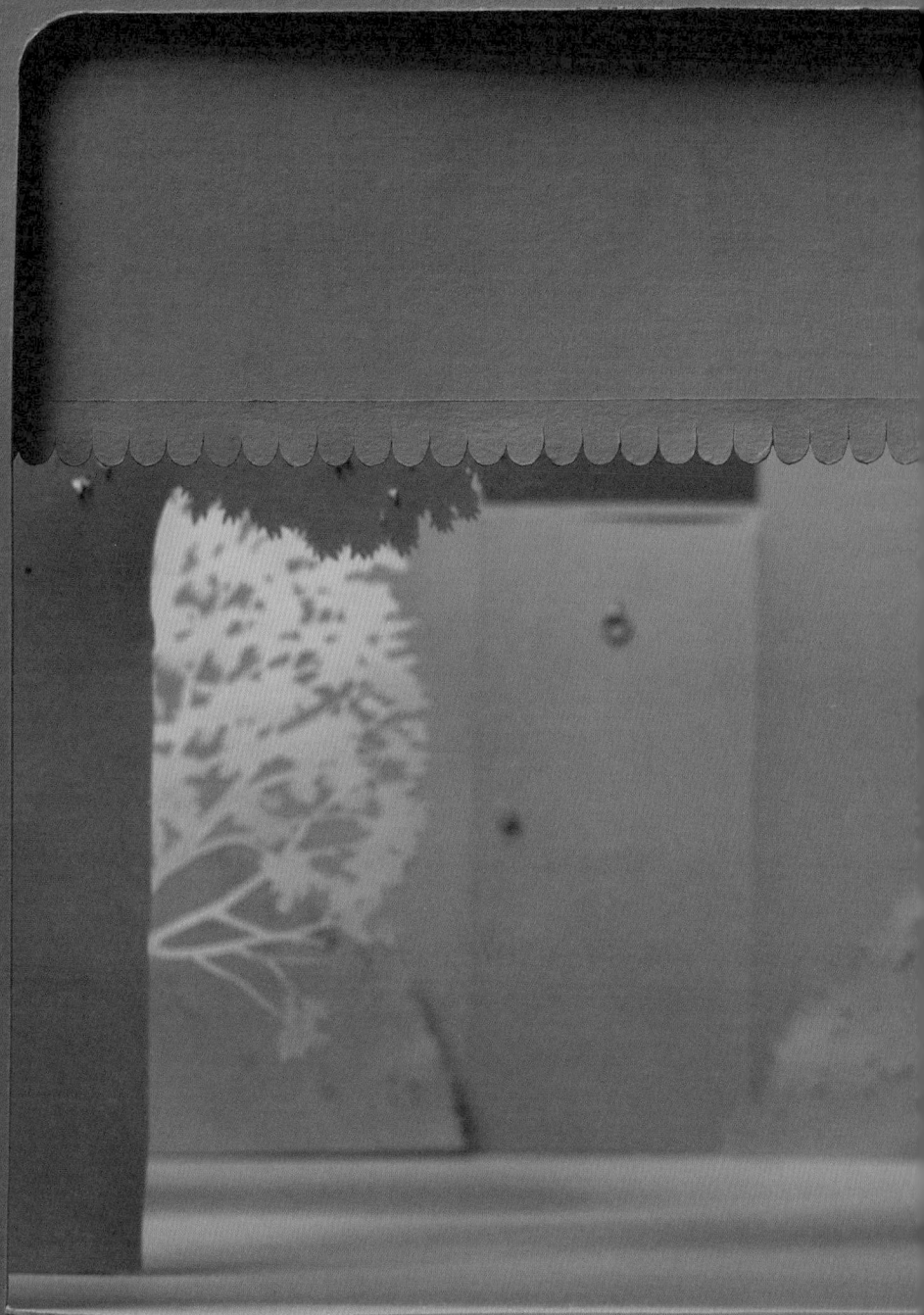

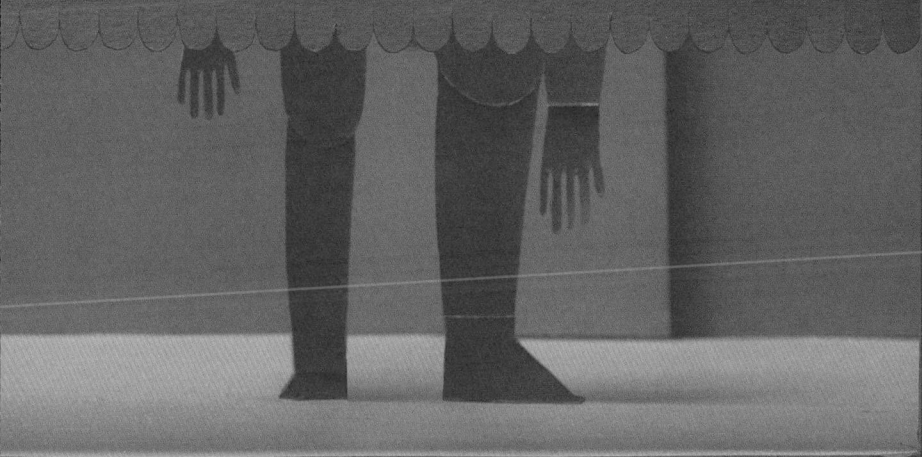

原　序[①]

在达尔文博士和德国一些生理学作者看来，本书所述事件的发生并非毫无可能。与其说我远没有按照类似奇幻小说的模式进行创作，倒不如说我在创作科幻小说的同时，未曾想将自己局限于编织一系列超自然的恐怖故事中。读者的兴趣源自故事本身：这会避免单纯讲述鬼怪或魔法故事的缺点；也保证了由小说令人耳目一新的情节发展。它虽然不可能等同于物理事件，却为想象提供了一个视角：以更加广泛、鲜活的方式勾勒人类的感情，从而使真实事件中的任何关系都成为可能。

因此，在创作中，我虽然毫不犹豫地将人性中的诸多基本原则进行了创新性的结合，但仍然尽力保留了这些基本原则的真实性。古希腊悲剧史诗《伊利亚特》、莎士比亚所著的《暴风雨》《仲夏夜之梦》以及弥尔顿所著的《失乐园》，这些著作尤其是最后这部，都遵循了这一创作原则。只要他娱人娱己，即使再平凡不过的小说家，毫无疑问也会在其创作中运用这一"通行证"，或者说这一准则。该准则还应用于许多诗歌佳作中，多种巧妙的情感组合就此应运而生。

---

①该序由诗人雪莱代笔。——译者注

我的小说是基于一次偶然的对话。创作伊始，我曾想让小说作为消遣方式，另一方面也希望借助小说来动员大脑中所有未开发的部分。随着创作的进行，我体会到了其他的创作动机。注意到我作品所包含的情感和人物（无论为何人，为何物以及其中存在的道德倾向对读者的影响），然而我更大的兴趣还是集中在两个方面，一方面避免当今小说对读者的意志造成消沉影响，另一方面即展示家庭情感中的善良，表达世间善行的美好。读者决不可认为观点自然来源于性格，不可觉得主人公的境遇总是和我本人的信仰相应，亦不可得出"接下来的故事内容是以某个哲学学说为前提"的结论。

　　对作者而言，另一件需要重申的趣事，就是这个故事开始构思于一片有着雄伟风景的地区，而这也是整篇小说的主要场景。当时还有几位令人难以忘怀的朋友。1816年，我在日内瓦的近郊度过了那里阴冷多雨的夏天。我们经常在日暮时分围在火堆旁，有时手中偶得德国鬼怪故事，便可以此消遣。这些故事唤醒了我们对模仿的渴望。我和两位朋友（两位笔下的任何一篇故事都要比我的最佳创作远为大众所接受）约定每人写一篇以超自然事件为背景的鬼怪故事。

　　不料，天气突然转好。我的两位朋友与我分手，前往阿尔卑斯山旅行。在阿尔卑斯山的雄伟景观之中，他们完全忘记了曾经对鬼怪的幻想。本书就是其中唯一得以完成的故事。

1817年9月于马洛

致英格兰萨维尔夫人的第一封信

虽然你对此曾有不祥预感，但我的探险事业还是顺利开启了，你一定会感到非常高兴吧。我昨天刚到这里，首要任务便是向亲爱的姐姐报平安，并且让你相信，我对事业成功愈发有信心。

如今我身在伦敦以北很远的地方，走在彼得堡的街头，朔风拂面，寒气袭人，让我精神抖擞，满心雀跃。你理解这种感觉吗？微风从我的目的地吹来，让我提前感受到了那里的冰冷气候。这充满希望的风让我的幻想变得更加强烈、生动。我试着让自己相信北极是冰天雪地、一片荒芜，但却并未奏效，在我的想象中，那是一个风景优美、赏心悦目的地方。玛格丽特，那里的太阳永远挂在天上，像个硕大的圆盘般绕地平线运行，散发出永恒的光芒。姐姐，请允许我给予之前的航海家些许信任——依他们所见，那里冰霜已消融；航行过一片平静的海面，我们也许会漂到一块陆地上，其奇观美景远超地球上迄今发现的所有地方。那里物产富饶、特色鲜明，正如渺无人迹、尚未发现的地方无疑存在天体的奇景。在一个散发着永恒之光的国度，有什么是不可能的呢？在那儿也许我会发现吸引指针的神奇力量，还可以通过这一次旅行，梳理诸多天文观测资料，从纷繁的异象中找出恒定的规律。我将欣赏到世人未见过的世界一隅，满足我强烈的好奇心，我也许还会踏上人类足迹未达之地。这种诱惑足以使我克服对危险或死亡的所有恐惧，开启此次航行。我辛苦却快乐着，犹如孩子在假期跟小伙伴一起登上小船，探索家乡的河流。即便上面说到的所有这些猜想都是错误的，你也不能质疑我将为人类世世代代做出的巨大贡献。我会在北极及诸国之间找到新的航道，缩短目前数月的航期；我还可能探知磁性的神秘力量。这事若说可能，也只有通过像我这样的航行才能实现。

这些想法已经驱散了我提笔写信时内心的不安。坚定的目标最有让人宁心安神的功效——因为目标是灵魂智慧之眼的聚焦点。正因有目标，此刻的我一腔热血，情绪高涨。此次探险之旅是我年轻时最大的梦想。我如饥似渴地阅览了穿过北极周围海洋进入北太平洋的各种航海日志。也许你还记得我们亲爱的托马斯叔叔书房里摆满了有关史上各种航海的书籍资料，每次航行都是一次发现之旅。我受教育不多，但是非常喜欢读书。我不分昼夜地研读这些书籍，读得越多就越发感到遗憾——我小时便得知，父亲临终时嘱托叔叔，不得让我涉足航海。

当我第一次细细品读那些可走入我灵魂的诗人的作品时，我的灵魂得到了升华，这些幻想也逐渐消失。我也成了一位诗人，在自己构筑的天堂中生活了一年。我想象着，自己也有可能在供奉荷马和莎士比亚的庙堂中谋得一个壁龛。但你也知道，我失败了，还因对自己的失望而感到无比痛苦。但是，就在那时我继承了堂兄的遗产，我的心思又回到了原先的轨道。

六年前我决定从事目前的事业。到现在我都记得开始献身于这一伟大事业的那一刻。我先劳其筋骨，跟随捕鲸人去了几次北海。在那里我甘愿忍受寒冷、饥渴以及睡眠不足的折磨。白天我工作起来常常比一般的水手更卖力，而到了晚上则苦学数学、医学理论以及科学学科，只要它们对航海冒险家大有裨益。我甚至两次在一艘格陵兰捕鲸船上担任二副，表现突出并获得赞赏。我必须承认，当船长主动提出要我在他手下当大副并极其诚恳地请我留下时，我还真感到有点自豪呢。他是如此器重我。

亲爱的玛格丽特，现在，难道我不该去实现伟大的使命吗？我本来有可能在舒适奢侈中度过一生，但是相对于财富带给我的诱惑而言，我更钟情于事业带来的荣耀。噢，我多希望你能用赞同的口气鼓励我，我有着坚定的勇气和决心，就是信心时起时落。我即将开始一段漫长且艰难的航行，我需要拿出所有的勇气来处理途中的各种紧急突发状况：我不仅要鼓舞他人的士气，也要在别人都垂头丧气时保持自己的斗志。

眼下是最适合来俄国旅行的时节。人们坐着雪橇在雪地上飞驰，那样子令人观之愉悦，我觉得比英国的马车坐着舒服得多。我已习惯裹上皮衣，一旦穿上也就不会冷得要命。在甲板上走动和一动不动地坐几个小时有很大区别，如果不运动，血液就会凝固在血管中。我可不想在圣彼得堡和阿尔汉格尔斯克之间的驿道上送命。

再过两三周，我就要前往阿尔汉格尔斯克了。我打算在那儿租一条船，这并不难办，只要付给船主一笔保证金就行了，再根据需要雇一些有捕鲸经历的水手即可。我打算到六月份再开船。那么，我什么时候回家呢？啊，亲爱的姐姐，我该怎样回答这个问题呢？如果我成功，那么我们要再过很多、很多个月甚至是很多年才能见面；如果我失败，你很快就会再次见到我，否则，就再也见不到我了。

再见，我亲爱的、最好的玛格丽特。愿上帝保佑你，也保佑我，让我能一再感激你的爱和善良。

爱你的弟弟，
罗·沃尔顿
17XX年12月11日于圣彼得堡

致英格兰萨维尔夫人的第二封信

这儿到处都是冰天雪地的,时间过得真慢啊!不过我的航行正要进入下一阶段。我已经租了一条船,目前正忙着招募水手。我已经雇来的那些人看起来无所畏惧,肯定值得信赖。

然而,我心中一直有个未填补的缺憾,因此备受煎熬。玛格丽特,我没有朋友——当我因成功的激情而笑容灿烂时,没有人分享我的喜悦;如果我因失望而一蹶不振,没有人竭力支撑我走出情绪低谷。没错,我会将我的想法诉诸纸上,但纸又怎能承载诸多情感?我渴望有一个能和我感同身受、用眼神回应我的人陪伴左右。亲爱的姐姐,也许你会说我太过多愁善感,但是我真的需要一个朋友。我身边没有一个温柔、勇敢、有教养、知识渊博且与我趣味相投的人来认可或修正我的计划。如果有这样一个朋友来弥补你可怜弟弟的不足,那该多好啊!我做事急于求成,但是面对困难又缺乏耐心。不过,若说我还有什么更大的问题,那就是我的知识是自学的:在我生命的最初十四年中,我自由自在地到处乱跑,除了托马斯叔叔的航海类书籍,其他一概没有读过。到十五岁时我慢慢熟悉了我国的著名诗人，才感觉到有必要掌握更多的他国语言，但是我年龄已大，无法再从这种信念中获得最重要的益处。如今我已经二十八岁了，掌握的知识其实还比不上很多十五岁的学童。的确，我有了更多的想法，我的幻想变得更大更宏伟，但是它们需要（如画家所言）"协调一致"，我非常需要一个朋友，这位朋友应该足够通情达理，不会笑我太过善感，还足够爱我，所以乐意尽力梳理我的想法。

哎，这些抱怨都没用，在一望无际的海面上我肯定交不到朋友，即使在阿尔汉格尔斯克也没法和商人以及海员成为朋友。不过，即使在那些粗犷的胸膛下也跳动着一些与人性劣根无关的感受。例如，我的助手是一个富有勇气和冒险精神的人。他对于荣耀有着极度的渴望，或者说得更具体一些，就是渴望在他从事的职业中有一番作为。他是个英国人，怀揣民族和职业偏见，这些偏见并没有因其教养而有所圆融，不过他依然保留着人类一些最难能可贵的禀赋。我与他相识于一条捕鲸船上，我发现他在这个城市没有工作，所以轻而易举地便雇到他来助我航行。

那条船的船长性格很好，管束方式也温和婉转，所以在船上的口碑不错。另外，他的正直和无所畏惧也是公认的，所以我非常渴望请他到我船上工作。我在孤寂中度过的青春，在你温和细致的呵护下度过的最美年华，造就了我高雅有教养的性格，所以对于船上司空见惯的残忍无情，我厌恶至极，而且从不觉得有必要去残忍。因此，当我听说一个船长以心地善良著称，并因此而受到全体船员的尊敬和服从时，我感觉自己能够招他来提供服务是一件特别幸运的事情。最初听说这个人，还是个颇有几分传奇色彩的故事，来自一个受他恩惠才获得幸福的女士。我大致讲一下。数年前，他爱上一位家境一般的俄国女孩，靠捕鲸赏金攒了一大笔钱之后，女孩父亲同意了这门亲事。在那命中注定的婚礼之前他见了心上人一次，但是她痛哭不已，跪在他的脚下，求他放弃她，同时坦言她爱着别人，但是那个人一贫如洗，所以她父亲说什么也不同意他们在一起。我这位慷慨的朋友先是对恳求他的女孩进行一番安慰，然后一听说她心上人的名字，便立即放弃追求这个女孩。他原本已经花钱买了一块农场，计划在此度过余生，但他却将整个农场拱手让给他的情敌，还用剩余的捕鲸赏金为其购买牲畜，然后亲自请求女孩的父亲同意将女孩嫁给她的心上人。但是，那位老人坚决拒绝，认为自己有义务遵守对我朋友许下的诺言。他发现女孩的父亲不为所动，只好离国而去，直到听说昔日的心上人如愿结婚才回来。你会感叹："多么高尚的人啊！"他的确高尚，却完全没有受过教育，犹如土耳其人一样沉默，又有种因无知而生的粗心大意，因此，尽管这样一个人能做出这样令人啧啧称奇的行为，但人们却对他不大关心也不大同情。不过，不要因为我抱怨了几句或为未必经历的辛苦而自我安慰，就以为我的决心动摇了。我的决心就像命运一样坚定不移，我的航行目前也只是推迟了，等到天气允许便会再次启航。冬天的天气非常恶劣，但是春天一定会有好转，据说今年春天会来得很早，所以说不定我的启航时间会早于预期。我不会鲁莽行事的。你那么了解我，应该相信，当我要为他人的安全负责时，我做事很谨慎而且考虑问题非常周到。

眼看着事业即将开始，我很难向你描述我的兴奋之情。我没办法向你描述那种喜忧参半的战栗感，带着这种复杂的情绪我准备启程。我将前往未曾有人涉足的"冰封雪飘之地"①，但是我不会射杀信天翁②，因此不用担心我的安全。或者，如果我像诗中的"老水手"③一样形容枯槁、悲哀凄惨地回到

①②③ "冰封雪飘之地"（land of mist and snow）、"信天翁"（albatross）与"老水手"（Ancient Mariner）皆出自《老水手之歌》（*The Rime of the Ancient Mariner*）一诗，为英国诗人柯勒律治的作品，诗中描述了一位水手因射杀一只信天翁而引来灾祸，除他之外所有水手都遇难。——译者注

你身边，你也不必惊恐。看到我引用这首诗，也许你会笑，不过我要透露一个秘密。我常常认为自己之所以如此迷恋、向往大海充满危险气息的奥秘，正是由于受到现代诗人天马行空作品的影响。我的内心涌动着一些自己难以了解的东西。我做事脚踏实地，勤奋而努力，坚持不懈，任劳任怨。但是，除此之外，还有对奇事奇观的热爱和信仰，交织在我所做的一切事情中，促使我不走常人之路，转而去波涛汹涌的大海以及人迹未至的地方探险。

不过，还是接着说一些体己话吧。我将横贯一望无际的海洋，然后经由非洲最南端的海角或美洲返回，与你重逢，不知此愿能否实现。我不敢奢望如愿以偿，但又无法承受事与愿违。暂且抓住每一次机会，继续给我写信吧：当我迫切需要你的来信给自己打气的时候，说不定正好能收到。我爱你至深。假如我从此杳无音信，请你将我铭记于心。

爱你的弟弟，

罗伯特·沃尔顿

17XX年3月28日于阿尔汉格尔斯克

致英格兰萨维尔夫人的第三封信

亲爱的姐姐:

　　匆匆提笔,寥寥数语,只为向你报一声平安——另外还要告诉你,航行一切顺利。我会托一艘从阿尔汉格尔斯克返航的商船把这封信带回英格兰,它比我幸运,我可能要过很多年才能再见故土。但是,我现在情绪高涨:我的船员英勇无畏,表现出了坚定的意志力,不断有一片片的浮冰从我们的船边漂过,预示着我们要去的地方危机重重,但这并没有让船员们惊慌失措。我们已经到达了一个非常高的纬度,但现在正值仲夏,虽然没有英格兰那么暖和,但是南风劲吹,带着融融暖意,甚是提神,这出乎我的意料。我们乘着风,驶向我渴望抵达的地方。

　　到目前为止,还无事可值得我信中一提,也不过就是刮一两阵强风,船身偶尔漏水,有经验的航海家基本不会花精力去记录这些琐事。如果航行中不出现更加糟糕的情况,那我就心满意足了。

　　再会,我亲爱的玛格丽特。放心吧,为了我自己,也为了你,遇到危险时我不会轻率鲁莽，而是会冷静、坚韧、谨慎。

　　我很辛苦，但是成功定会为我的辛苦加冕。为何不呢？我已经走了这么远，在没有路的海面上找到了一条安全的航线，点点繁星见证我的胜利。为什么不在这狂放不羁却也顺从体贴的海面上继续前行呢？有什么可以阻挡人类决然的内心和坚定的意志呢？

　　内心的澎湃之情就这样不由自主地喷薄而出，但是我必须停笔了。愿上帝保佑我挚爱的姐姐！

罗·沃

17XX年7月7日

致英格兰萨维尔夫人的第四封信

尽管很可能在你收到这封信之前我们就能见面，但是最近发生了一件非常奇怪的事，我忍不住将其记录下来。

上周一（7月31日），我们几乎被冰块困住了，冰块将船团团围住，使得船在海上几乎没了漂浮的空间。当时情况有点危险，加上浓雾弥漫，于是我们只得停驶，希望大雾和天气状况能有所变化。

两点左右，雾散了，我们看到海上四面八方都是大片大片不规则的冰原，似乎没有尽头。一些船员发出阵阵哀叹，我的内心也担忧不已，警惕渐起。正在这时，一幅奇特的景象突然吸引了我们的注意力，转移了我们对于自身境况的担忧。只见一个低矮的车厢固定在雪橇上，由几只狗拉着，从离我们半英里的地方经过，向北驶去。一个身形似人但身高如巨人般的怪物坐在雪橇上，指挥着那些狗。我们用望远镜看着他飞快地向前驶去，直到他消失在远方的冰天雪地中。

这怪人的出现让我们大为吃惊。我们相信自己距任何陆地都有数百英里的航程，但是这个离奇的幽灵似乎表明，其实距离并没有我们以为的那么远。我们紧紧盯着他，但是又被冰块困得无法动弹，所以无法追寻他的踪迹。

　　大约两个小时后，我们听到了海啸的声音。入夜之前冰层破裂，船得以脱身。然而，因为担心冰破之后船在一片漆黑中撞上那些四处漂浮的巨大冰块，我们一直等到早上才启航。我趁机休息了几个小时。

　　到了早上，天刚亮，我就到了甲板上，发现所有水手都在船的一边忙着，似乎是在和海面上的什么人说话。原来船侧停着一只雪橇，与我们之前见过的那个一样，雪橇被困在一块冰上，在夜里由冰块托着，漂到了我们这里。拉雪橇的狗只有一只还活着，雪橇上有一个人，水手们正在劝他上船。跟另外一个过客不同的是，这人不是某个未被发现的岛上的野蛮人，而是一个欧洲人。当我出现在甲板上时，船长说："这是我们的老板，他不会让你丧命在这片大海上的。"

　　这个陌生人一看到我，就立刻用英语跟我说话，他的英语带着一些异域口音。"在我上您的船之前，"他说，"您能否发发善心告诉我，你们要往何处？"

　　听到一个濒临绝境的人问我这样的问题，你可以想象一下我是多么吃惊，我还以为我的船是他的救命稻草，即使给他全世界最宝贵的财富，他也不会换。不过，我还是回答道，我们在进行一次北极探索之旅。

　　一闻及此，他似乎满意了，同意上船。上帝啊！玛格丽特，如果你见到这样一个自身不保还要讲条件的人，你可能会惊讶地合不拢嘴。他的四肢几乎冻僵了，又累又苦，所以浑身消瘦不堪。我从未见过有人如此可怜。我们试着将他抬到船舱中，但是，一没有新鲜的空气，他就昏倒了。于是，我们又把他抬回甲板上，用白兰地给他擦拭身体，还给他嘴里灌进一点，这才让他恢复了知觉。他一有生命迹象，我们立即用毛毯把他裹起来，并把他挪到厨房火炉的烟囱附近。他渐渐恢复了意识，喝了一点汤，看起来好些了。

就这样，两天之后，他总算是能够说话了。我一直担心，他遭了这么大的罪，会失去理解力。他稍微康复了一些，我就把他移到了我自己的船舱，在职责允许的情况下尽量照顾他。我从未见过比他更有趣的人：他的眼睛通常流露出不羁甚至疯狂的神情，但是如果有人对他表达善意，或哪怕为他提供最微不足道的服务，他就会面露喜色，那仁慈与和蔼我从未在别人眼中见过。然而，他大部分时间都很忧郁、绝望，有时会咬牙切齿，好像无法忍受压迫他的痛苦的重量。

当我的客人身体有所好转时，我费了很大的劲才把围着他的那些人赶走，他们有无数个问题等着问他，但是以他目前的身心状况，要想康复的话，显然需要彻底休息，所以我不会让他们无聊地问东问西，惹他辛苦。但是，有一次，我的副手问他为什么驾驶着这样奇怪的交通工具在冰上走了这么远，他的神情立刻显得黯淡到了极点。

他回答道："去找一个从我身边逃走的人。"

"你要找的这个人与你的出行方式一样吗？"

"是的。"

"如此说来，我想我们见过他。在把你救起的前一天，我们看到几只狗拉着一个雪橇，上面坐着一个人，从冰面上飞奔而过。"

这话引起了这位陌生人的注意，他将那个人称为"魔鬼"，针对那人的前进路线问了一大堆问题。稍后，只剩我和他时，他说："你和那些好心人肯定对我特别好奇，但是你如此体谅我，什么也没有问。"

"当然，如果打听你的隐私让你苦恼，这确实失礼，也有失人道。"

"但是你救我脱离离奇、危险的境地，用仁爱之心让我起死回生。"

紧接着，他问我是否认为冰层的破裂也会使另外一只雪橇遇险。我回答说，我不敢确定，因为冰层快到午夜时才破裂，那个过客那时可能已经抵达安全地带了，但我并不能断定。

从那时起，一股前所未有的活力让这个陌生人原本消瘦的身体有了生机。他一心渴望去甲板上盯着，想再次见到之前出现过的那只雪橇。不过我劝他留在船舱中，因为他还很虚弱，无法抵抗大气的寒冷。我答应他，有人会替他盯着，如果看到任何新事物，会立即通知他。

到今天为止，这就是我记录的这个离奇事件引发的一系列情形。这位陌生人的身体逐渐康复，但是他非常沉默，除我之外，只要其他任何人进入他的船舱，他都会显得局促不安。然而他的言行举止随和且温柔，所有水手都对他很感兴趣，尽管他们不怎么和他沟通。而我呢，则开始敬其为兄长，他的忧伤如此深重、日久难去，让我对他充满同情，感同身受。没有落魄到此等境地时，他肯定是一个高贵的人，即使如今形销骨立，依然是如此地仪表非凡、和蔼可亲。

亲爱的玛格丽特，我在一封信中说过，在茫茫的大海上我难以找到朋友，但是如今我遇到这个人，假如我在他的精神还没有被不幸击垮之前遇到他，我会为有了一位挚爱的兄长而感到幸福。

如果这位陌生人发生什么值得记录的新鲜事，我会一有机会就继续记录。

17XX年8月5日

我对这位客人的好感与日俱增。很快他便激起了我匪夷所思的钦佩和同情。我怎么可能看着如此高贵的人被不幸击垮而却感受不到切肤之痛呢？他是那么地温和，又那么地明智；他的思想是那么地文雅，他说话时虽然字斟句酌，但说得生动流畅，如行云流水。

　　如今他的身体状况好多了，时常出现在甲板上，显然是想看看有无先于他出现的那只雪橇的踪迹。他虽然郁郁寡欢，但也并不是完全沉浸在自己的不幸之中，而是对别人的事情也抱有极大兴趣。比如我的事情，他就经常同我交谈，我则对他知无不言。他聚精会神地听我说话，听我滔滔不绝地论证为何自己最终会取得成功，以及为了确保成功而采取的措施的每一处细节。他对我的故事感同身受，因这份意气相投，我轻松地说出了肺腑之言，倾诉出内心燃烧的热情。我满怀着火热的激情告诉他，我是多么乐意用我的财富、我的生命以及我的每一份希望来换取事业的前进。为了我所探求的知识，为了征服人类的顽敌并将这支配权世代延续下去，一个人的生死只是微不足道的代价。在我诉说的过程中，我的听众脸上渐渐蒙上了阴沉忧郁之色。起初，我感觉到他在努力压抑自己的情绪。他用手捂着眼睛，当我看到泪水从他的指缝中渗出，我的声音颤抖，越来越低。他的胸膛一起一伏，突然发出一阵呜咽，我停了下来。最后他总算开口了，时断时续地说："不幸的人啊！难道你和我一样疯狂？你也喝了夺魂摄魄的毒酒？听我说，容我道出我的故事，你就会砸碎那唇边的毒酒杯！"

　　你可以想象，这样的话让我大为惊奇，然而这位陌生人一番痛心疾首，让他本就羸弱的身子更加难以承受了。他休息了数小时，我与他说了一些平静的话，他才恢复镇定。

平息了内心的剧烈波动之后，他似乎因被情绪左右而轻视自己。在平息了内心的绝望之后，他再次让我说说自己的情况。他问了我早年的经历。我很快便说完了故事，但是这讲述唤起了一连串的反思。我讲到自己寻找朋友的愿望，渴望遇到一位比我身边人更加亲密、更能引起共鸣的同伴，表达了我的信念——一个人如果在这方面得不到上天眷顾，那么他就没有幸福快乐可言。

"我同意你的说法，"这位陌生人回答道，"我们都是未雕琢的璞，如果没有一个比我们更明智、更善良、更可亲的朋友来帮助我们改进脆弱而有瑕疵的本性，我们不过是半成品。我曾经有一个朋友堪称人中龙凤，因此我有资格评判友谊。你还有希望，世界就在你面前，所以你没有理由感到绝望。而我——我已经失去了一切，我的人生无法再从头开始。"

他这么说时，神情中满是平静而又难以排解的忧伤，深深地触动了我的心。但是，他又沉默起来，并立即回到他的船舱。

虽然他的精神已经支离破碎，但是没有人能比他更深刻地感受过大自然之美。繁星闪烁的天空、一望无际的大海，还有美不胜收之地的任一风景，似乎依然可以让他的灵魂得到升华。这样的人过着双重生活：他可能遭遇不幸，对自己失望透顶，但是当他独处的时候，则像一个神灵，被一轮光环围绕，没有任何忧伤或愚昧胆敢贸然进犯。

看到我乐此不疲地讲述这个超凡入圣的流浪者，你是不是会笑呢？如果你见到他，就不会笑话我了。你接受过教育，知书达理，不问世事，所以有些挑剔苛求。不过也正因为此，你更能欣赏这位奇人超凡脱俗的优点。有时，我努力想弄明白到底是什么品质使得他从我认识的人中脱颖而出。我认为，那应是他直觉般的理解力和迅速而可靠的判断力，对于事物原因的洞察力无与伦比地清晰和精确。除此之外，他说起话来字字珠玑，他抑扬顿挫的语调是征服心灵的音乐。

17XX年8月13日

　　昨天，这位陌生人对我说："沃尔顿船长，你不难看出，我遭受过无人能及的巨大的不幸。我曾经决定那些罪恶的记忆应随我一同消失，但是你让我改变了这个决定。你追求知识和智慧，就像我以前那样。我衷心希望你不要像我一样：愿望得以实现，它却化作毒蛇，反咬你一口。我不知道讲讲我经受的灾难是否对你有用。不过，一想到你可能步我的后尘，也将自己暴露于那让我落得如此下场的危险之中，我便觉得，也许你能从我的故事中得出一些教训。如果你的事业取得成功，也许我的遭遇可以指引你；而如果你失败了，也许它可以安慰你。准备听我讲讲众人所认为匪夷所思的事情吧。如果我们置身于更加温顺的大自然环境中，说不定我会担心你不相信，害怕受到你的嘲讽；但在这荒凉而神秘的地方，虽让无知于大自然多变力量的人发出耻笑，却什么都有可能出现。我很肯定，我的故事绝无虚假，其中种种起承转合均有证据。"

　　可以想象，他主动提出跟我说这些，我是多么求之不得，不过我不忍心让他因为讲述自己的不幸而再揭伤疤。我能感受到自己极其渴望聆听他许诺的故事，一部分出于好奇，一部分是因为，若我所能，我强烈地渴望能够改善他的命运。我对他表达了这一想法。

"谢谢你的同情。"他回答道。"但是没用,我的命运几乎已成定局。我只等一桩事了却,然后就可以安然长眠了。我理解你的感受,"看我想打断他,他继续说道,"但是你错了,我的朋友,如果你允许我这样叫你的话。没有什么可以改变我的命运。听我跟你讲自己的过往,你就会明白,我的命运已经无法挽回。"

　　接着,他告诉我,第二天等我有空时他会开始讲他的故事。我由衷地感激他的许诺。我已经决定了,如果不是船务缠身,每天晚上我会尽量用他自己的语言记录他白天讲述的故事。如果有事要忙,我至少要做笔记。这篇手稿定会给你带来极大的乐趣,但是对于我来说,将来某一天,我读起这个故事,内心会有怎样的兴趣,又会有什么样的同情呢?毕竟我认识他,而且又是听他亲口讲述的!甚至现在,我正要开始记述他的经历,他抑扬顿挫的声音还在我耳边回响,他明亮的眼睛还带着忧郁的魅力出现在我的眼前。我看见他瘦削的手充满激情地高高举起,他轮廓分明的脸庞被灵魂之光照亮。他的故事一定离奇而可怖,犹如一场可怕的风暴,将正在航行的巨轮吞没,然后将其摧毁——确实如此!

17XX年8月19日

第 一 章

我出身于日内瓦的名门望族。祖辈担任了多年的参赞和市政官，我的父亲也曾肩负多项公职，荣耀加身，名声在外。他为人正直，且孜孜不倦地为公众事务奔忙，凡是认识他的人无不对其敬佩有加。他年轻时一心扑在国家事务上，种种原因导致他没有早早步入婚姻殿堂，直到晚年才结婚生子。

他的婚姻即可说明他的性格，所以我忍不住要在这里提及。他有一位挚友，是一名商人，曾经家财万贯，却遭遇一连串的不幸，最后变得一贫如洗。这个人名叫博福特，性格高傲且执拗，之前在当地乃人中龙凤，地位显赫，颇有名望，后来却穷困潦倒，被人遗忘。他无法承受这个落差，因此，在以最体面的方式偿清债务之后，他带着女儿搬到了卢塞恩城，在那里他过着籍籍无名、光景惨淡的生活。我父亲视博福特为挚友，为他的不幸遭遇感到痛心。他怪他的朋友不该如此好面子，如此不思及他们之间的情谊。父亲立刻想方设法去找他，希望能由他担保，资助他东山再起。

博福特铁了心要把自己藏起来，方法果然有效，过了十个月，我父亲才找到他住的地方。这一发现让父亲喜出望外，他立即赶往他朋友的住所——罗伊斯河附近一条破破烂烂的街上。但是,他进屋之后,迎接他的只有悲惨和绝望。博福特家道中落后只剩下一丁点钱,只够让他维持几个月的生计。在此期间,他希望能在商行里谋得一个体面的职位,所以,中间这段时间他什么也没做。无事更多思,他不断反思,结果愈发感到悲伤,最终,因为整日忧思,三个月后他生病卧床,更无法做任何事情。

他的女儿无微不至地照顾他,但是她眼睁睁地看着他们那微薄的积蓄迅速减少,又没有其他的生活出路,颇为绝望。不过,卡罗琳·博福特有着非同寻常的头脑,她鼓足勇气支撑自己对抗逆境。她做针线活、编草篮草帽,想方设法地赚钱,不过赚得的微不足道的报酬几乎难以维持生计。

就这样,几个月过去了。她父亲的身体每况愈下,她将时间完全用于照顾父亲,谋生的门路少了。在第十个月时,父亲在她的怀中死去,她就此沦为孤儿、乞丐。父亲的死终于击垮了她,她跪在博福特的棺材旁,痛哭不已。就在这时,我父亲走进了这个屋子。对这个可怜的女孩来说,他的到来犹如保护神的降临,于是她将自己托付给我父亲。父亲操办完朋友的葬礼,带这个女孩去了日内瓦,并将其交予一位亲戚照顾。两年后,卡罗琳成了他的妻子。

我父母年龄悬殊,这反而让他们的关系更加亲密,更加恩爱。父亲内心正直,正义感十足,这让他觉得只有令人敬佩的人,才值得深爱。或许他早年曾经爱上一个不值得爱的人,但是直到很晚才发现,所以后来加倍珍惜经过考验的人。他对母亲的爱恋中夹杂着感激和仰慕,完全有别于因年龄差距而产生的宠溺之爱,父亲的这种感情一方面是出于对母亲美德的敬重,另一方面是想借此在一定程度上补偿她之前承受的痛苦，这使他对母亲有种说不出的好。他不遗余力地满足她的心愿，让她生活舒适；他尽全力去保护她，犹如园丁保护一朵娇艳的奇花免受强风侵袭；他尽自己所能去呵护她，让她温柔又仁慈的内心感到喜悦幸福。由于历经磨难，她的身体饱受摧残，甚至影响到她一直以来的平和心境。在他们结婚之前的两年中，我父亲已经逐渐辞去所有的公职。他们一结婚便去意大利旅行，在那片神奇的土地上享受宜人的气候，希望环境和注意力的转换能滋养她消瘦的身形。

　　离开意大利，他们又去了德国和法国。我是他们的长子，出生在那不勒斯，从幼时起便随父母四处游历。之后几年，我一直是他们唯一的孩子。尽管他们彼此之间依旧如胶似漆，却能从无尽的爱情的宝藏中分出一些，让我也沐浴在爱河之中。母亲温柔的爱抚以及父亲看向我时露出的慈爱又幸福的笑容是我最早的回忆。我是他们的玩具和偶像，更重要的是，我是他们的孩子，是上帝赐给他们的天真无助的生命。他们要把这个生命养大，让他成为一个品德高尚的人，他将来的命运掌握在他们手中。我是幸福是不幸，将取决于他们如何履行对我应承担的义务。他们深刻地意识到，将这个生命带来世间就应对他负责，而且他们都那样温柔体贴，所以可以想象我在婴儿时期无时无刻不在接受耐心、宽容以及自制的熏陶，就像一条柔软的丝带引导着我，对我来说一切都是那么美好。

　　他们独宠我很久。我的母亲很想要一个女孩，但我一直是他们唯一的孩子。大约在我五岁那年，他们去意大利边境旅行，在科莫湖畔待了一周。由于善良的性格，他们经常去穷人家里。对我母亲来说，这不仅仅是一项责任，更是一种义务，一种热情——她还记得自己的遭遇以及得救。

于她而言，该轮到她去充当不幸之人的守护天使了。一次外出散步时，山坳间的一处简陋的房子吸引了他们的注意。房子看上去异常凄凉，一群衣不蔽体的孩子挤在里面，一看便知这个家庭一贫如洗。一天，父亲独自一人去了米兰，母亲带着我探访那个陋舍。她看到一个农夫和他的妻子正在给五个饥肠辘辘的孩子分仅有的一点食物，他们劳动很辛苦，既要照顾孩子又要干活，被沉重的负担压弯了腰。在这些孩子中，有一个格外引起母亲的注意。她似乎有着不同的血统。其他四个孩子都是黑眼睛，是结实的小流浪汉；而这个孩子则瘦弱白皙，尽管她衣着寒酸，但一头金光灿灿的秀发，仿佛给她戴上了一顶高贵的皇冠。她双眉丰秀清晰，一对蓝眼睛清澈明亮，嘴唇和脸庞流露出敏感与温柔。无论在谁的眼中，她都是个与众不同的生灵，是从天而降的天使，浑身上下都透着超凡脱俗的气质。

看到我母亲目不转睛、满心惊叹地盯着这个可爱的女孩，那位农妇便迫不及待地讲述了她的身世。这个女孩不是她的亲女儿，她的父亲是米兰的一位贵族，母亲是德国人，生她时难产死去了。这个婴儿被托付给这对好心人照顾——他们那时的日子要好过一些。当时他们结婚的时间还不长，刚生了第一个孩子。养女的父亲对意大利的古老荣耀念念不忘——是"奴隶永囚"[1]主张的拥护者，为国家自由而奔走呼号。但由于故国的软弱，他成了牺牲品。没人知道他究竟是死了，还是仍被关押在奥地

---

[1]奴隶永囚（schiavi ognor frementi）：1814-1815年左右，意大利在东北地区已经被奥地利掌控的情况下，进一步被迫将北部伦巴第大区也割让于奥地利。意大利首都米兰因此发生颠覆运动，陷入暴乱，数名运动领袖被抓捕并囚禁在奥地利的监狱中，亦有数名米兰知识分子被流放到英国，文中伊丽莎白的生父是其中之一。但是，历史上该事件与本书故事发生时间并不相符，应是作者为了故事而杜撰。——译者注

利的地牢中。他的财产被没收；孩子成了孤儿、乞丐。于是她就继续和养父母一起生活，在他们这一方陋室中犹如盛放的花朵，比荆棘中的玫瑰更娇艳。

我父亲从米兰返回时，发现有个小孩跟我在别墅走廊上玩耍，这个孩子长得比画中的小天使还漂亮——她的脸上似乎散发着光芒，体态轻盈，比山间的羚羊还要敏捷。父亲很快就知道了她的来历。经过他的允许，母亲便劝说那两位淳朴的监护人将这个女孩交由她来抚养。他们对这个可爱的孤儿很是喜爱，她的出现像是上天对他们的眷顾，但是上帝给了她如此强有力的保护，若再让她过穷困潦倒的日子，就对她不公平。他们询问了乡村牧师，最后，伊丽莎白·拉温莎成了我父母家中的一份子，她不仅是我的妹妹，还是我可爱迷人的小伙伴，我们形影不离，分享所有的快乐。

人人都喜欢伊丽莎白。大家都同我一样，对她抱着热烈甚至近乎崇敬的感情，这让我感到自豪而开心。她被带到我家之前的那个晚上，母亲开玩笑地说："我给我的维克托准备了一份漂亮的礼物，明天你就会收到了。"第二天，她把伊丽莎白带到我身边，伊丽莎白就是母亲承诺给我的礼物，那时我以孩子气的严肃认真从字面理解她的话，将伊丽莎白视作自己的宝贝，我将保护她、爱她、珍惜她。人们对她的所有称赞我照单全收，就像大家是在夸我的一个私人物品。我们亲密地以表兄妹称呼对方。我们之间的关系远非语言可以描述——她不仅是我的妹妹，又胜似妹妹，她是只属于我一个人的女孩，直至离开人世。

第 二 章

我们一起长大，年龄相差不到一岁。不用说，我们做什么都很合拍，基本上没有什么分歧。我们相互陪伴，两人性格各有千秋又彼此互补，让我们更加亲近。伊丽莎白的性格更沉静，更专注；而我凭着一腔热情，更能勇往直前，且求知若渴。她整日沉浸于诗人空灵的作品中，陶醉于我们瑞士的居所周围壮丽美好的风景中——巍峨雄壮的山脉、四季更迭的景色、暴风骤雨来临时的震撼和风平浪静时的安宁，冬日的寂然以及阿尔卑斯山夏日的勃勃生机和种种声响。她感到赏心悦目、乐趣无穷。我的小伙伴专心致志、怡然自得地欣赏各种事物光彩夺目的表象，而我却乐于调查其起因。对我来说，这世界是一个等待我去发现的未解之谜。我有生以来记得的最初感受便是好奇心，衷心想要了解自然内在法则的求知欲，以及探知过程中近乎狂喜的喜悦。

我父母又生了一个儿子，比我小七岁。在那之后，他们彻底结束了四处游历的生活，在故乡安定下来。我们在日内瓦有一栋房子，另外在离城超过一里格[1]的贝尔里夫湖东岸有一座别墅。我们大部分时间都住在这座别墅里，父母过着世外桃源般的隐居生活。我生性不爱热闹，只与一二

---

[1]里格：旧时距离单位，折合为今天计量单位说法不一，一说为大约4.8公里。——译者注

知己深交。因此，我和同学大多没有什么往来，但是我跟其中一个同学结下了最亲密的友谊。亨利·克莱瓦尔的父亲是一个日内瓦商人。亨利·克莱瓦尔天资聪慧，想象力十足。他喜欢冒险，勇于挑战困难，甚至仅仅为了刺激去做危险的事情。他埋头苦读骑士故事与浪漫传奇。他写过英雄诗歌，还提笔写了许多关于魔法和骑士冒险的故事。他组织我们表演戏剧，参加假面舞会，人物都是龙塞斯瓦列斯战役的英雄、亚瑟王的圆桌骑士以及抛头颅洒热血从异教徒手中夺回圣墓的骑士团成员。

我的童年过得再开心不过了。父母生性温柔而宽容，在我们看来，他们不是喜怒无常、完全凭自己的喜好来主宰我们的命运的暴君，而是想方设法地为我们创造幸福快乐。跟其他家庭交往时，我明显意识到自己是多么幸运，因此，我更加爱我的父母。

我的脾气有时比较暴躁，容易冲动，但是受制于性格中的某些原则，这些冲动的情绪并没有演变成幼稚的追求，而转化成了对学习的渴望，不过我在学习上并非来者不拒。坦白来说，语言结构、政府法规以及各国政治都吸引不了我。我渴望探寻的是天地奥秘；占据我内心的不管是事物的表象还是自然的内在精神与人类的神秘灵魂，最终我要探求的还是这个世界超越自然表象的或最深层次的实质奥秘。

与此同时，克莱瓦尔可以说是在潜心研究事物之间的道德关系。生活这个熙熙攘攘的舞台、英雄的美德以及人类的行为都是他的研究主题。他希望能像那些造福人类的勇敢且富于冒险精神的伟人一样被载入史册。伊丽莎白圣洁的灵魂犹如圣殿中的明灯，照亮了这个安宁的家。她和我们心心相印，她的微笑、温柔的声音、纯净的眼神让我们如沐春风，每天都充满活力。她就像是降临人世的爱神，柔化人心，惹人怜爱。我性情热烈急躁，所以在学习中难免会愁眉不展，但是她陪在我身边，用温柔化解我的沮丧。而克莱瓦尔呢？邪恶是否会侵袭他高贵的灵魂呢？如果她没有向他展现善良的真正魅力，让他将与人为善作为自己凌云壮志的最终目标，那么也许他仅会是满腔激情地想去冒险，而不会如此高尚无虞，如此慷慨体贴，如此善良温柔。

对童年的回忆带给我很大乐趣，只是后来发生的不幸玷污了美好的记忆，让我脑海中原本光明远大的希望变成了黯淡无光的自我反思。另外，在回忆早年生活时，我还记录了那些当初并未觉察到，却一步步导致我后来落得如此悲惨的事件，因为当我回忆日后将会左右我命运的激情是如何产生之时，我发现它如一条山涧溪流，起源是那么微小，几乎快被忘却，但在向前流动的过程中，河水渐渐急促，最后变成一股湍流，冲走了我所有的希望和快乐。

自然科学是影响我命运的神灵，因此，我希望在讲述这个故事的过程中能说一下自己爱上这门科学的起因。我十三岁那年，我们一起去托农附近的温泉浴场参加欢乐的聚会。天气太冷了，我们只得在客栈里待了一天。我碰巧在房中发现了科尼利厄斯·阿格里帕的一本著作。我漫不经心地翻开这本书，作者阐述的理论以及他讲述的奇妙事实很快便让我转变了态度，我瞬间爱上了这本书。仿佛有一道光照亮了我的思想，我大喜过望，将这一发现告诉父亲。但父亲随意扫了一眼这本书的扉页，说："呃！科尼利厄斯·阿格里帕！我亲爱的维克托，不要把时间浪费在这本书上，里面都是胡说八道。"

其实，如果父亲没有这样说，而是跟我解释阿格里帕的学说已经被彻底推翻，现代科学体系已经建立，比古代体系更有力，因为后者的力量是空想荒诞的，而前者的力量切实存在且非常实用，如果他这么跟我解释的话，我肯定会把阿格里帕的书扔到一边，抱着更大的热情回到之前的研究中，充分满足我天马行空的想象力。甚至有可能，我的各种想法中根本不会受那种致命冲动的影响，不会最终毁掉我。但是父亲都没正眼瞧那本书一眼，我怎么也不相信他对书的内容有所了解，所以我继续如饥似渴地阅读。

回到家之后，我第一件事便是找这位作家的所有著作，后来还读了帕拉塞尔苏斯和大阿尔伯特的作品。我饶有兴趣地研读这些作家的奇思异想，他们对我来说似乎是除我之外鲜有人知的宝藏。我说过，自己一直热烈渴望能够参透自然奥秘。虽然现代哲学家做了大量工作，有一些精彩的发现，但每每研究，我总感觉这些还不够，还不能让我满足。据说艾萨克·牛顿爵士曾坦言，面对尚未被人类发现的真理海洋，自己就像一个捡贝壳的孩子。尽管我只是个孩子，所知甚少，但我知道，牛顿的继承者们，虽然处于我所熟悉的自然科学的不同分支，却也都是志同道合的新人。

未曾受过教育的农民通过观察周围的自然环境要素，从而知晓它们的实际用途。最博学的哲学家知道得也不比他们多。他们在一定程度上已揭开了大自然的面纱，但是大自然不朽的面貌却依旧是一个奇迹和谜题。也许他们会进行剖析，仔细分析，命名事物，但是，他们对于表象之下更深层次的原因却一无所知。看着那些阻碍人类进入自然殿堂的壁垒与阻隔，我一个劲儿地抱怨，显得既鲁莽又无知。

但是，世间有书籍，也有了解得更深、知道得更多的人。对于他们说的话，我深信不疑，成了他们的信徒。在十八世纪竟然会发生这种事，似乎很稀奇。尽管我在日内瓦的学校正常上课，对我所感兴趣的各种研究，却很大程度上是自学成才。我父亲不懂什么科学知识，而我还只是个孩子，所以出于学生对知识的渴求，我只得盲目摸索。沿着这几位新导师指引的道路，我开始孜孜不倦地寻找点金石和长生不老药，但后者很快吸引了我所有的注意力。财富只是身外之物，我更在意的是，如果我可以为人体彻底驱除病魔，让人类不会再受到来自他人谋杀之外的其他威胁，那么这一发现会带给我何等荣耀！

我幻想的还不止这些。我最喜欢的那些作家轻易就可驱鬼役魔，我最渴望的便是学会这个本领。如果我的咒语屡次失败，我便把它归因于自己缺乏经验或操作失误，而不会质疑我的导师能力不足或言论不实。因此我的大脑一度被各种已经被推翻的理论体系填满，冥顽不灵地将许多互相矛盾的理论杂糅在一起，穷尽想象，进行幼稚的推理，在乱七八糟的知识泥淖中拼命挣扎，直到后来又发生了一件事，才改变了我的思想趋势。

在我大约十五岁的时候，我们回到贝尔里夫湖附近的房子生活，在此期间我们目睹了一场极为猛烈、恐怖的雷暴。它从侏罗山脉背后翻滚而来，转瞬之间，震耳欲聋的雷声响彻四面八方。在雷声肆虐之际，我一直怀着好奇心、饶有趣味地注视着雷暴的前行。我站在门口时，突然看到距房子大约二十码的一棵美丽的老橡树蹿出一道火光，这道耀眼的火光消逝时，橡树也没了踪影。除了被摧毁的树桩，其他什么也没有剩下。第二天早上我们去看时，发现这棵树被摧毁的方式颇为异常。它不是被雷电劈开的，而是完全被撕成了一条条木片。我从未见过什么东西遭受如此彻底的摧毁。

在此之前，我对电学规律不是很了解。发生这件事的时候，有个这方面的专家跟我们在一起，这场灾难让他感到兴奋不已，于是开始解释自己在电学和流电学方面形成的理论，他的阐述顿时让我耳目一新，也感到惊讶。他所说的一切，让主宰我无尽想象的科尼利厄斯·阿格里帕、大阿尔伯特和帕拉塞尔苏斯也相形见绌。造化弄人，这些哲人的理论如此被推翻，让我不愿重拾自己通常所做的研究。对我来说，世间的一切永远都是不可知的。我长期投入精力去钻研的一切，突然变得可鄙。年轻的时候，我们的想法总是容易反复无常，我也是这样；我立即放弃了之前的研究，将自然历史及其所有后续发展视为畸形、失败的产物而搁置一旁，对永远无法迈入真正知识门槛的伪科学嗤之以鼻。在这种思想状态下，我开始致力于研究数学以及建立在牢固基础之上、值得我深思的分支学科。

我们的心灵构造如此奇怪，我们与成功或毁灭之间的纽带也如此脆弱。回首往事，似乎我爱好和意志的这一惊人变化是生命中的守护天使直接给出的暗示——这是我的天使为了保护我而做的最后努力，让我躲过正悬在群星闪烁的夜空之上、准备向我席卷而来的风暴。在放弃了最近让我倍受折磨的研究之后，我的内心是难得的平静与愉悦，这表明天使成功了。就这样，我悟出了一个道理：从事那些研究会带来不幸，而将其置之度外则会带来快乐。

这是那善良的天使做出的巨大努力，但却徒劳无益。命运的力量太强大了，它不可逆转，注定了我要遭受万劫不复的毁灭。

第 三 章

十七岁那年，父母决定让我去英戈尔施塔特上大学。在此之前，我一直在日内瓦求学，但是父亲觉得，除了本国的风俗习惯，我也应了解外国的风土人情，这在我成长过程中是必不可少的。所以，我启程的日期定得很早，但还没到确定走的那天，人生的第一桩不幸便发生了——这可以说是我日后悲惨经历的预兆。

伊丽莎白感染了猩红热，病情来势汹汹，情况极其危急。在她患病期间，大家都劝母亲别再照顾她了。面对我们的恳求，她选择了让步，但是当听说她最爱的孩子有性命之忧时，她再也控制不住自己的焦虑挂念，守着病床照顾她。她的精心护理战胜了病魔——伊丽莎白得救了，但是母亲却承受了致命的后果。第三天时，母亲病倒了。她发着烧，种种症状令人惊恐，医护人员的神情预示着最坏的情况。临终之时，这个最伟大的女人依然坚毅仁慈。她把伊丽莎白和我的手拉在一起。"我的孩子，"她说，"我最大的愿望便是你们能够喜结连理。如我的期待能够成真，对你们父亲也是种宽慰。伊丽莎白，我的宝贝儿，你一定要替我照顾好弟弟。唉！遗憾的是我要离开你们了。有你们的爱陪伴，我一直都很幸福，如今却要离你们而去，怎么会不痛苦呢？但这些不是我该考虑的，我会尽量笑对死亡,但愿将来在另一个世界与你们团聚。"

她平静地闭上了双眼,即使心脏已停止跳动,她的神情依然充满慈爱。我无须描述当挚亲的感情纽带被最无法挽回的不幸斩断时,内心是何感受,也无须描述内心的空虚与面容的绝望。过了很久,我们的心才能承认:之前每天见到、其存在成为我们自身一部分的那个人,已经永远不在了——慈爱的眼睛已不再明亮,我们已经习以为常且百听不厌的声音已经静默,再也听不到了。最初那些日子里,我们心里想的就是这些。但是随着时间一天天过去,这不幸越发深重,我们开始感受到悲伤的真正滋味。但是谁不曾被那只无情的手夺去挚亲呢?我为什么要描述所有人都已经感受过且必将感受的伤心事呢?最终,随着时间流逝,我们依然会偶尔沉湎于悲伤,但悲伤并非必不可少。虽然可能会被视为大不敬,但是我们的嘴角还是慢慢露出了微笑。母亲已经不在了,但是我们还肩负着要完成的义务;我们必须继续走下去,试着相信自己很幸运,至少我们还有亲人没有被夺走。

由于这些事情,我的英戈尔施塔特之行一度延期,后来又提上了日程。我征得父亲的同意,过几周再启程。我觉得亲人刚入土,家里还在服丧,在这种情况下匆匆离开这与死亡一样静默的家庭而投入喧嚣忙碌的生活,是亵渎亡灵。我以前不知道悲伤的滋味,但这并没有减少我的惊恐。我不愿跟剩下的亲人分别而见不到他们,而更重要的是我希望,或多或少,让我亲爱的伊丽莎白有些慰藉。

她确实将自己的忧伤隐藏起来,还尽力安慰我们所有人。她以坚定沉着的态度面对生活,勇敢热情地肩负起责任。她全身心地照顾她称呼舅舅和表弟的人。她从未像现在这样迷人,阳光般的笑容重新照亮她的脸庞，她又以微笑温暖我们。在想方设法让我们忘记悲伤的过程中，她甚至也忘记了自己的悲伤。

我动身的日子最终还是来了。克莱瓦尔陪我们度过了临行前最后一晚。他极力劝说他父亲准许他陪着我、和我一起读书，但没能成功。他父亲是一个心胸狭隘的商人，在他看来，儿子的抱负和追求纯属胡思乱想，会毁了他的。亨利有心接受通识教育，却不被准许，由此深感悲哀。他虽然话不多，但只要一开口，那发亮的双眼和活力十足的目光中便现出他克制但坚定的决心——绝不愿被商业的琐碎细节所束缚。

我们坐到很晚，依依不舍，不忍道别，但最后还是道了别，然后各自就寝，假装入眠，彼此都以为把对方骗住了。但是次日早上刚刚破晓，我下楼走到要载我离开的马车旁时，他们都已经在那儿了——父亲再一次为我送上祝福，克莱瓦尔又一次握紧我的手，我的伊丽莎白再一次恳请我要经常写信，让她的玩伴和朋友感受到最后的温柔关怀和体贴。

我钻进要载我远去的马车，陷入忧郁悲伤的思绪之中。以前的我，身边有很多亲人朋友陪伴，总是尽力让大家都感到欢乐——而如今的我孤身一人。此去求学，我必须与自己为伴，保护自己。我之前久居家中，不问世事，所以对于要结识的新面孔，我本能地有种抵触情绪。我爱我的弟弟，爱伊丽莎白和克莱瓦尔，他们都是"熟悉的老面孔"[1]，而我确信自己不适应陌生人的陪伴。这就是我启程时的所思所想。但是随着越走越远，我的情绪越来越高，希望也随之升起。我热烈渴望获得知识。在家时我就经常觉得，年轻人很不应该困在一个地方，那时我就非常渴望能

---

①出自英国散文家、诗人查尔斯·兰姆（Charles Lamb, 1775-1834）所作诗歌《熟悉的老面孔》（*Old Familiar Faces*），诗中表达了老朋友纷纷离去的悲戚。——译者注

闯荡世界,了解各地风土人情。如今,我遂了自己的愿望,如果反悔的话才着实荒唐。

去英戈尔施塔特的路途遥远,车马劳顿,路上我有大把时间思考这些以及其他问题。最终,这个城镇高耸的白色尖塔映入我的眼帘。我下车,被引到独居公寓中,自由地度过了一个夜晚。

第二天早上,我将介绍信送至学校,并拜访了一些重要的教授。偶然——或者说是那邪恶的力量、毁灭的天使,从我不情愿地踏出父亲房门的那一刻起便牢牢地控制了我——让我首先结识了自然哲学教授克伦佩先生。他言语粗鲁,但是深深地沉迷于他所研究的科学奥秘之中。他问了我在自然哲学不同科学分支方面的学习进展情况。我随便回答了一些,并以轻视的口吻提到了炼金术士的名字,说自己曾主要研究他们的著作。这位教授目不转睛地盯着我,问道:"你真的花了时间去研究这些荒谬的东西?"

我做了肯定的回答。"每一分钟,"克伦佩教授继续激动地说,"你在这些书上浪费的每一刻都完全彻底地一去不回。你用已经被推翻的理论体系和无用的名字加重了自己的记忆负担。上帝啊!你究竟生活在何等的荒原上啊?竟然没有人大发慈悲告诉你:你乐此不疲吸收的这些幻想已是一千年前的理论,早已过时腐朽。我没想到在这个文明、科学的年代竟然还能找到大阿尔伯图斯和帕拉塞尔苏斯的信徒。亲爱的年轻人,你必须从头再来,重新开始研究学习。"

他边说边走到一旁,写下一个自然哲学的书单,他希望我能把这些书找来看看,还提到下周一他准备开始讲自然哲学概论,他没课时,另一位教授瓦尔德曼先生会讲化学,然后就让我离开了。

我回了住处，心里并不感到沮丧，因为我说过，我早就觉得教授批判的这些作家乏善可陈；但是无论以什么形式，我都不想再做这类研究。克伦佩教授身材矮胖，声音沙哑，面容令人厌恶，因此，我对这位老师没有多少好感，不想学习他的方向。我对他讲述了我早年那些研究得出的结论，或许说得太抽象，甚至有些歪解。我小的时候，便不满于现代自然科学教授所言之凿凿的科学事实。由于我思想混乱（只怪我太年轻），加之在这些方面缺乏指导，所以只是将我探索知识的道路老话重提，只顾那些已被遗忘的炼金术士的梦想，而忽视了最近的研究发现。另外，我还对现代自然哲学的用途表示蔑视。当科学大师探求长生不老和神力时，就另当别论了，这些看法虽然无用，却很美好。不过，现在情况不一样了。研究者似乎立志要灭绝那些幻想，而我对科学的兴趣主要就建立在那些幻想之上。他竟要我放弃天马行空的幻想，转而面对没有多大价值的现实。

这些就是我刚到英戈尔施塔特前两三天的所思所想。那段时间，我主要用来熟悉当地情况和我新住处的住户。一个星期后，我想起了克伦佩教授说的关于课程的事。尽管我不愿去听那个自负的小个子在讲台上讲课，但是我想起了他说的瓦尔德曼教授，因为他一直不在城里，所以我还没见过他。

好奇且无事可做，我就进了教室，瓦尔德曼教授随后也进来了。这位教授与他的同事大不一样。他看上去五十来岁，从面相来看非常和善，太阳穴上已有几绺灰白的头发，而后脑勺上的头发几乎是一片乌黑。他个子不高，但是身形笔挺，他的声音是我听过的最动听的声音。开始上课后，他先概括了化学史以及不同的学者为推动其发展而付出的努力，慷慨激昂地将那些最著名发现者的名字一一道来。接着,他大致谈了这门科学的现状,解释了很多基本术语。在做了几个入门实验之后,他用赞许的口吻对现代化学进行了总结,我永远忘不了他说的话:"在古代,这门科学的先师们承诺要完成不可能之事,但没有付出任何行动。现代的大师们鲜有承诺,他们知道金属元素不会变化,长生不老药纯属幻想。然而,尽管这些现代哲学家的双手似乎仅仅用来搅和泥土,双眼仅仅用来观察显微镜或坩埚,他们却创造了奇迹。他们深入探究自然的奥秘,揭示其在隐秘之处是如何发挥作用的;他们直上云层顶端,发现了血液循环的规律以及我们呼吸的空气的本质;他们已经获得了几乎不受任何限制的新力量;他们可以掌控电闪雷鸣,模拟地震,甚至能以影子来嘲弄无形世界。"

教授的这番话——对我而言,不如说是命运的这番话——注定将我引向毁灭。听他说话的过程中,我感觉灵魂好像在和一个可以感知的敌人搏斗;构成我自身机体结构的各个琴键被逐个触动,奏响一个又一个和弦,很快我的大脑便充斥着一个想法、一个构思、一个目的。弗兰肯斯坦的灵魂大声呼喊:前辈们已经做了这么多的努力,我要取得更多的成功。之前总是步别人的后尘,今后我要开辟一条新路,探索未知的力量,向世界展现天地万物最深层的奥秘。

当天晚上,我彻夜难眠。我的内心处于一种反叛、混乱的状态;我预感到,秩序将由此出现,而我却创造不出来。拂晓之后,我才慢慢进入梦乡。醒来时,昨夜的各种想法就像一场梦。大脑中仅剩要回归昔日研究的念头,我自认为有科学天赋,有想为科学献身的决心。就在同一天,我拜访了瓦尔德曼教授。他私下的言谈举止比在公共场合更温和更有魅力,他讲课时看起来很威严,但是在自己家里则显得极其和蔼可亲。我把同另外一位教授说过的关于自己此前研究的情况又几乎一字不差地说给他听。他认真地听我简短的陈述，当听到科尼利厄斯·阿格里帕和帕拉塞尔苏斯的名字时，他面露微笑，但并不是克伦佩教授那样的鄙夷和嘲弄。他说："他们用自己储备的知识为科学发展奠定了基础，付出了坚持不懈的努力，令现代哲学家受益良多。他们让我们后来的研究变得更加简单，而我们要做的便是对他们在很大程度上已经揭示的事实重新命名，并分门别类进行整理。不管其方向如何错误，这些天才之人的努力最终几乎都为人类带来了切实的利益。"我聆听着他的话，他说话时毫无自以为是或故弄玄虚之感，然后我开口说道，他的一席话让我摒弃了对现代化学家持有的偏见。我表达自己的想法时言辞谨慎，带着一个年轻人对其导师应有的谦逊、尊重之情，没有流露出一点激励我准备付诸努力的热情（阅历不足以让我感到惭愧）。我请教他该读些什么书。

"我很开心能收一个弟子，"瓦尔德曼教授说，"如果你不辜负自己的天赋，潜心研究，将来必能大有作为。化学是自然科学的一个分支学科，科学家们在此方面已经取得了重大进步，而且可能有更多奥秘需要发现。有鉴于此，我才以化学作为我研究的方向。但同时，我也并没有忽略其他的分支学科。如果一个人仅仅关注化学，那么他也不会成为出色的化学家。如果你的愿望是真的成为一个科学家，而不仅仅是一个实验师，那么我建议你要广泛涉猎自然科学的每一分支，包括数学。"

接着他把我带到他的实验室，给我讲述各种机器的用法，告诉我应该入手什么，并做出承诺，等我在这门科学中有了足够的研究而不会弄乱其机械装置时，就可以使用他的机器。经我要求，他又给我开了张书单。之后，我就告辞了。

令人难忘的一天就这样结束了。这一天，决定了我今后的命运。

第 四 章

从这一天起，各类自然科学，尤其是广义的化学，几乎占据了我所有的时间和精力。我如饥似渴地阅读现代研究者在这些学科方面的著作，叹服于字里行间透露出的作者的天赋和洞察力。我在大学听课，慢慢结识了学校里的科学研究者，我甚至从克伦佩教授那里也听到了不少真知灼见。当然，他的相貌和行为方式依旧令人反感，但这并不影响其观点的价值。我将瓦尔德曼教授视为良师益友，他为人温和友善，丝毫没有教条主义的影子，他授课时爽直真诚，耐心指导学生，没有一点学究气。他想方设法为我扫除求知道路上的障碍，让那些无比深奥的研究内容变得浅显易懂。起初，我学习热情时高时低，并不稳定；随着学习的深入，我的内心迅速充满热情和渴望，以至于每天晨曦微露、繁星隐退时，我还在实验室刻苦钻研。

因为我足够勤奋，所以可想而知，我的进步神速。我的学习热情让同学们吃惊不已，我的学业之精通也让我的老师们大为惊叹。克伦佩教授常问我对科尼利厄斯·阿格里帕的研究进展如何，面上挂着狡黠的笑容，而瓦尔德曼教授对于我的进步则表现出由衷的高兴。就这样，两年过去了，在此期间，我没有回日内瓦，而是全身心地投入研究工作，希望能够取得一些发现。除了有切身经历的人之外，其他人根本想象不出科学的吸引力。在其他研究中，你只能达到前人的高度，却不能更上一层楼；而在科学研究中，总有东西等着你去发现，有奇迹等着你去创造。哪怕一个人能力平平，只要潜心研究一门学问，都必然会在其中逐渐谙练。而我持之以恒地开展研究，以期实现自己的目标，如此全身心地投入让我取得了飞速的进步，两年后，我在一些化学器械的改进方面取得了成果，这为我在大学里赢得了极大的尊重和敬仰。我的研究既然已经进展到这个地步，而且也通过在英戈尔施塔特听教授们的课了解了自然科学的理论和实践，再留在这地方不会有助于我取得更大的进步，于是我想回到故乡，回到我的朋友身边。这时却发生了一件事，又让我留了下来。

有件东西特别吸引我的注意，那就是人体结构，实际上，每一种动物都被赋予了生命。由此，我经常问自己，生命是如何起源的？这是一个大胆的问题，一度被认为是未解之谜，但如果不是我们的怯懦或粗心阻碍了研究，那么我们将能取得多少发现啊！我脑中反复思考着这些事情，因此决定要花更多的心血来研究那些与生理学有关的自然科学分支。要不是受到一种超乎寻常的热情鼓舞，那么这项研究会令人厌烦甚至无法忍受。若要探索生命起源，我们必须首先知道死亡的原因。我慢慢学习了解剖学，但是这还不够，我还必须观察人体的自然衰亡腐烂。在我接受的教育中，父亲曾采取了最严密的预防措施，以免我的内心产生对超自然现象的恐惧。我甚至不曾被迷信故事吓得发抖，或害怕过幽灵的幻影。我的幻想没有受到黑暗的丝毫影响，墓地对我来说只不过是安放那些失去生命的身体的地方，这些身体曾经盛放美丽，充满力量，如今变成了蛆虫的食物。现在，我需要去探索人体衰亡的原因和过程，所以不得不通宵达旦地待在墓穴和陈尸所中。我关注的东西，天性敏感的人无法承受。我看着好好的人体如何衰败消亡，我观察曾经绽放生命的脸颊因死亡而腐烂，我看到眼睛和大脑这样奇妙的东西沦为蛆虫腹中之食。我沉吟思量，审视并分析一个人由生到死、由死到生展示出的所有因果关系细节，直到在茫茫黑暗中，突如其来的一道光射进来，照在我身上——这道光如此耀眼、如此奇妙而又如此简单。我因其所展示出的广阔前景而头晕目眩，也感到吃惊不已：这么多天才围绕同一门科学展开研究，而一个如此令人吃惊的秘密却虚位以待，只供我发现，容我填充。

请记住，我记录的并非一个疯子的幻想，我笔下的记录真实得犹如天空中太阳发出的光芒。它的产生可能是由于某种奇迹，但是发现它的各个阶段却一清二楚、非常可信。经过无数个日夜的辛苦努力，我成功地发现了生命的起源；非也，应该说，我有了赋予无生命的机体生机活力的能力。

刚刚获得这一发现时，我内心无比惊讶，然后很快便感到兴高采烈。我花费了这么长的时间，付出了这么多的辛劳，眼看着马上就要登上我的梦想之巅，这无疑是我的辛苦研究取得的最令人满足的成就。这一发现实在太伟大，它能压倒一切，所以我忘记了这个过程中我前进的每一步，眼见的只有结果。自从创世以来，博学的智者们一直苦心钻研希望获得的发现如今就掌握在我的手中。不过它就像魔术一样，并非立刻在我面前全部展开。我已获取的能力，其本质可不仅是一个已完成的可堪展示的成果，而在于，只要我确定我的研究目标，它就为我指明努力的方向。

我就像是那殉葬的阿拉伯人①，发现了一条逃生出路，而能借助的只有一道微弱的光和一盏似乎没什么作用的灯。

我的朋友，从你的渴望以及你眼中流露出的惊讶和希望，可以看出你想让我讲述我知道的秘密。我不能说。请耐心听我讲完自己的故事，到时你很容易就可感觉到我为何对其有所保留。我不会让你像我当年那样毫无防备、单凭一腔热情而走向毁灭和确定无疑的悲惨下场。请一定以我为戒，即使不听我的说教，那至少也要从我这个活生生的例子中吸取教训，明白获取知识是一件多么危险的事情，而一个知足常乐、觉得自己的家乡小城就是整个世界的人远比一个志大才疏的人更快乐。

我发现自己掌握了如此匪夷所思的力量，可我犹豫了很长时间，不知如何运用这种力量，虽然我有创造生命的能力，但是要准备一具纤维、肌肉、血管样样齐全的骨架以使其成为生命的载体，依旧是一项困难重重且无比艰辛的工作。起初我也疑惑，是应该尝试创造一个像我一样的人，还是更简单的生物结构。但是，首战告捷大大地激发了我的想象力，让我丝毫不怀疑自己有能力赋予动物生命，使其像人一样完整而奇妙。目前我手头的材料远远不足以进行一项如此艰巨的任务，但是我并不怀疑自己有能力最终成功。我做好了迎接各种失败的准备。我的工作也许会不断地收到阻碍，我的最终作品也许并不完美，但是当我想到自己每天在科学和数学方面取得的进步时，就感觉备受鼓舞，希望现在的尝试至少可以为将来的成功奠定基础。我也不能因为计划的宏大、复杂而认为其无法实施。带着这些感受，我开始造人。人体一些部位极小，这

---

①出自《天方夜谭》的《辛巴达航海记》。辛巴达航海中遭遇海难，落在一个岛上，岛上习俗为夫妇中有一人去世，则另一人需陪葬。——译者注

大大阻碍了我的速度，所以我决定不按原计划行事，而是造一个巨人，也就是说，大约高八英尺①，各部位按比例放大。做了这一决定之后，我花了数月的时间顺利地收集并整理材料，然后开始着手制造巨人。

我初尝成功的甜头，没人能够体会我内心有着何等复杂的感受，它像飓风一样裹挟着我向前走。在我看来，生死的界限似乎仅是想象，我应该首先将其打破，为我们的黑暗世界注入一道强有力的光。一个新物种会将我作为其造物主而顶礼膜拜，许多快乐、卓越的造物会感激我创造了它们。没有哪位父亲能像我这样，完全当得起孩子的感激之情。一思及此，我还想，如果我可以赋予无生命的物体以生命，那么随着时间的推移（虽然我现在觉得不可能），也许我还可以让显然已经死亡、腐烂的躯体复活。

这些想法让我的精神为之振奋，与此同时我坚持不懈地继续我的事业。繁重的研究任务使得我脸色苍白，整日闭门工作使我变得瘦削憔悴。有时，在差之毫厘之处，我与成功失之交臂。不过我依然抱有希望——下一天或下一个小时，这份希望也许就实现了。我独自保守的秘密之一，就是我为之献身的希望。明月见证了我的挑灯夜战，我满怀渴望地探索自然深处的奥秘，内心紧张不安，屏气凝神。当我在阴森、潮湿的坟墓中翻寻，抑或为复活无生命的躯体而折磨一个活生生的动物，谁又能想象出我这见不得光的刻苦研究是多么恐怖呢？此刻我浑身战栗，眼神因回忆而飘忽，但在当时，一种无法抗拒、近乎疯狂的冲动推我向前。就为了这一探索，我似乎已经失去了全部灵魂或感觉。其实那只是一种短暂的着

---

① 约合2.4米。——译者注

迷，等到这反常的刺激一停止作用，我就回归了从前的习惯，而经受过如此的刺激，只让我变得更加敏锐。我从陈尸所收集尸骨，以亵渎神圣的手摸索人体结构的巨大秘密。我住的房子顶层有一个单独的房间，其实仅是个隔间，一道走廊和楼梯将它和其他房间隔开，我把它用作从事肮脏创作的工作室。由于长期盯着各种细节，我的眼珠从眼眶中突出来。解剖室和屠宰房为我提供了很多原材料。生而为人，我也经常对自己从事的研究感到厌恶，但我心中依然对此抱有越来越强的渴望，在此驱动下，我的工作逐渐接近尾声。

就在我全神贯注地忙于研究之时，夏天悄悄地过去了。那是一个多美的季节啊！田野里一派五谷丰登的景象，葡萄藤上挂满一串串诱人的葡萄，然而我却对大自然的种种诱人景象无动于衷。这种冷漠让我不仅无视周围的一切，还忘记了千里之外许久未见的亲友。我知道，我没给他们写信，他们非常牵挂。我清楚地记得父亲说过的话："我知道，若你过得愉快，你会幸福地想到我们，会经常给我们写信。恕我认为，如果你的来信中断，那只证明你也忽视了其他责任。"

因此，我知道父亲一定会这样想，但是我不能从自己的研究中分心去做其他事。虽然这项研究令人厌恶，却牢牢地抓住了我的心神，我无法抗拒。当时，我希望自己能暂戒七情六欲，直到实现这吞没了我天性的伟大目标。

那时我认为，如果父亲将我对他们的忽视归咎于我的缺点或过失，那不免有失偏颇，不过现在我确信，他归罪于我可谓是不无道理。完美之人应该一直保持波澜不惊的平和心境，决不能让情感或暂时的欲望扰乱宁静的内心。我觉得求知也不该例外。如果你从事的研究有可能削弱你的情感，阻碍你享受多少科学成果也无法弥补的简单快乐，那么这项研究肯定是不正当的，也就是说，对人类思想并无裨益。如果时刻遵守这一规则，如果一个人决不允许任何研究扰乱自己对家人的亲情和安宁，那么希腊就不会被奴役，恺撒不会毁掉他的国家，美洲不致被一夜发现，墨西哥和秘鲁两个帝国也不会遭受灭亡。

故事到了最精彩的部分，而我却在忘乎所以地进行说教。你做出如此神情，我才发觉不该跑题。

父亲在信中没有一句责备，只是留意到我的沉默，比以往更爱打听我的工作，关心我的科学研究。冬去春来，夏逝秋至，在我埋头钻研的过程中，四季变换。百花吐艳或绿叶舒展，以前这些景象总是让我感到无比的喜悦，但那时我一心扑在研究上，无心欣赏。那一年，在我的工作接近尾声之前树叶就枯萎了，而如今，每一天我已经取得的成功都更加明晰。但是，我在激情满怀之余，又会感到焦虑不安。我就像一个奴隶，注定要在矿井中辛苦劳作，抑或从事其他任何对身心健康不利的职业，而非一个沉浸在自己最爱事业中的艺术家。每天晚上，我都受到慢性热病的折磨，内心的紧张不安达到了令人痛苦的地步。一片落叶都能让我心惊，我避开人群，好像自己犯了罪。有时，看到自己变成现在这副形容枯槁的模样，我内心惊恐万分。只有目标能给我力量，让我支撑下去——我的辛苦很快就到头了。到那时，运动锻炼和娱乐消遣定会驱走病魔。我向自己承诺，只要完成了这创造，就将它们重新捡起。

第 五 章

十一月份，一个沉闷的夜晚，我注视着自己辛苦研究创造出的成果。内心的焦虑几乎快堆积成为痛苦，在这种状态下我将身边创造生命的工具收集起来，利用这些工具，我也许可以向躺在我脚下的无生命物体体内注入生命的火花。已经凌晨一点钟了，雨水凄厉地敲打着玻璃，蜡烛几乎燃烧殆尽。就在这时，借着摇摇欲灭、微微闪烁的烛光，我看见，那个创造物睁开了他暗黄的眼睛。他粗重地呼吸着，四肢一阵抽搐。

如何描述自己看到这个灾难时的感受呢？或者，该如何描述这个让我费尽心力去创造的恶魔呢？他的四肢匀称，我也为他打造了漂亮的外形。漂亮！——伟大的上帝啊！他的黄皮肤几乎盖不住下面的肌肉和血管，他的头发看上去黑亮顺滑，他的牙齿如珍珠般洁白。但是，每一个精致的部位组合在一起却造就出一个恐怖的生物，他面色黄黑，双唇像两条直直的黑线，他水汪汪的双眼跟眼窝几乎是一个颜色，灰褐色中泛着白。

世事无常，但世事并不如人的情感那样变化多端。仅仅为了给无生命的躯体注入生命这一个目的，我已经埋头苦干了将近两年。为此我废寝忘食，疾病缠身。我怀着近乎疯狂的热情，希望能实现自己的目标。现在我成功了，但是梦想的美好却消失得无影无踪，让人喘不过气的恐惧和厌恶充满我心。我实在受不了自己创造的这个怪物，于是冲出了工作室，一直在卧室里走来走去，无法安然入睡。最后，经历了内心情感的强烈起伏之后，疲倦袭来，我和衣躺到床上，努力让自己暂时忘掉这些事情。但这只是徒劳，我的确睡着了，却被离奇的噩梦惊扰。我梦见伊丽莎白，她容光焕发，漫步在英戈尔施塔特的街上。我又惊又喜，将她拥入怀中，我第一次吻上了她的唇，然而就在那时，她的双唇变成了青黑色，蒙上了死亡的色调。她的容貌似乎发生了变化，我觉得我怀里抱的是亡母的尸体。她身披寿衣，我看到墓穴蛆虫在法兰绒衣服的褶皱处蠕动。我被吓醒，额上全是冷汗，牙齿打战，浑身发抖。月光透过百叶窗的缝隙照进来，在昏黄的月光下，我看到了那个魔鬼——我创造出来的那个卑劣怪物。他掀起床帷，眼睛（如果它们可以被叫作眼睛的话）死死地盯着我。他的嘴巴张着，咕咕哝哝地发出一些听不清楚的声音，同时还咧着嘴笑，脸颊上堆起了一道道皱纹。他可能说了什么，但是我没有听清。他伸出一只手，似乎是要抓我，但是我身子一闪，然后冲下楼去。我住的这栋房子带一个院子，我在院子里躲了一夜，内心惊恐到了极点，在院子里走来走去，不时侧耳倾听，哪怕听到一点声音都吓得魂飞魄散，担心这声音预示着那具恶魔躯体正在靠近，而正是我亲手给予它生命，铸成大错。

噢！谁都无法承受那个面孔带来的恐惧。起死回生的木乃伊也没有那个恶魔可怕。在他还是个半成品时，我曾经仔细地看过他。他那时就已经很丑陋，但是当那些肌肉和关节能够活动，他变成了一个连但丁都想象不出的怪物。

我在煎熬中度过了那一夜。有时，我脉搏疾速跳动，融在一处，我几乎感觉不到每根动脉的跳动；而有时呢，因为身心俱疲，极度虚弱，我几乎瘫倒在地。除了恐惧，我内心还有失望的苦涩。长久以来，睡梦曾为我养精蓄锐，带来愉悦的休息，如今却变成了我的地狱，情况变化如此之快，打击又如此彻底！

终于熬到了天亮，天色阴沉，还下着雨。睁开一夜未合、隐隐作痛的眼睛，我看到英戈尔施塔特的教堂那白色的尖塔和时钟，大钟正好指向六点。守门人打开院子的大门，那一夜我一直藏身于此。我走上街道，步履匆匆，好像每到一处街角转弯处那恶魔都可能会突然出现在我面前，令我恐惧之余避之不及。愁云密布的天空大雨如注，我被浇透了，但却不敢回自己住的公寓，只感到被一股力量推着，继续向前。

我就这样又到处走了一段时间，努力通过运动身体来减轻压在心头的负担。我漫无目的地穿过大街小巷，头脑一片空白，不知自己置身何处，也不知自己所为何事。我的心吓得怦怦直跳，我急匆匆地往前赶，步履凌乱，不敢环顾四周：

> 就像一个孤独的旅人，
>
> 心惊胆战穿过野径荒丘，
>
> 他偷偷回望了一次，
>
> 从此再也不敢转回头；
>
> 因为他知道有一个魔鬼，
>
> 紧紧追随在他的身后。①

---

①见柯勒律治的《老水手之歌》。——原注

我就这样一直走啊走啊，最后来到一家旅馆的对面，各种驿车和马车经常在旅馆停驻。走到这里，我莫名地停下了脚步，我盯着从街道另一头朝我驶来的马车看了几分钟。随着马车越来越近，我发现那是一辆瑞士驿车。它恰好停在了我的身边，车门刚一打开，我就看到了亨利·克莱瓦尔。他一见我就立即跳下车。"亲爱的弗兰肯斯坦，"他惊叫道，"见到你实在是太高兴了！竟然一下车就见到了你，真是幸运！"

没有什么可与见到克莱瓦尔的喜悦相提并论，他的到来勾起了我对父亲、伊丽莎白以及家中一切的思念。我抓着他的手，立刻忘记了自己的恐惧和不幸。我突然感觉——数月来第一次——内心充满平静、喜悦。因此，我极为热忱地欢迎了我的朋友，我们向我的学校走去。克莱瓦尔滔滔不绝地讲我们朋友的近况，还告诉我，他被准许来到英戈尔施塔特是多么幸运。"你能想象得出，"他说，"要说服我父亲，让他知道记账这门高贵的艺术并没有涵盖全部必需的知识，是一件多么困难的事情。的确，我想他到最后都不相信，因为对于我一次次的恳求，他的答案永远都跟《威克菲牧师传》①中那位荷兰教师说的一模一样：'我不会说希腊语，可是照样一年挣一万弗罗林②；我不会说希腊语，照样吃得饱睡得香。'但是，最终他对我的爱还是战胜了他对学问的反感，于是他同意我来这片知识乐土进行一次发现之旅。"

"见到你让我再开心不过了。不过还是请你告诉我，你走时我父亲、弟弟和伊丽莎白怎么样？"

①《威克菲牧师传》（The Vicar of Wakerfield）：爱尔兰作家奥利弗·歌德史密斯（Oliver Goldsmith, 1728-1774）的小说，是著名的感伤主义小说。——译者注
②弗罗林：旧时欧洲货币。——译者注

"他们过得非常好,非常开心,只是因为很少收到你的信而有点不安。啊,对了,我还真打算替他们说你几句。不过,亲爱的弗兰肯斯坦,"他稍微停了一下,仔细打量着我的脸,继续说道,"我还没来得及说,你看起来病得如此严重,身形消瘦,面色苍白,好像熬了很多个不眠之夜。"

"你猜对了,最近我废寝忘食地忙一件事,没有好好休息过,就成了你现在看到的这副模样。不过我希望,我真诚地希望,现在这一切工作都画上句号,我总算解脱了。"

我浑身剧烈颤抖,我不敢想前一天晚上发生的事,连提都不敢提。我走得很快,不久就到了学校。然后我突然想到,昨天我留在公寓里的那个怪物可能还在那儿,活生生地到处乱走呢!想到这儿我不寒而栗。我害怕看见这个怪物,但是我更害怕亨利会看见他。因此,我请他在楼梯下面待几分钟,而我飞奔上去,回到自己的房间。还没有定住神,我已经把手放到了门把手上。我迟疑起来,不禁打了一个寒战。我用力推开门,如同孩子预料幽灵站在另一边等着他们,但是什么也没出现。我心惊胆战地走进去,公寓空无一人,我的卧室里也不见那个可怕客人的踪影。我几乎不敢相信如此大的幸运会降临在我身上。不过,我一确定敌人已消失,就兴奋地拍手叫好,赶紧跑下楼去喊克莱瓦尔。

我们上楼进屋,不久仆人就把早餐端了上来,但是我吃不下。我心中不仅仅是喜悦,我身体因过度敏感而刺痒,我的脉搏跳得很快。我一刻也安定不下来,在椅子上跳来跳去,拍手大笑。克莱瓦尔起初以为是他的到来让我异常兴奋,但是更加仔细地观察我之后,他在我眼中看到了一种癫狂,对此他百思不得其解,我放纵冷酷的狂笑让他又惊又怕。

"亲爱的维克托,"他喊道,"上帝啊,你这是怎么了?别这样笑了。

你病得真重! 你怎么把自己弄成这样?"

"别问我,"我大喊,双手捂住眼睛,我仿佛看到那可怕的幽灵悄悄溜进了屋子,"他会听见的。哦,救救我! 救救我! "我想象着那个怪物抓住了我,我奋力挣扎,昏倒在地。

可怜的克莱瓦尔! 他当时心里是什么感觉啊? 他满心期待的相逢竟然不可思议地变成这样一个让人痛苦的场面。不过,我并未目睹他的忧伤,因为我昏迷了很长一段时间,过了很久才清醒过来。

之后我得了神经性热病,卧病在床好几个月。那段时间,只有亨利照顾我。后来我才了解到,他知道我父亲年事已高,不宜长途跋涉,加上我生病的事会让伊丽莎白无比担忧,因此在一定程度上隐瞒了我的病情,省得他们挂念。他清楚,谁也没有他护理得体贴周到。他坚信我可以康复,认为隐瞒病情对我家人来说是善意而非伤害,对此他毫不怀疑。

但实际上我的病情很严重,如果没有我这位朋友不分昼夜地精心护理,我一定难逃此劫。我一手创造出来的那个怪物一直在我眼前挥之不去,我不停地胡言乱语,一直在谈论那怪物。我的话肯定让亨利目瞪口呆。最开始的时候,他以为是我神志不清,在说胡话,但是看我一直执拗地翻来覆去说同一件事,他才相信我的神经错乱要归结于某个不同寻常的可怕事件。

慢慢地我康复了,在此期间病情经常反复,我的朋友为此感到既恐惧又难过。我记得自己第一次能够带着愉悦的心情向外看时,落叶已不见踪影,一棵棵荫蔽窗口的树木正在发芽。生机勃勃的春天到了,这个季节大大有助于我的康复。我也感觉到,自己内心涌动着欢乐。我一扫往日的愁容,很快就恢复了没有遭受致命一击之前的开心愉快。

"最亲爱的克莱瓦尔，"我感叹道，"你对我实在是太好太体贴了。你原本是来此求学的，却用了整个冬天的时间在病榻前照顾我。我该如何报答你呢? 看到我当初那个样子，你肯定很失望吧，我真是懊恼死了，不过你会原谅我的。"

"如果你别给自己增加烦恼，尽快好起来，那就算报答我了。既然你现在看上去精神不错，那我能跟你说一件事吗? "

我浑身一颤。一件事! 会是什么事呢? 他会不会提及那个我想都不敢想的东西?

"别激动，"克莱瓦尔看到我脸色大变，于是安慰我说，"如果让你不安，那我就不说了。不过，如果你父亲和表妹能收到你亲手写的信，他们会非常开心的。他们不太清楚你的病情，你这么久不写信，他们很担心。"

"亲爱的亨利，你要说的就是这些? 我亲爱的朋友们如此值得我深爱，你怎么能够认为我若有闲，最先想到的不是我所深爱的他们呢? "

"我的朋友，如果此刻你这么想的话，那么看到一封已经寄来一段时间的信，或许你会非常开心。我想，这封信应该是你表妹写的。"

第 六 章

然后，克莱瓦尔把下面这封信交到我手中。信来自我亲爱的伊丽莎白：

我最亲爱的表哥：

　　你生病了，而且病得很重，虽然亲爱的亨利经常写信，但也不能让我消除这个疑虑。你没法写信——连笔也拿不起。不过，亲爱的维克托，只消有你只言片语，我们就能不再挂念。很长一段时间，每次看到一个邮差，我都以为他会带来你的信。在我的劝说下，舅舅没有长途跋涉去英戈尔施塔特。我担心他会在漫长的旅途中遭遇麻烦，甚至是危险，所以不让他去，但我经常为不能亲自去看你而懊恼不已！我心里想，你只能雇一个老护士在病榻前照顾你，她不能像你可怜的表妹那样，猜出你想要什么，更不能尽心尽力地去满足你的愿望。不过现在好了，克莱瓦尔来信说你的身体已经好转。我真的希望你能快点写封亲笔信向我们证实这个消息。

　　早日康复吧，回到我们身边。你会与深深爱着你的家人和朋友一同享受开心、快乐的生活。你父亲身体康健，唯愿见你。不过我们会告诉他，你没事了。他慈祥的面孔不会因担心而愁容满面。如果看到我们欧内斯特的进步，你不知道会有多高兴呢！他现在十六岁了，朝气蓬勃，活力四射。他渴望成为一名真正的瑞士人，想要去国外服役，但是我们不忍和他分开，至少要等到他哥哥回来。舅舅不赞成他去遥远的异国他乡服兵役的想法，但是欧内斯特向来没有你用功，学习对他来说是一种可恶的束缚。他整天在外面疯玩，要么爬山要么泛舟。若我们不让步，不允许他进入自己选择的行业，我担心他会成为一个游手好闲的人。

自你走后，除了孩子们一天天长大，家里没多大变化。碧蓝的湖水，皑皑的雪山——它们依然如故。我想，我们平静祥和的家庭，怡然自得的心境，也在同样自然法则的支配下。我整日瞎忙，但也乐在其中，只要看到周围开心亲切的脸庞，我就感觉一切都是值得的。你走之后，我们这个小家只发生了一点改变。你还记得贾丝廷·莫里茨是怎么来到我们家的吗？你很可能不记得了，因此，我要跟你简单讲一下她的故事。她的母亲莫里茨太太是一个寡妇，有四个孩子，贾丝廷排行第三。这个女孩一直都是她父亲的掌上明珠，她母亲却性情乖张，容不下她，在莫里茨先生去世之后待她十分刻薄。舅母见此便在贾丝廷十二岁那年说服她母亲，让她来我们家生活。相对于周边的君主制邻国，在我国的共和制下，人们的风俗礼仪更简单也更快乐。因此，各阶层之间的区别没那么明显，社会等级较低的阶层并不太穷也不会饱受歧视，他们的行为举止更有教养，品行更端正。日内瓦的仆人跟法国和英国的仆人不是一回事。贾丝廷就这样来到了我们家，学习做仆人的职责。在我们这样幸运的国家，做仆人并不意味着无知或牺牲做人的尊严。

说不定你还记得，你最喜欢贾丝廷。我记得你曾说过，若你情绪不佳，贾丝廷的一个眼神就能驱散你内心的不快，如阿里奥斯托谈及安吉莉卡的美貌时所说的——她看上去心地无私，欢欣快乐。舅母非常疼爱她，因此改变初衷，让她接受更高的教育。贾丝廷尽全力报答舅母的恩典，她是世上最懂得感恩的小精灵。我并不是说她曾表达过自己的感激，我从未听她说过一句，但是你能从她的眼神中看出，她对自己的保护神有着近乎崇拜之情。尽管她性格不拘小节，在很多方面考虑不周，但是她留心观察舅母的一举一动。她把舅母当作尽善尽美的楷模，努力模仿舅母的言语举止，所以，直至现在她还经常会让我们想起舅母。

我最亲爱的舅母过世时，大家都沉湎于各自的悲伤之中，无人留意到可怜的贾丝廷。在舅母生病期间，她一直忧心忡忡、尽心尽力地伺候。可怜的贾丝廷那时也病得很重，但还有其他的考验在等待她。

她的兄弟姐妹相继去世。她父母除了这个不管不问的女儿之外，膝下一个孩子也没有了。这个女人的良心感到不安，她开始想，她最疼爱的孩子相继离世是上帝在惩罚她的偏心。她是天主教徒，我认为她的忏悔牧师肯定了她的猜想。因此，在你动身去英戈尔施塔特几个月后，贾丝廷被悔悟的母亲叫回了家。可怜的女孩！她走时哭得很伤心。自从舅母过世之后，她变了很多。因为忧伤的缘故，她的言行一改往日的活泼，变得更加温柔和顺。她住在母亲家也没能重新让自己快乐起来。那个可怜的女人并没有彻底痛改前非，有时她乞求贾丝廷原谅她没尽到母亲的义务，但大部分时间都指责贾丝廷克死了她的兄弟姐妹。最终，长期的烦躁不安让她的身体每况愈下，她变得更加暴躁，不过现在她已经长眠于地下。她是去年初冬去世的，当时天气刚刚转冷。贾丝廷已经回到我们身边了，我向你保证，我非常疼爱她。她既聪明又温柔，而且长得楚楚动人。正如我前面所说，她的样子和说话方式总能让我想起亲爱的舅母。

不过亲爱的表哥，我还要跟你说一说亲爱的小威廉。你要是能见到他那该多好啊，在他这个年龄，他的个头算是很高了，长着笑吟吟的蓝眼睛、黑黑的睫毛以及卷卷的头发。他一笑，红润的脸颊上就会出现两个小酒窝。他已经有了一两个小"情侣"，但是他最喜欢的是路易莎·拜伦，今年五岁，是个很漂亮的小姑娘。

亲爱的维克托，说到这里，我敢说你肯定希望听我讲一下日内瓦人民的趣闻吧。美丽的曼斯菲尔德小姐马上就要嫁给一位年轻的英国人约翰·梅尔本先生，大家已经登门道贺。她其貌不扬的姐姐曼侬在去年秋天嫁给了富有的银行家杜维亚尔先生。克莱瓦尔离开日内瓦后，你最要好的同学路易斯·马诺瓦接连遭受不幸。不过他已经重新振作起来，据说马上就要迎娶一位美丽可爱的法国人塔威尼尔夫人。她是个寡妇，比马诺瓦年长很多，但深受众人的敬仰和喜爱。

亲爱的表哥，给你写这封信，我的心情好多了。但是临近搁笔，我又开始挂念你。我最亲爱的维克托，请写封信给我们，哪怕一行或者一个字，对我们都是莫大的安慰。万分感谢亨利的善良和关爱以及他的诸多来信，我们真的感激不尽。再见！表哥，保重，求求你给我们写封信吧！

伊丽莎白·拉温莎

17XX年3月18日于日内瓦

"亲爱的，亲爱的伊丽莎白！"读完她的来信，我忍不住喊道。"他们如此担心我，我要马上写信，叫他们别再担心。"于是，我提笔写信，累得浑身疲倦乏力，不过我的身体已经开始康复，并且日趋好转。又过了两个星期，我可以出屋了。

康复之后，我其中一个首要任务便是将克莱瓦尔引荐给这所大学的一些教授。这过程让我颇受煎熬，相当于在揭心灵深处的伤疤。在那个致命的夜晚，我的研究终止了，我的不幸开始了，从那之后，哪怕是听到自然科学这几个字都让我感到无比厌恶。即便我身体恢复得差不多了，看到化学器材仍会让我再次感到紧张不安。亨利见此，便将所有的仪器设备挪到我的视线范围之外。他还帮我换了公寓，因为他察觉到，我讨厌那间曾被我当实验室的屋子。但是，我去拜访教授们的时候，克莱瓦尔的关心就没什么用了。瓦尔德曼教授亲切、热情地夸奖我在科学领域取得的惊人进步时，对我来说是一种折磨。他很快察觉到我不想聊这个话题，但他又猜不出真正的原因，还以为是我太谦虚，然后便转换话题，不再谈我的进步，谈起了科学本身。明显可以看出，他希望能引我说话。我能做什么呢？他本意是让我高兴起来，但其实是在折磨我。仿佛他将那些仪器一件件地摆在我的眼前，日后将用它们慢慢地折磨死我。听着他的话，我的内心痛苦不堪，但又不敢表现出来。克莱瓦尔不仅眼神敏锐而且感觉灵敏，能快速觉察出别人的感受，以听不懂为借口转移了话题，谈话终于大幅转向。我由衷地感激我的朋友，但并未说出口。我能明显看出，他很是惊讶，然而他从未试图问过我的秘密。我对他怀有无限的喜爱和尊敬，但也不能说服自己如实相告。我一直忘不了那件事，但又害怕如果一五一十地告诉别人，那只会在我的内心留下更深的伤痕。

克伦佩教授可就没这么好说话了。我当时内心极度敏感，已经到了几乎无法承受的地步，在那种情况下，他生硬而直接的称赞比瓦尔德曼教授亲切的赞许更让我痛苦。"你这家伙！"他喊道，"哎呀，克莱瓦尔先生，我向你保证，他已经超过我们所有人了。是的！尽管瞪大眼睛吧，但这是事实。几年前还像信奉《福音书》一样坚定地信奉科尼利厄斯·阿格里帕的年轻人，现在已经是这所大学的翘楚；如果不赶快把他拉下来，那我们所有人的脸都没处搁了。是的，没错！"他看到我的脸上写满痛苦，却仍继续说道："弗兰肯斯坦先生非常谦虚，这在年轻人身上是种难能可贵的品质。克莱瓦尔先生，你知道，年轻人应该谦虚谨慎，我自己年轻时就是那样，但是这种品质在很短时间内就消失不见了。"

克伦佩教授现在开始给自己歌功颂德，转移了让我讨厌的话题，这倒是幸事。

对于我在自然科学方面的爱好，克莱瓦尔从来都无法产生共鸣。他的文学追求完全异于我之前的研究。他来这所大学的目的是想成为精通东方语言的大师，如此一来他便能为自己之前规划的人生增砖添瓦。他下定决心要追求伟大的事业，所以他将目光投向东方，将其作为他积极进取的用武之地。他用心学习波斯语、阿拉伯语和梵文，而我则轻易地被吸引来做同样的研究。我之前很讨厌无所事事，而如今我希望可以抛开各种思绪，再加上痛恨自己之前的研究，因此在与我的朋友同窗学习的过程中，内心感到无比轻松畅快，在东方学者的著作中不仅习得了教诲，亦找到了安慰。我跟他不一样，无意获得那些语言特征进行评判，因为我学习这些语言只不过是暂时消遣罢了，没考虑另作他用。我学习语言，只是为了理解它们的意思，我付出了努力，也得到了回报。作者在书中表达出的忧郁悲伤可以减轻我的痛苦，而其喜悦之情则令人振奋，如此强烈，我研读其他任何国家的作品时从未有过这种体验。阅读他们的著作时，生活中似乎既有温暖的太阳和满园的玫瑰，也有时而微笑时而蹙眉的美貌佳人，还有那吞没你整颗心的火焰。那风格与希腊和罗马阳刚十足的英雄史诗截然不同！

夏天就在学习中过去了，我回日内瓦的日子定在了秋末，但是，归程因为一些事情而耽搁了。冬雪接踵而至，路况不好，无法通行，所以我的旅程一直推迟到来年春天。归程延期让我倍受煎熬，因为我渴望回到故乡，与我亲爱的朋友相见。我的归期之所以耽搁这么长时间，只因我不愿把克莱瓦尔留在一个陌生之地，毕竟他在此地还不认识任何人。不过，那个冬天我们过得很快乐，尽管春天来得出奇晚，但当春回大地时，春色的迷人弥补了它的姗姗来迟。

现在已是五月初，我每天都在盼望能确定我启程日期的来信，正在这时亨利提议到英戈尔施塔特郊区徒步旅行，算是跟这个停留许久的国家告别。我满心欢喜地同意了这个提议。我喜欢运动，昔日在瑞士到处欣赏自然美景时，克莱瓦尔就一直是我最喜欢的同伴。

我们徒步旅行了两个星期，我的身体和精神早已康复，如今呼吸清爽的空气，在旅程中观赏自然美景，和朋友畅所欲言地聊天，身心变得更有活力。之前因为从事研究，我不和其他人交往，也没有任何社交活动，但是克莱瓦尔唤起了我内心深处更加美好的情感，他再次教会了我热爱大自然的一景一物以及孩子的灿烂笑脸。多么难得的朋友！你真诚地爱我，并努力让我振作起来，直至与你一样振奋！自私的追求束缚了我，让我变得狭隘，直到你的温柔和关爱温暖了我，让我耳聪目明。我变成了一个快乐的人，就像几年前那样，心中有爱，也为别人所爱，没有悲伤，无忧无虑。我开心的时候，毫无朝气的大自然也能带给我最快乐的感觉。万里无云的天空和青翠欲滴的田野让我内心充满喜悦。现在这个季节景色宜人，篱笆内的春花群芳争妍，而夏花也已经含苞待放。一年以来我心头思绪万千，尽管我竭力要把它们甩得远远的，它们仍然沉重地压在我心上。这是难以承受的重量，今天终于得以解脱。

看到我的心情不错，亨利也由衷地感到高兴，他在表达内心感受的同时，还尽力逗我开心。在这个时候，他的思想之丰富着实令人吃惊。他的谈话内容充满想象力，还经常仿照波斯和阿拉伯作家，编造充满幻想与激情的故事。除此之外，他还一遍又一遍地吟诵我最喜欢的诗或拉着我一起辩论，他的观点常常别具一格。

我们在一个星期日的下午回到了学校。回程路上，很多农民在跳舞，我们遇到的每一个人看上去都开心快乐。我自己的兴致也很高，一路上蹦蹦跳跳的，内心无比欢乐。

第 七 章

我一回去就发现了父亲的来信：

我亲爱的维克托：

　　你一直没收到确定归家日期的书信，很可能等得不耐烦了吧。我原本打算只写几句而已，仅告诉你归期。那样做是出于善意，但是对你来说很残忍，我不敢那样。儿子啊，你盼望着家里人兴高采烈地欢迎你，结果回来时看到的反而是眼泪和痛苦，那你会多么吃惊啊！维克托，我该怎么讲述我们遭遇的不幸呢？虽然你不在我们身边，但是也不会对我们的喜乐哀愁无动于衷，我怎么忍心让我长期离家的儿子承受痛苦呢？我希望能让你对这令人悲伤的消息做好心理准备，但我知道这是不可能的。现在你的双眼正在浏览这页信纸，想要找出传达这一可怕消息的字眼。

　　威廉死了！——那乖巧的孩子，他的微笑给我带来幸福和温暖，他性格温和，内心快乐！维克托，他遇害身亡！

　　我不想找什么话来安慰你，只想简单地告诉你事情的来龙去脉。

　　上星期四（5月7日），我带着伊丽莎白还有你的两个弟弟去普兰帕莱散步。那晚天气暖洋洋的，到处一片宁静祥和的感觉，于是我们比平时走得远了一些。我们想回去时，天色已经暗了下来。接着我和伊丽莎白发现，威廉和欧内斯特原本一直走在我们前面，这时却不见了。因此，我们找个地方坐下，等着他们回来。这时欧内斯特回来了，问我们有没有见到他弟弟。他说，他一直在和弟弟玩耍，弟弟跑开，藏了起来，他去找弟弟但没有找到，然后等了很久，仍不见其踪影。

他这么一说，我们都感到非常惊慌，接着我们继续寻找，一直找到夜幕降临，这时伊丽莎白猜想他可能已经回家了。但家里没有。我们又拿着火把回来接着找。一想到我的宝贝儿子走丢了，要在外面风餐露宿一夜，我就没法闭眼休息，伊丽莎白也担心得要命。第二天早晨五点左右，我找到了我可爱的儿子，他前一晚还活蹦乱跳的，而今却躺在草地上，面色青灰，一动不动，脖子上留有凶手的指印。

我们把他带回家，我脸上流露出的痛苦显而易见，伊丽莎白一看便明白了。她决意要看看遗体。起初我想阻止，但是她非看不可。她进入停放遗体的房间，匆忙地检查了威廉的脖子，继而紧握双手，惊呼："哦，上帝啊！是我杀了这可爱的孩子！"

她昏厥过去，我们费尽心力才让她醒过来。醒来之后，她一直哭泣叹息。她对我说，她本有你母亲一个珍贵的小画像，出事那天晚上，威廉软磨硬泡，要她将画像给了他。如今画像已不知去向，这肯定是促使凶手杀人的诱因。虽然我们一直在找凶手，不过目前仍没找到，但即使找到，我们深爱的威廉也回不来了！

回来吧，我最亲爱的维克托，只有你才能安慰伊丽莎白。她整日以泪洗面，非说是自己害死了威廉，她的话让我心痛。我们都很难过，这样的事都不能让你——我的儿子——想要回来安慰我们吗？你亲爱的母亲！唉，维克托！现在我要说，感谢上帝，她没有眼睁睁地看着最小的儿子惨遭不幸。

回来吧，维克托。但不要想着去找凶手复仇，而是要让自己保持平静与温和的内心，这不会加重我们内心的创伤，而会将其治愈。我的朋友啊，请带着对亲人的关心与爱护而非对凶手的仇恨，走进这个被悲伤笼罩的家。

爱你而又悲痛不已的父亲

阿方斯·弗兰肯斯坦

17XX年5月12日于日内瓦

我读信时，克莱瓦尔一直在观察我的表情，看到我的神色由最初收到来信时的喜悦变成绝望，他感到很吃惊。我把信扔到桌子上，以手掩面。

"亲爱的弗兰肯斯坦，"看到我痛哭，亨利惊呼道，"怎么又不开心了？亲爱的朋友，发生了什么事情？"

我示意他拿起那封信，而自己则痛苦不堪地在屋里走来走去。克莱瓦尔读到这不幸之事，也泪如泉涌。

"我的朋友，我给不了你任何安慰。"他说，"你遭受的灾难是无法弥补的。你打算怎么办？"

"立刻回日内瓦。亨利，跟我一起去订马车吧。"

路上，克莱瓦尔想方设法地说一些话来安慰我，他只能表达自己发自肺腑的同情。"可怜的威廉！可爱的孩子，现在他和自己天使般的母亲一起长眠了！他是那么聪明伶俐、快乐活泼、朝气蓬勃，见过他的人肯定都会为失去他而伤心流泪！他死得这么悲惨，竟然是被凶手掐死的！凶手竟然能对这么一个生龙活虎、天真无邪的孩子下狠手，真是罪大恶极！可怜的小家伙！他是我们的唯一慰藉。他的朋友为此忧伤、哭泣，但他已经安息了。他的痛苦结束了，从此再也不用受苦受难。他娇柔的身躯躺在长满青草的泥土下，感受不到任何痛苦，再也不会成为大家同情的对象。我们必须把同情之心用在还痛苦地活在世上的人们身上。"

　　我们急匆匆地穿街走巷时，克莱瓦尔说了这些话。它们牢牢地印在了我的脑海中，后来我孑然一身时还依然记得。不过现在，马车一到，我就迫不及待地上了车，跟朋友告别。

　　一路上，我情绪低落。最开始的时候，我希望能走快点，因为我所深爱的亲人正陷入悲伤之中，我渴望去安慰他们，分担他们的忧伤。但是随着马车离家乡越来越近，我却渐渐放慢了速度。我的内心五味杂陈，几乎无法承受。我路过那些从前无比熟悉而今已近六年未见的地方。在这六年中，斗转星移，沧海桑田！一个突然而悲惨的变化已经发生，但还有无数件小事，可能也在一步一步地引起其他的变化，虽然其过程更悄无声息，但一样决然。恐惧袭来，我不敢再往前走，许许多多无以名状的不祥预感让我恐惧得浑身发抖，尽管我无法说出到底是什么。

　　我带着满心的忧伤在洛桑停留了两天。我注视着面前的湖泊，湖面平静，周围的一切都是那么静谧，有"大自然宫殿"之称的雪山依然如故。天堂般的美景逐渐让我重新振作起来，于是我继续赶往日内瓦。

我离家乡越来越近，湖边的小路也变得越来越窄。我更加清晰地看到了侏罗山黛青的轮廓以及勃朗峰耀眼的顶峰。我像个孩子似的哭泣起来。"亲爱的群山！我美丽的湖泊！你该如何欢迎你的游子？山巅清晰可见，天空与湖水蔚蓝宁静。这是在预示着平和宁静，还是在嘲讽我的命中不幸？"

朋友，我一直在讲这些背景故事，恐怕会显得很啰嗦。但是，这段时间是我相对比较开心的日子，想起这些我就非常快乐。我的祖国，我深爱的祖国！只有在此土生土长的人才能体会我再次看见故国的江川溪流、连绵群山，尤其是风光旖旎的湖泊时，内心是何等欢愉！

不过，快到家时，我的内心再次被忧伤和恐惧填满。暮色四合，当黛色的山峦几乎从视野中消失不见，我感到更加伤感。四面景物苍茫而晦暗，仿佛暗藏杀机，我隐约预感到自己注定会成为这世上最可怜的人。唉！我预言得真准，只没想到一件事。我想象和惧怕的所有不幸，还不及我命中注定要承受的痛苦的百分之一。

当我到达日内瓦郊区的时候，天色已经完全暗了下来，城门已经关闭，我只好在距城半里格的塞克朗村过夜。夜空宁静，我无法入睡，便决定去看看可怜的威廉遇害的地方。我无法穿城而过，只能乘船穿湖抵达普兰帕莱。在这短短的旅程中，我看到闪电穿梭在勃朗峰的山巅，画出优美的折线。暴风雨似乎正在迅速逼近，一下船我就爬上一座矮矮的小山，以便观察暴风雨的进程。它不断逼近，天空乌云密布，没过一会儿我便感到硕大的雨点慢慢地砸下来，雨势很快变大。

虽然天越来越黑，雨越下越急，头顶传来震耳欲聋的雷声，我依然起身继续向前。雷声在萨雷布山、侏罗山和萨瓦阿尔卑斯山间回响。闪电发出的耀眼光芒让我眼花缭乱。闪电照亮了湖泊，让它看上去犹如一大片火海。然后，一切瞬间陷入漆黑，直到眼睛从先前的亮光中逐渐恢复过来。刹那间暴雨铺天盖地袭来。瑞士的天气经常如此。城北的雨下得尤其大，雨水敲打着贝尔里夫岬和科佩特村之间的湖面。另一个风暴区位于侏罗山，一道道闪电在空中若隐若现，高高耸立在日内瓦湖东部的莫尔山也被闪电照得时明时暗。

我一边旁观着如此美丽而又恐怖的暴风雨，一边加快步伐。天空中壮观的电闪雷鸣让我振奋，我紧握双手，大声呼喊："威廉，亲爱的天使！这是你的葬礼，这是你的挽歌！"就在我喊出这些话时，我察觉到，黑暗中有个影子从离我不远的一片树丛中悄悄溜出来；我一动不动地立在原地，屏息凝视——我不会弄错的。一道闪电正照在他身上，让他清清楚楚地呈现在我眼前。他体形巨大，外貌畸形，看起来非常吓人，不像人类。我立刻意识到，这是我创造的那个魔鬼，是那个肮脏的怪物。他在这儿做什么？会不会是他（想到这里我不禁浑身一颤）杀害了我的弟弟？这个想法刚在脑子里闪现，我就立刻对其笃信不疑。我牙齿颤得咯咯作响，被迫靠着一棵树来支撑自己。那幽灵迅速从我身旁闪过，消失在茫茫夜色中。真正的人不会亲手夺去这可爱孩子的性命。他就是凶手！对此我毫不怀疑。我能想到这一点，本身就无可辩驳地证明了这个事实。我想去追这个魔鬼，但只是徒劳，因为借着划出的一道闪电，我看到他攀登在萨雷布山近乎垂直的峭壁之上，这座山的北部与普兰帕莱接壤。他很快登顶，继而消失不见。

我一动不动地待在原地。轰隆隆的雷声停止了，但是雨还在下，一切都被浓重的黑暗笼罩。我一直想要忘记的事又出现在我的脑海中：我的整个创造过程，我亲手创造出来的作品出现在我的床边，他的离开。从他获得生命的那夜算起，迄今已有将近两年的时间了。这是他的第一个罪行吗？唉！我把一个卑鄙的恶魔带到世间，他以残杀和制造痛苦为乐。难道不是他要了我弟弟的命吗？

那天后半夜，我一直待在野外，浑身湿冷，内心的痛苦无人可以想象。但是，我丝毫感受不到天气的恶劣，我脑海里满是不幸和悲哀的场景。我在想自己带到人世的那个怪物，我给了他制造恐惧的意志和力量。思及他的所作所为，几乎可以说，他是我自己创造出来的吸血鬼，是我自己从坟墓中放出来的幽灵，是我自己迫使他去毁掉我所爱的一切。

天开始亮了，我直接回城。城门已经开了，我加快脚步朝家中走去。我的第一个念头就是将自己掌握的凶手情况告诉家人，并立即发动大家去寻找凶手。但是，一想到必须要讲的事，我就踌躇起来。前一夜，午夜时分，我在无法攀登的山崖峭壁间看见了自己一手打造并赋予生命的怪物。我还想起，就在见到自己创造出来的怪物的那一夜，我就曾患上神经性热病，这会让故事听起来不仅是匪夷所思，而且简直像是在说胡话。我清楚地知道，如果有人跟我讲起这件事，我会视其为神志不清的胡言乱语。另外，即使我能取得家人的信任，说服他们展开搜捕，动物的神奇本能也可以让他逃过所有搜寻。那么搜寻还有何用？谁能捕获一个能在萨雷布山的悬垂面上轻松攀登的怪物呢？这些考虑让我下定了决心，决定保持沉默。

我走进父亲房子时，大约是早晨五点。我叮嘱仆人不要打扰家人休息，然后走进书房，等他们按往常时间起床。

六年的时间就这么过去了，犹如一场梦，却留下了抹不掉的痕迹。我站在动身去英戈尔施塔特之前最后一次拥抱父亲的那个地方。我深爱的可敬的父亲！在我心中他依然如故。我凝视着悬挂在壁炉台上方的母亲的画像。这画是为怀念逝者而作，是根据父亲的意愿而画，画中，卡罗琳·博福特痛苦绝望地跪在已逝父亲的灵柩旁边。她身穿粗衣，脸色发白，但却散发着高贵和美丽，几乎不需要怜悯同情。这幅画像下边是威廉的一张小画像。看到它，我的眼泪夺眶而出。

正当我沉浸在悲伤之中不能自已，欧内斯特进来了。他已经听说了我的到来，跑过来欢迎我，表情悲喜交集："我最亲爱的维克托，欢迎回家。啊！你要是三个月之前回来该多好！那时你会看到我们所有人幸福快乐的样子。如今你回来，却只能分担我们无法减轻的悲伤。不过，我希望你的出现能让父亲振作起来，因为这不幸，他一蹶不振。另外你的劝导能让可怜的伊丽莎白不再无谓而又痛苦地责怪自己。——可怜的威廉！他是我们的挚爱与骄傲！"

说着，弟弟泪如泉涌，巨大的痛苦蔓延至我全身。以前，我只能想象不幸的家庭所遭受的痛苦，而现实对我来说，犹如一场惨不忍睹的新的灾难。我试着让欧内斯特平静下来，更加详细地问了问父亲以及表妹的情况。

欧内斯特说："她最需要安慰，她怪自己害死了弟弟，为此她悲痛欲绝。但是既然已经找到了凶手……"

"什么？已经找到了凶手！上帝啊！怎么会呢？谁能追上他呢？那是不可能的，你还不如去试着赶超风速，或用一根稻草阻挡山涧溪流。我也见到他了，他昨天晚上还到处乱窜呢！"

"我不知道你在说什么，"弟弟诧异地回答道，"但是对我们来说，凶手落网，我们的不幸却更深重透顶。起初谁都不相信。即便到了现在，伊丽莎白都不相信，尽管证据俱在。的确，贾丝廷·莫里茨那么可爱亲切，对家里每个人都很好，谁会相信她竟能够犯下如此骇人听闻、令人发指的罪行呢？"

"贾丝廷·莫里茨！这女孩实在可怜，她就是被告？但这是桩冤案，大家都知道。肯定没人相信吧，欧内斯特？"

"起初谁都不信，但是调查出的一些情况，由不得我们不信。另外，她自己的行为也令人困惑不解，更加证实了她的罪行，没什么好怀疑的。不过，她今天要受审，到时你可以听到整个事情的来龙去脉。"

然后他讲道，可怜的威廉被发现的那天早晨，贾丝廷病倒了，卧床不起好几天。在这期间，一个仆人偶然翻了翻她在案发当晚所穿的衣服，在她的口袋里发现了我母亲的画像，这被断定为她的杀人动机。那位仆人立即将其拿给另一个仆人看，两人在未告知我们家里人的情况下，直接去了法官那里；法官依据他们的证词将贾丝廷逮捕。被控杀人之后，这个可怜的女孩因行为举止惊慌失措而大大加重了自己的嫌疑。

这个故事很奇怪，但并没有动摇我的信念。我认真地回答道："你们都搞错了。我知道凶手是谁。贾丝廷，可怜的、善良的贾丝廷是无辜的。"

这时，父亲进来了。他满脸哀思，但还是强作笑脸欢迎我回家。我们悲伤地互相问候之后，本想说一些这灾祸之外的其他话题，然而欧内斯特大声喊道："上帝啊，爸爸！维克托说他知道是谁杀了可怜的威廉。"

"很不幸，我们也知道。"父亲回答说，"说实话我宁愿永远被蒙在鼓里，也不愿看到我曾经那么看重的人竟是如此邪恶，恩将仇报。"

"亲爱的父亲，你弄错了，贾丝廷是无辜的。"

"如果她是无辜的，那么她绝不该蒙受冤屈。她今天就要受审了，我由衷希望她能被无罪释放。"

这一席话让我冷静下来。我心中坚信，贾丝廷以及任何一个人都是无辜的。因此，我不怕有人会举出足够有力的旁证来证明其有罪。我的故事不能公布于众。这件事情恐怖至极，匪夷所思，会被凡俗中人看作一件疯狂的事。除了我这个创造者之外，除非亲眼所见，谁会相信我铸下这等自以为是、鲁莽无知的大错，还任其为害世间？

很快，伊丽莎白也来了。自从上次见面以后，她变了很多。她童年时就那么美好，时间更为她增添了一份无法比拟的魅力。她依然那么真诚坦率、充满活力，但同时又给人一种既敏感又睿智的感觉。她非常热情地欢迎我回家。她说："我亲爱的表哥，你终于回来了，这让我心里充满了希望。或许你能想到办法来证明我可怜的贾丝廷是无辜的。唉！如果连她都能被定罪，那谁还会是安全的？我坚信她是无辜的，就像我相信自己一样。我们的不幸带给了我们双倍的痛苦：我们不仅失去了可爱的弟弟，而且我所深爱的这个可怜女孩也将被更悲惨的命运夺走。如果她被定罪，那么我就再也不知道开心为何物了。但是她不会被定罪的，我确信不会。到那时，我还是会快乐起来的。"

"她是无辜的，我的伊丽莎白，"我说，"她的清白会得到证实的。不用担心，但是既然确信她会无罪释放，那你要打起精神，振作起来。"

"你真是善良仁慈！其他每个人都认定她有罪，这让我心如刀割，因为我知道那是不可能的。看到别人竟然带有如此致命的偏见，我感觉希望渺茫，十分绝望。"她哭着说。

"亲爱的伊丽莎白，"父亲说，"擦干眼泪。如果她像你所认为的那样是无辜的，那就相信我们法律的公正性，也要相信我，哪怕判决有半点不公，我都会采取行动阻止。"

第 八 章

我们在悲伤中度过了几个小时,直到11点钟,审判即将开始。因为父亲和家里其他人有义务作为证人出席,所以我陪着他们去了法庭。整场审判是对正义的极大嘲讽,在此过程中我饱受折磨。我的好奇心和不正当的发明是否会要了两个人的命将有定论:一个是天真无邪、活泼快乐的孩子,他脸上总是带着微笑;而另一个,以更加可怕的方式处死,被冠以各种恶名,从而使得这起谋杀案更加恐怖难忘。贾丝廷也是一个有很多优点的女孩,品德优秀,本能过上幸福生活,如今所有这一切都将葬于可耻的坟墓中,而我是罪魁祸首! 我宁愿无数次认罪,来洗脱强加于贾丝廷身上的罪名。但是案发时我并不在现场。如果我这么申诉,肯定会被认为是一个疯子的胡言乱语,也就无法为替我受罪的贾丝廷开脱。

贾丝廷的表情很平静,她身穿丧服,一贯迷人的脸庞因心中悲痛而凝重,显得格外动人。旁观者想象着她所犯下的滔天罪行,因此她的美丽本可引起的好感也消失殆尽。虽然数千人注视她诅咒她,但她似乎坚信自己是无辜的,因此并不恐惧颤抖。她很镇定,不过显然是强装出来的。因为她之前的惊慌失措被当成是犯罪的证据,所以她打起精神,做出一副勇敢无畏的样子。她走进法庭时四周环顾,很快找到了我们。看见我们，泪水似乎模糊了她的眼睛，不过她很快恢复了之前的状态，那悲中含情的样子仿佛能证明她的清白无辜。

审判开始了，在控方律师陈述了指控之后，几位证人被传唤出庭。几桩奇怪的事实合在一起，对她极为不利，任何人若不像我一样有证据证明她的无辜，都会疑窦丛生。案发当晚，她彻夜未归，凌晨时，一个女摊贩在后来发现被害者尸体的地点不远处看到她。那个女人问她在那儿做什么，但是她看起来非常奇怪，神情慌乱，语焉不详。大约八点时，她回到家，这时有人问她在哪里过的夜，她回答说自己一直在找那个孩子，还着急地打听有没有他的消息。看到尸体，她突然变得歇斯底里，一阵发疯，其后卧床数日。然后法庭出示了仆人在她口袋里发现的那个画像。伊丽莎白用颤抖的声音作证说，这就是孩子失踪前一个小时她挂在他脖子上的那个画像。她话音一落，法庭上顿时充斥了惊恐、愤怒的窃窃私语。

法院让贾丝廷为自己辩护。随着审判的进行，她的脸色也发生了变化，吃惊、恐惧和悲伤都清清楚楚地写在了脸上。她几度强忍泪水，但是要辩护时，她用尽全力，陈述的声音虽然忽大忽小，但却清晰可辨。

"上帝知道我是多么无辜。但是我并不妄想自己的辩护能够洗脱罪名，我会用平实简单的语言来解释所举的那些对我不利的事实，以此来证明我的清白。对于任何可疑的情况，我希望自己一贯的人品会替我作证，使法官做出对我有利的解释。"

然后，她开始讲述经过。案发当晚，经伊丽莎白允许，她去了距日内瓦约一里格的谢讷村姨妈家。她九点左右回来的时候，遇到一个男人，他问她有没有看见走丢的那个孩子。她一听到这个消息吓了一跳，然后去城外找了几个小时，这时日内瓦城门已关，她只好在一个村舍的谷仓里待了几个小时过夜。尽管她跟屋子里的人相熟，却不愿叫醒他们。当晚，她大部分时间都在密切留意周围情况。天快亮时，她才似乎睡了几分钟。脚步声传来，将她惊醒。天亮了，她便离开了这个过夜的地方，想再去找孩子。即使她曾经到过尸体所在的地方附近，她也并不自知。当那个女摊贩问她话时，她的回答让人不知所云，这也不稀奇。因为她一夜未眠，可怜的威廉又生死未卜。关于那幅画像，她也说不清楚。

这位悲伤的受害者说："我知道这一个证据对我来说是多么不利、多么致命，但是我没法解释。我已经说过，自己压根不知道，只能猜想有没有可能是别人将它放进我的口袋，但是，我这一猜测是真是假也无可证实。我相信自己没有得罪谁，也一定没人会这么邪恶，欲致我于万劫不复之地。是不是凶手放在那儿的？我想不起他是否有机会这么做；或者，如果我的确给了他可乘之机，他又为什么偷了那宝物却马上丢弃呢？"

"我作以上陈述，希望法官能公正裁决，不过我知希望渺茫。我恳求法庭向几位证人了解一下我的人品，如果他们的证词也不能洗脱我的所谓罪名，那我肯定会被判刑，尽管我一身清白，足应获得宽恕。"

法庭传唤几位已经跟她认识很多年的证人，虽然这些人平时对她交口称赞，但是此刻因为把她假定为这起案件的凶手，内心又惧又恨，所以变得胆小起来，不愿挺身而出。伊丽莎白眼看最后一线希望——贾丝廷出类拔萃的性格以及无可指责的品行——也无法帮她，这时，她虽然内心焦虑不安，还是要求在法庭上发言。

她说："我是那个不幸遇害的孩子的表姐，也可以说是他的姐姐，因为从他出生时起，甚至在他出生之前，我就一直受他父母的教导，并且跟他们生活在一起。所以，在这种情况下我挺身而出可能不妥，但是看到一个人即将因为她虚伪朋友的胆小懦弱而丧命，我希望法庭允许我发言，我将陈述自己对她人品的了解。我对被告非常熟悉。我和她生活在同一个屋檐下，先是五年，后来又是将近两年。在一起生活期间，我觉得她是世界上最友善最仁慈的姑娘。在我舅母弗兰肯斯坦夫人病危时，她悉心照料，之后又照顾自己长期生病卧床的母亲，她的孝心让所有认识她的人都心生敬佩。后来她又回到我舅舅的家里，这个家里的每一个人都很爱她。她对现在已经死去的那个孩子十分疼爱，就像一个慈爱的母亲。就我个人而言，我可以毫不犹豫地说，虽然所有的证据都对她不利，但是我依然相信她绝对是清白无辜的。她没有杀人动机。至于那个被定性为主要证据的无用东西，如果她真的想要，我那么珍惜、在乎她，会心甘情愿地送给她。"

在伊丽莎白作了简单却有力的陈词之后，法庭上传来一阵表示赞扬的低语，但这是对伊丽莎白挺身而出进行慷慨陈词的肯定，而非对可怜的贾丝廷表示支持，公众对贾丝廷的愤怒变得更加强烈，用最恶毒的字眼咒骂她，说她忘恩负义。就在伊丽莎白陈词的时候，贾丝廷独自垂泪，未作任何回应。在整个审判过程中，我内心的痛苦不安到了极点，我知道是怎么一回事。已经杀害了我弟弟的那个恶魔（对此我毫不怀疑）还会穷凶极恶地让这个无辜的女孩蒙冤而死吗？我无法承受这种恐惧。我听见公众的声音，看见法官的神情，我知道，他们已宣告不幸的受害者有罪。我万般痛苦地冲出了法庭。被告都没有受到我所受的折磨，她尚能靠清白支撑自己，而懊悔自责像毒牙一样撕扯我的内心，毫不放松。

我在满心痛苦中度过了一夜。天亮之后我去了法庭，我的嘴唇和喉咙无比干涩。我不敢问出那个致命的问题，但是我知道，那个官员猜出了我的来意。法官已经投过票了，全是黑票，贾丝廷已被定罪。

我描述不出当时的内心感受。我曾经体验过内心的恐惧，也曾尽量适当地将其表达出来，但此时无论说什么都表达不出我心里的悲痛绝望。跟我谈话的那个办事员还说道，贾丝廷已经认罪。他说道："案情明确，几乎不需要证据，但是见她认罪我还是很高兴。的确，我们法官都不愿凭旁证给犯人定罪，哪怕证据着实确凿。"

我闻听此说，大大出乎意料。它意味着什么？我的双眼欺骗了我？若我揭发出自己怀疑的对象，那么全世界都会认为我疯了，我是不是真的疯了？我急忙返家，伊丽莎白急切地打听结果。

"表妹，"我回答道，"判决结果你可能已经预料到了。所有法官宁可错罚十个，也不放过一个。而她自己也已招供。"

这一结果对于可怜的伊丽莎白来说犹如五雷轰顶，她此前一直坚信贾丝廷是清白的。"唉！我怎还能相信人性的善良？我待贾丝廷亲如姐妹，她怎么可以装出天真无邪、满脸笑容的样子，结果却辜负了我的信任？她眼神温柔，看起来无半点坏心，也不会玩狡诈诡计，可她竟犯了杀人罪。"

没过多久，我们听说那可怜的受害者渴望与我的表妹见一面。父亲希望她不要去，不过仍让她根据自己的判断和感受做决定。伊丽莎白说："我会去的，虽然她有罪。你，维克托，陪我一起去吧。我不能一个人去。"一想到要去探监，我心里非常难受，但是我不能拒绝。

我们走进阴森森的牢房，看到贾丝廷坐在牢房另外一头的稻草上，她的双手戴着手铐，头抵在膝盖上。看到我们进去，她站了起来。当牢房里只剩下她和我们时，她跪在伊丽莎白脚下，痛哭流涕。我的表妹也忍不住哭了起来。

"哦，贾丝廷！"她说，"你为什么要夺走我最后的慰藉呢？我之前一直相信你是清白的，尽管我那时已经很难过，却也没有现在这么痛苦。"

"连您也认为我真的如此邪恶？您也和那些敌人一样，陷我于不义，认定我是杀人犯？"她的声音因啜泣而哽咽。

"起来，我可怜的姑娘，"伊丽莎白说，"如果你是清白的，为什么要下跪呢？我不是你的敌人，虽然有种种证据，但我一直相信你是无辜的，直到听说你自己招供。如今你说，那并非事实。放心吧，亲爱的贾丝廷，除了你自己的供状，任何事情都不会让我对你的信心有丝毫动摇。"

"没错，我招供了，但我其实是在撒谎。为了得到上帝的赦免，但是现在，与我犯下的其他罪孽相比，这个谎言更让我内心不安。请上帝原谅我吧！自从我被定罪以来，我的忏悔牧师就一直揪着我不放，他对我进行威胁恐吓，到了最后，我几乎开始相信我真是他所说的那个恶魔。他威胁我说，如果我坚持不认罪，就将我逐出教会，我在生命的最后时刻会承受地狱之火的折磨。亲爱的小姐，我孤苦无助，所有人都认为我是一个活该带着耻辱被处死的卑鄙小人。我能做什么呢？在那不幸的时刻，我在一份由谎言编成的证词上画了押，如今我才真正成了悲惨的人。"

她说不下去了，抽泣起来，然后接着说："我亲爱的小姐，您竟然相信您的贾丝廷能犯下这惨无人道的罪恶，想到这一点我胆战心惊。您圣洁的舅母曾对我那么好，而您也非常爱我。亲爱的威廉！我最亲爱、最招人喜欢的孩子！很快我就能和你在天堂相聚了，在天堂我们将多么快乐。我即将带着耻辱被处死，而我们能在天堂重逢，对我是一种慰藉。"

"哦，贾丝廷！原谅我曾对你有那么一丝的不信任。你为什么要认罪呢?不过,不要悲伤,我亲爱的姑娘。不用害怕。我会让大家知道,我会证明你的清白。我会用眼泪和恳求来融化那些控诉之人的铁石心肠。你不能死!你,我的玩伴,我的朋友,我的姐妹,竟要在绞刑架受死!不!不!如果发生如此可怕的惨剧,那我也没法活了。"

贾丝廷悲哀地摇摇头,"我不怕死,我已不再痛苦。上帝让我不再软弱,给我勇气去承受最惨痛的结局。我离开的是一个悲惨、痛苦的世界。如果你能记住我,想到我是蒙受了不白之冤,我也就听天由命了。亲爱的小姐,请吸取我的教训,耐心地服从上帝的安排吧!"

在她们交谈过程中,我躲在牢房的一个角落里,以隐藏我内心可怕的痛苦。绝望!谁敢谈论绝望?这个可怜的受害者第二天就将跨越生死间那条可怕的分界,然而她却不会像我这样感到深深的痛苦。我咬紧牙关,从灵魂深处发出一阵呻吟。贾丝廷一惊。她看到了是谁发出的声音,向我走来,说道:"亲爱的先生,非常感谢你来看我。您不会相信我是有罪之人吧?希望不会。"

我说不出话。"不会的,贾丝廷,"伊丽莎白说,"他比我还确信你的无辜,甚至当听说你已经招供时,他都不相信。"

"我真的非常感谢他。临死之前,我真诚地感激那些善待我的人。我这样的可怜人,你们还这样善待我,这种情感多么美好啊!我的不幸也可因此减半,既然亲爱的小姐和您的表哥承认我是清白的,那么我也可以瞑目了。"

这个可怜的受难者就这样试着安慰别人和自己。她的确如自己所愿,听天由命。但是,我这个真正的凶手却感到那条永远不死的蛆虫一直在我心里蠕动,看不到希望,也找不到慰藉。伊丽莎白也抽泣起来,痛苦不堪，但她的痛苦是因为可怜贾丝廷蒙受不白之冤，如同云彩飘过皎洁的月亮，它会暂时遮蔽月亮，却不能让月亮失去光芒。而我，痛苦和绝望已经渗入我的灵魂深处，我内心承受着无法消除的地狱一般的痛苦。我们和贾丝廷待了几个小时，伊丽莎白挣扎了很久才依依不舍地和贾丝廷告别。她痛哭道："但愿我能陪你一起死，我没法活在这悲惨的世界上。"

贾丝廷强忍泪水，装出一副轻松的样子。她抱着伊丽莎白，声泪俱下："永别了，亲爱的小姐，最亲爱的伊丽莎白，我最爱的唯一的朋友，愿上帝能好好保佑您，希望这是您遭受的最后一个不幸！好好活下去，保持快乐，也给别人快乐。"

次日，贾丝廷被处决了。伊丽莎白能融化人心的慷慨陈词没能打动法官，他们固执地确信，这圣洁的受难者就是凶手。我充满激情、愤愤不平的申诉对他们也没起作用。我收到这些人冷冰冰的审理结果，听到他们残酷无情的推理论证，原本打算披露那件匪夷所思的事情，可话到嘴边又咽了下去。若我道出实情，大家可能会觉得我疯了，但不会撤销这个可怜的受害者背负的刑罚。她被当成杀人犯而处以绞刑！

我以自己内心遭受的折磨，去推测伊丽莎白心里深重无言的痛苦。这也是我造的孽！还有父亲的悲痛，从前欢声笑语而今无比凄凉的家，这一切都是我十恶不赦的双手造成的！痛哭吧，伤心的人儿，你们还将流泪！你们会再一次地在葬礼上号哭，你们会一次又一次地哀悼痛哭！弗兰肯斯坦，你的儿子，你们的亲人，你们一向深爱的朋友！他愿为你们流尽每一滴血，如今他对于快乐无从思考也无法感知，除非你们的脸上映出快乐的神情，他将一直为你们祷告祝福，并用一生去为你们付出——结果却让你们痛哭，流下无尽的泪水。如果无情的命运可以得到满足，如果毁灭能在你们遭受痛苦折磨之后、最终安息之前停止，那他会大喜过望！

　　我的灵魂说出了如上宣言。看着亲人们伏在威廉和贾丝廷墓上徒然悲伤，我被懊悔、恐惧和绝望撕扯成碎片。他们是我那邪恶创造物最初的受害者。

第 九 章

对于人类心灵来说，最痛苦的莫过于一连串事件激起人的各种情感后，又使其麻木迟钝，内心陷入死一般的平静，认为一切都是命中注定，哀莫大于心死，再也感受不到希望或恐惧。贾丝廷死去了，她安息了，而我还活着。血液仍在我血管里自由奔腾，但是绝望和懊悔重重地压在我心上，挥之不去。我夜不能寐，就像一个邪恶的幽灵四处游荡，因为我已经犯下了无法描述的罪孽，日后还将犯下更多（我劝说自己相信）。但是，我的内心有着满满的善意和对美德的热爱。我最初怀有仁慈的意图，渴望有朝一日将其付诸实践，让自己成为一个对人类有用的人。现在这一切灰飞烟灭，我感到无比懊悔，心里有强烈的负罪感，良心不安，无法怡然自得地回首过去并从中获得新的希望，这种懊悔和负罪感将我推向烈火焚烧的地狱，我所承受的痛苦远非语言可以描述得出来。

日有所想严重损害了我的健康。在遭受第一次重击之后，虽然我活了下来，但身体可能根本没有完全康复。我不敢见人，所有透露着喜悦或满足的声音对我来说都是一种折磨，只有孤独才能给我慰藉——深沉、黑暗、死一般的孤独。

见我的性情和习惯大变，父亲深感痛心，竭力劝导我，他从自己安然平静的内心和无愧于心的人生经历出发，鼓励我要坚强不屈，想要唤醒我内心的勇气来驱散笼罩在心头的乌云。"维克托，你觉得我就不痛苦？哪个人对孩子的感情都不及我对你弟弟的爱，"他说着说着便泪流满面，"但是对于活着的人来说，我们有责任让自己不要过度悲伤，以免增加他人的痛苦，不是吗？你自己也有责任，因为过度悲伤不利于身体康复，也让你无法享受生活，甚至不能让你在日常生活中发挥自己的有用之处，你若无用，就不适合在这个社会生存。"

这建议虽然不错，但是对我完全不适用。如果我的内心不是懊悔、恐惧与其他感受交加，那么我会第一个隐藏悲伤并安慰朋友。如今，我只能用绝望的神情回应我的父亲，并且尽量不出现在他的面前。

差不多就在那时，我们搬回了位于贝尔里夫的房子。换个生活地点尤其合我心意。日内瓦的城门通常在十点关闭，之后我就没法再荡舟湖上，所以我特别讨厌住在日内瓦的城墙之内。不过现在我自由了。我经常在家里其他人都睡下之后，坐着船在湖上漂几个小时。有时，我挂上帆，让风带着我走；而有时，划到湖心之后，我放任小船随意漂流，自己则陷入痛苦的思绪之中。当我靠岸时，会听到蝙蝠和青蛙时断时续的聒噪声，除此之外，周围的一切都显得静谧祥和，独自一人不安地在如此优美迷人的风景中游荡，每到此时，我就经常有一种冲动，想要一头扎进这安静的湖中，让湖水将我和苦难永远淹没。但是，想到英勇的伊丽莎白此刻正在难过，我就忍住了，因为我深爱着她，她和我的生命紧紧地连在一起。我还想到了我的父亲以及尚且在世的弟弟；我怎么可以卑劣地抛弃他们，而让他们无从抵挡、落入我所放出的恶魔之魔爪呢？

每次想到这些，我都痛苦不已，祈求我的内心能重归平静，只有那样我才可以带给他们安慰和快乐。但那是不可能的。懊悔浇灭了每一个希望。我一手创造了无法改变的灾难，每天都过得提心吊胆，生怕自己创造的那个怪物会再次作恶。我隐隐约约地感觉到这一切还没有结束，他还会犯下滔天罪恶，罪恶之深将会使第一桩罪行相形见绌。只要我爱的一切还在我身后需要我的保护，那么我就会一直惶惶不可终日。我对这恶魔的痛恨超出想象。想起他时，我就恨得咬牙切齿，眼睛冒火，恨不得毁灭这如此轻率创造出来的生命。当我回忆他犯下的罪行时，内心的仇恨和复仇的欲望就瞬间爆发，一发不可收拾。若能将他抛到安第斯山底，那么我会去山顶朝拜。我希望能再次见到他，那样我就可以将心中的仇恨统统回敬给他，为威廉和贾丝廷报仇雪恨。

我们家笼罩在悲痛之中。因为最近几次骇人听闻的事情打击，父亲的身体彻底垮了。伊丽莎白伤心难过，萎靡不振，她没法再从平常的事务中找到乐趣。在她看来，似乎所有娱乐消遣都亵渎亡灵。她似乎认为，永恒的悲痛和眼泪是对被枉杀的无辜之人进行悼念的合理方式。她再也不是那个早年间和我一起漫步河畔、畅谈美好未来的快乐女孩。初尝人世间的生死之别，对她产生了非常消极的影响，夺走了她亲切的笑容。

她说："亲爱的表哥，每当我回想起贾丝廷·莫里茨含冤而死，就再也看不到世界万物从前的样子。以前，在书中看到或从他人口中听到的关于邪恶和不公的描述，在我看来都是古代的故事或者是想象出来的，至少它们离我很远，可解释却难以设想。但是如今，这些不幸就发生在我们家，我觉得人类就像互相残杀的魔鬼。不过，我这么说肯定有失公正。每个人都认为那个可怜的姑娘有罪。如果她真的犯下罪行，并为此付出代价，那么她确实是最卑鄙的人。只为几件珠宝就杀害了恩友之子，从出生起她就一直用心照顾并视如己出的孩子！我不赞成处死任何一个人，但是有一点可以肯定——这样一个人不配活在人世间。但是，她是无辜的。我知道，我感觉得到，她是无辜的，你的观点与我一致，这证实了我的看法。唉！维克托，如果假的看上去都能跟真的一样，谁还能保证自己一定能幸福呢？我仿佛走在悬崖边缘，成千上万人朝这里拥过来，要将我抛进万丈深渊。威廉和贾丝廷被害，而凶手逍遥法外！他自由地行走在人世间，说不定还道貌岸然。但是我宁愿因为同样的罪行而蒙冤受刑，也不想如这卑鄙小人一般苟活于世。"

听到这段话，我心如刀绞。我虽没有动手，但从结果看，我就是真凶。伊丽莎白看出我脸上的痛苦，亲切地拉着我的手说："我最亲爱的朋友，你必须让自己平静下来。上帝知道这些事影响我有多深。但我都不及你的难受。你脸上带着绝望，有时还想复仇，这让我不寒而栗。亲爱的维克托，丢掉这些阴郁的情感吧。请记住，你身边还有很多朋友，他们将所有的希望都放在了你身上。我们已经失去了让你快乐的力量吗？啊！只要我们彼此相爱，真诚相待，那么在你土生土长的这片宁静美丽的土地上，我们就能收获安宁的祝福——还有什么可以打扰我们的平静？"

在我心中，伊丽莎白比其他任何财富都要珍贵。她说的话还不足以赶走埋在我心里的魔鬼吗？她说话时，我禁不住靠近她，心里却依然战战兢兢，担心那一刻毁灭者就在附近，会将她从我身边掠走。

由此可见，温柔的友情以及天地间的美景都不能将我的灵魂从悲痛中拯救出来，就连充满爱的语言也无济于事。我被乌云包围，任何有益的力量都无法将其穿透。受伤的小鹿拖着虚弱无力的腿来到杳无人迹的灌木丛，盯着射穿自己身体的利箭，慢慢死去，我不过就是这样一只小鹿而已。

有时，我可以忍受心中翻涌而出的绝望；有时，我灵魂深处旋风般的情绪促使我通过身体锻炼和更换地方来摆脱难以忍受的感觉。有一次，就在这样的心境下，我突然离开家，朝着附近的阿尔卑斯山谷走去，希望能在这亘古未变的雄伟风景中忘却自身，也忘却人生的忧患无常。我漫无目的地朝沙穆尼山谷走去。我童年时常来这里。时隔六年，如今我身心都遭受巨大摧残，但是这些自然而不朽的景色依然未变。

我骑马走完了前半段路。之后，我租了一头骡子，因为这样会走得更稳，轻易不会在这些崎岖不平的山路上受伤。天气不错，正值八月中旬，距贾丝廷去世已经将近两个月，我所有的悲伤都可追溯到那不幸的时间节点上。随着我在阿尔沃溪谷中越下越深，压在我心头的重负明显变轻了。四周的巍巍山脉和悬崖峭壁高高耸立在我头顶，河水在山岩间汹涌奔腾，周围瀑布飞流直下三千尺的壮观场景，展现出大自然的鬼斧神工——在创造、主宰万物的造物者面前，一切都是弱小的。自然万物在此处展示出其最优美壮丽的样子，面对任何事物，我都不再害怕或屈服。不过，随着我越爬越高，山谷看上去更加宏伟壮丽，更加不可思议。高踞于松林覆盖的悬崖之上的颓败城堡、奔腾不息的阿尔沃河以及树丛中露出的稀稀落落的小屋，构成了一幅罕见美景。而巍峨的阿尔卑斯山则赋予这一切以壮丽之美，白雪皑皑、耀眼夺目的山峰和圆丘俯视一切，好像属于另一处天地，居住着另外一种生物。

我走过佩里西尔桥，河流形成的峡谷在我面前延伸开来，然后我开始攀登高高耸立的山峰。没过多久，我就走进了沙穆尼山谷。这个山谷更加雄伟壮丽，但其景色比不上我刚刚经过的塞沃克斯优美绮丽。巍峨的雪山直接形成了山谷的边界，但是我没有再看到破败的城堡和肥沃的田野。巨大的冰川几乎延伸到了路边，我听到雪崩发出的轰鸣声，看到它所经之处激起的雪雾。勃朗峰，巍然屹立、壮观雄伟的勃朗峰，高高耸立于周围的尖峰之中，它巨大的穹顶似的山峰俯瞰着整个山谷。

一路上，许久未曾有过的愉悦感在我全身蔓延，微微刺痛。路上的某个转弯，突然觉察和意识到的某个新事物，让我想起过去的日子，联想到小时候无忧无虑的快乐时光。风儿轻轻地吹，悄悄地在耳边说着抚慰人心的话语，大自然母亲让我不要再哭泣。然后，这种亲切暖心的影响消失了——我感到自己再次忧愁缠身，陷入过去所有不幸的回忆中。我赶着骡子往前走，尽力想忘记这个世界、我的恐惧，更主要的是忘掉自己，或者干脆不顾一切地从骡子上纵身跃下，扑倒在草地上，被恐惧和绝望击垮。

最后，我终于来到沙穆尼村。一路上辛苦劳顿，此时我身心俱疲。我在窗前伫立了一会儿，凝视一道道灰白色的闪电划破勃朗峰上方的天空，倾听下面阿尔沃河奔腾的涛声。对于我过于敏锐的感官，这声音犹如摇篮曲，令我沉静下来。我的头一挨着枕头，睡意便涌了上来。我感到睡神来临，感激它让我忘却一切。

第 十 章

接下来的一天，我在山谷里四处转悠。我伫立在阿维翁河的源头，它发源于一处冰川，从群山之巅缓缓而下，在山谷内形成一道天堑。我眼前是巍巍山脉的陡峭边缘，冰川犹如一道冰墙耸立在头顶之上，几棵断裂的松树稀稀落落地倒在四周，这里就像威严大自然富丽堂皇的接待厅，庄严静默。打破这份静默的只有喧嚣的波浪或巨形冰块坠落的声音，雪崩或不断累积的冰层破裂发出的轰鸣声。这些声音不断在山间回响，大自然不变的法则悄无声息地发挥作用，冰层一次又一次地被撕裂，好像不过是自然掌中的玩物。这些庄严雄伟的景色给了我极大的慰藉，将我从所有微不足道的感受中抽离出来，尽管没有驱走我的忧伤，但也使其减弱、平息了不少。此外，从某种程度上来说，观景也转移了我的注意力，让我暂时忘却了过去一个月一直笼罩于心头的忧念。到了晚上，我就寝休息，睡眠好像正在等着我，白天看到的各种雄伟壮观的景象也进入我的梦乡。它们围在我的身旁，洁白无瑕、白雪皑皑的山顶，闪闪发光的尖峰，松树林，崎岖不平、乱石裸露的峡谷，翱翔云间的雄鹰——这一切都围绕在我身边，让我安然入睡。

清晨一觉醒来，它们跑到哪里去了呢？所有让人振奋的美景随着美梦消失得无影无踪，难解的忧郁又笼罩在心头。暴雨如注，茫茫浓雾遮挡住了群山顶峰，我甚至看不到那些雄伟朋友的面孔。不过，我还是要拨开它们朦胧的面纱，去云遮雾绕的地方寻找它们的踪影。暴风雨对我来说算什么呢？我把骡子牵到客栈门口，决定向蒙坦弗特山顶进发。我记得第一次见到不断移动的巨大冰川时内心的震撼。所见之物让我感到极度兴奋，给我的灵魂插上了翅膀，让其从这朦胧不清的世界飞到无比明亮的欢乐之地。大自然的庄严雄伟的确令我肃然起敬，让我忘却了人生中短暂的烦恼。我决定一个人去，不带向导，因为我自己认路，而多一个人会破坏只有独自一人时才能品味的壮丽景色。

山势险峻，不过山路相接、盘绕向上，因此可以爬上陡峭的山峰。这里显得极其苍凉。处处可见冬季雪崩留下的痕迹，一棵棵断裂的树木七零八落地歪倒在地上，有些被彻底摧毁了，有些被压弯了，要么倚靠在突出在外的山体岩石上，要么横搭在其他树干上。再往上爬，你会发现山路被白雪覆盖下的峡谷切断，石块不断沿着峡谷从上往下滚落。其中有一种山石特别危险，哪怕说话声音稍微高些，都会造成空气震荡，足以让说话的人遭受灭顶之灾。这里的松树长得不高，也不茂盛，但是冷峻肃穆，为景色增添了一抹庄严清冷的感觉。我注视着下面的山谷，穿谷而过的河流上方升腾起无边无际的迷雾，如浓密的云圈，环绕对面的山脉，山顶被浑然一体的云雾遮住，就在这时大雨从黑压压的天空倾盆而下，让我因看周围景致而伤感的心境又平添了一份忧郁的色彩。唉！人为何要有比动物更高级的情感呢？这只会让他们成为更加不自由的生命体。如果我们的冲动仅限于饥渴和欲望，那么我们还能近乎自由；但是如今哪怕是一阵风，哪怕是偶尔说的一句话，或是那句话向我们传达出来的意境，都会深深触动我们。

我们躺下，梦可将睡眠荼毒。

我们起身，漫游的思绪玷污白天。

我们感受，想象，或推理；大笑或痛哭，

任由绵绵的悲伤萦绕心头，或将烦恼忧愁丢弃一边。

终归都是一样：因为无论喜怒哀乐，

都来去自由。

人的明日再不会重蹈昨日覆辙，

唯有无常方能持久！①

我登顶时已近中午。我在俯瞰冰海的岩石上坐了一会儿。白雾茫茫，下面的冰海以及周围的群山都看不见了。忽然，微风吹散云雾，我下到冰川之上。冰川的表面崎岖不平，如波涛汹涌的海浪般起伏，深邃的裂缝散布其间。这片冰原的宽度差不多有三英里，但是我花了将近两个小时才走完。对面的山是一个光秃秃的悬崖峭壁。从我目前站的这一侧望过去，蒙坦弗特山正好就在对面三英里的地方，勃朗峰巍然屹立在它的上方。我待在一个山凹处，凝视着这无比奇妙的景致。这片海，或者说是广阔的冰河，在相邻的群山之间蜿蜒向前，山凹上直入云霄的山顶高高耸立，我之前感到悲戚的内心此刻似乎涌起一丝欢愉，我大声呼喊："四处游荡的灵魂啊，如果你们真的在游荡，而非在狭窄的卧榻上休息，那么请赐予我一点点快乐，或者将我从生活的愉悦中带走，让我与你们为伴。"

正说着话，我突然看到不远处有一个人影，以超出凡人的速度向我

---

① 出自《无常》(*Mutability*)，为英国诗人珀西·比希·雪莱(Percy Bysshe Shelley, 1792–1822)的作品。本书作者玛丽·雪莱是他的妻子。——译者注

靠近。我曾小心翼翼行走在遍布裂痕的冰层之上，他却能一跃而过。随着他越走越近，我看出他的身形也比一般人要魁梧高大得多。我开始感到不安，雾气遮住了我的双眼，我感到一阵眩晕。不过，一阵刺骨的山风吹过，我很快便清醒了过来。人影走近（身形庞大，相貌观之可恨），我才发现这原来是我创造的那个怪物。我又怒又怕，浑身战栗，决定等他靠近后与其决一死战。他来到了我身边，脸上带着极度的痛苦，还夹杂着不屑与狠毒，再配上奇丑无比的相貌，让人看起来无比惊悚，但我并未留意于此。一开始我内心无比愤怒，充满仇恨，气得一句话也说不出来，待调整好情绪，便用强烈的憎恨与蔑视之辞对他进行狂轰滥炸。

"魔鬼！"我喊道，"你竟敢靠近我？不怕我把你卑鄙的头颅拧下来报仇雪恨？滚开，卑鄙无耻的东西！哦，不对，待在这里，哪儿也不许去，看我不把你踩个稀巴烂！哦！但愿我能灭了你这浑蛋，让那些被你残忍杀害的人起死回生！"

"我早料到你会是这种反应，"这恶魔说，"所有人都痛恨不幸的人；而我比所有生灵都要不幸，怎能不被人憎恨呢？你一手创造了我，但却对我极其痛恨唾弃。你和我密不可分，唯有摧毁我们中的一个，才能挣断这纽带。你竟打算杀了我。你怎敢如此践踏生命？履行你对我应负的责任，而我也将对你以及其余人类尽职尽责。如果你满足我的要求，我就不打扰他们和你平静的生活；但是如果你拒绝的话，我会用你剩余朋友的鲜血来祭奠死神，直到将它喂饱。"

"可恶的怪兽！残忍的恶魔！你犯下滔天罪行，即使用地狱之火折磨你，都不足平我心头之恨。卑鄙无耻的魔鬼！你怪我创造了你，那好，来啊，看我怎么扑灭自己粗心大意赐予你的生命火花。"

我心中怒火万丈，无以复加，各种情感化为力量推着我向他冲去，非要斗个你死我活不可。

　　他轻轻松松地躲开了我的进攻，说道：

　　"冷静！求求你先听我说完，然后再把仇恨一股脑儿地发泄到忠诚的我头上。难道我受的苦还不多，你还要增加我的不幸？生命可能只是痛苦的累积，但即便如此，对我来说依然十分珍贵，我要捍卫它。记住，你把我造得比你自己都强大。我比你高，关节比你灵活，但是我不想与你作对。我是你的造物，如果你能履行你应对我承担的义务，那么我会善待并且顺从我的造物主。哦，弗兰肯斯坦，不要对其他每个人都公平却唯独蔑视我，你最应该公平对待甚至大发慈悲、精心呵护的就是我。别忘了，我是你创造出来的。我本该是你的'亚当'，却更像是堕落的天使。我没有做错什么，却被你逐出乐园。我目光所及之处都是乐土，而唯独我永远不得踏入半步。我原本仁慈善良，是我所遭遇的不幸把我变成了一个魔鬼。你让我感到开心幸福的话，我就会回归我的善良本性。"

　　"滚开！我才不听。你和我之间没有任何干系，我们是势不两立的敌人。滚开，或者我们来一场殊死较量，拼个你死我活。"

　　"我怎样才能打动你呢？无论我怎么恳求，你都不会正眼瞧一下自己的造物吗？我求求你发发慈悲，施舍你的怜悯。弗兰肯斯坦，请相信我，我本性善良，灵魂散发着仁爱之光。但是难道我不孤单吗？孤孤单单，凄凄惨惨。你，我的造物主，痛恨我，你尚且如此，我又能从你的同类那里获得什么希望呢？他们又不欠我什么。他们唾弃我，痛恨我。荒凉的山脉和沉闷的冰川是我的避难所。我已经在这里游荡多日，我住在冰窟之中，只有这个地方不会让我害怕，人类也唯独不吝惜这个地方。我向阴冷的天空致敬，因为它比你的同类对我还好。如果大众知道我的存在，那么他们会跟你一样，一心想置我于死地。难道我不应该恨那些厌恶我的人吗？我是不会与敌人和平相处的。我如此不幸，他们应该分担我的痛苦。但是，你有能力补偿我，并拯救他们免遭不幸，这不幸是否会演变成一个大灾难，只看你的了。若你不能阻止灾难的发生，那么不仅是你和你的家人，还会有成千上万人被这场灾难掀起的旋风吞没。请你大发慈悲，不要鄙视我。听听我的故事，听完之后，你再决定是抛弃我还是同情我，不管怎样都是我应得的结果。但是一定要听我说。根据人类的法律规定，即使是残忍的罪犯也有权在定罪之前为自己辩护。听我说，弗兰肯斯坦。你指控我杀人，但你却想杀掉自己的创造物而不感到良心不安。哦，人类不朽的公正真是值得赞扬啊！不过我不是求你饶恕我，而是要你先听我说。而后，如果你执意这么做，那就毁灭自己亲手创造出来的作品吧。"

我回答道："你为什么要让我想起自己是悲剧的罪魁祸首和始作俑者呢？想到这些我就不禁颤抖。可恶的恶魔，我诅咒你初次见到光明的那天！诅咒创造了你的那双手，尽管那就是我的双手！你给我带来了无法言喻的痛苦。你让我没有能力去考虑自己对你是否公正。滚开！不要让我再看见你令人憎恨的样子。"

"那好，我来减轻你的痛苦，我的造物主。"说着，他用可恶的双手挡住我的双眼，我甩手把他的手挡开。"我之所以如此是为了让你眼不见为净，不过你仍可以听我说话，并给予我同情怜悯。看在我曾经具有的美德的分上，我要求你对我施以同情。听我讲自己的故事，故事很长而且离奇，你生性娇贵，受不住这个地方的温度，来山上的棚屋吧。太阳高高地挂在天空,在夕阳藏到堆满积雪的悬崖峭壁后面、照亮另一个世界之前,你就能听完我的故事,然后做决定。我是彻底远离人类社会,从此过上无害的生活,还是成为你同类的苦难根源以及加速你灭亡的罪魁祸首,决定权在你手中。"

他一边说一边在冰上开道,我跟在后面。我内心五味杂陈,没有回答他,但是我边走边衡量他给出的各种理由,最后决定至少听一下他的故事。我本就有些好奇,而怜悯之情更坚定了我的决心。直到那时,我一直认为他是害死我弟弟的凶手,我迫切希望知道这是否是真相。而且,我第一次感觉到缔造者对自己的创造物要承担怎样的责任,在我控诉他的邪恶之前应该先使他快乐。这些动机促使我遵从他的要求。于是我们穿过冰原,爬上对面的峭壁。空气寒冷,降雨又至。我们进入棚屋,那魔鬼看上去很开心,而我内心沉重,打不起精神,但是我同意听他讲。这可憎的同伴生了篝火,我在旁边坐下。就这样,他开始讲述自己的故事。

第十一章

"我费尽心力才想起自己生命之初的情况，那段时间的所有事情似乎都混乱不清。各种奇怪的感受同时出现，我可以看，可以摸，可以听，可以闻。我过了好久才学会区分不同感觉的功能。我依稀记得，一束越来越强的光压迫我的神经，所以我只好闭上眼睛。然后黑暗降临，让我烦恼不已；但是我刚感受到这一点，光又投到了我身上。如今想来，估计是因为我睁开了眼睛。我走路，然后似乎下了楼，但是不久后，我发现自己的感觉发生了很大变化。之前，周围到处都是黑色不透光的东西，我摸不着也看不到；但是现在我发现我可以自由走动，没有我不能跨越或躲避的障碍。光对我来说越来越具有压迫性，我在走路过程中感觉热得难受，于是找寻可以乘凉的地方。那是在英戈尔施塔特附近的森林，我走累了，躺在河边休息，以缓解疲劳，直到我感到饥渴难耐。我原本快要睡着，不过这下醒了。我发现有些浆果挂在树上或落在地上，于是吃了一些充饥。我还喝了河水止渴，然后躺下，昏昏入睡。

"一觉醒来，天已经黑了。我感觉冷飕飕的，同时发现自己眼下孤身一人，本能地感到恐惧。我离开你的公寓之前，因为觉得冷，所以在身上套了一些衣服，但是这些衣服不足以帮我抵御更深露重给我带来的寒冷。我是一个可怜、无助、悲惨的怪物。我什么也不知道，什么也辨别不出，但是痛苦的感觉向我全面袭来，我坐下哭了起来。

"不久，天空上悄悄出现一片柔和的亮光，让我感到一阵喜悦。我猛地站起身，只见一个发光体①从树林中缓缓升起。我好奇地盯着它。它移动得很慢，却照亮了我脚下的路，我再次出去找浆果。我依然觉得冷，这时我在一棵树下发现了一个大斗篷，于是将它披在身上，然后席地而坐。当时我心里没有什么清楚的想法，一切都混乱不堪。我能感觉到光、饥渴和黑暗；我耳边响着数不清的声音，四面八方各种气味向我袭来。我唯一可以辨认出的物体是皎洁的月亮，于是我兴致勃勃地盯住它。

"昼夜不断交替，就这样几天过去了。夜晚的那个球体小了很多，这时我开始辨别各种感觉。渐渐地，我清晰地看到供我解渴的清澈溪流以及利用树叶为我遮阳的大树。当我第一次辨出那长着翅膀的小动物从喉咙里发出的悦耳声音时，我心里非常高兴。这声音我经常听到，长着翅膀的小动物经常在我眼前飞来飞去，遮挡光线。另外，我开始更加准确地观察周围的物体轮廓，看见罩在我上方光之穹顶的边界。有时我试着模仿那些鸟儿的动人歌声，却唱不出来。有时我希望用自己的方式表达内心感受，但是我发出的声音难听而且含混不清，吓得自己不敢再张口。

"月亮已从空中消失，不过后来又出现，只是看上去更小，此时我依然待在森林中。到目前为止，我的各种感官已经非常清晰了，每天我的脑子里都会有一些新的想法。眼睛逐渐适应了光线，能正确识别物体的样子。我能将昆虫与草本植物区分开来，渐渐地还能区分一些不同的草本植物。我发现麻雀只能发出刺耳的声调，黑鹂和画眉的叫声则悦耳动听。

---

①指月亮。——译者注

"一天，我感到寒冷难耐时，发现了一堆篝火，是几个流浪的乞丐留下的。它散发出的温暖让我喜出望外。我一时高兴将手插进了尚未熄灭的灰烬中，但是又迅速把手抽了出来，疼得大叫。我想，太奇怪了，同一样事物却能招致相反的结果！我仔细查看生火的材料，令我开心的是，我发现是木柴。于是我赶紧去捡了一些树枝，但是树枝潮湿，点不着。这使得我很苦恼，静静地坐看火的燃烧过程。我放在火堆旁边的湿木柴，烤干之后自燃了。对此我进行了认真思考，并通过摸各种树枝找到了原因所在，然后就忙不迭地捡了许多木柴，我可以把它们烤干，这样一来就不用为生火发愁了。当夜晚来临，该睡觉的时候，我无比担心火会熄灭。我用干木柴和树叶小心地把火堆盖住，上面再放上湿树枝；然后我把斗篷铺开，躺在地上沉入梦乡。

"我醒来时天已经亮了，我第一件事就是看看火怎么样了。我把盖在火堆外面的木柴掀开，一阵微风吹来，火很快便燃起。见此情景，我用树枝做了一个扇子，余烬几乎快灭时，就用扇子扇几下让它接着燃烧。当夜幕再次降临，我欣喜地发现火不仅发热还能发光，还能让我不再饥饿。火的发现对我能填饱肚子非常有用，因为我发现一些游人留下的烤过的残羹剩饭，吃起来比我从树上摘的浆果可口，因此，我试着以同样的方式来炮制食物，将食物放到余火未尽的火堆上烤，结果发现浆果会被烤坏，而坚果和根茎类食物则要好吃很多。

"但是，食物越来越少，为了找几颗橡果来填充我饥肠辘辘的肚子，我四处转悠，经常找了一整天最后却空手而归。正因如此，我决定离开一直居住的地方，我需求不多，想去找一个较易满足需求的地方。迁移时要舍弃偶然间得到的火，这让我感到心痛不已，不知怎样能再生出火。我花了几个小时时间认真地考虑了这难题，最后还是不得不放弃。我披上斗篷，穿过树林，向着太阳落山的方向走去。我游荡了三天，最后发现了那片空旷的原野。前一天晚上刚下过大雪，原野里到处都是白茫茫的，此情此景看上去萧瑟凄凉，我发现覆盖在地面上的那又冷又湿的东西将我双脚冻得冰凉。

"当时是早上七点左右，我想找一些食物，再找个地方栖身。最后，我发现山丘上有一个小棚屋，肯定是哪个牧羊人为了方便而建。我之前没有见过这种东西，于是非常好奇地观察它的构造。看到门开着，我便走了进去。一位老人在里面靠火坐着，他正在火上做早餐。听到声响他便转过头，看见了我，他高声尖叫起来，然后冲出棚屋，穿过原野，谁能想到他看上去那么虚弱竟然可以跑那么快。他的外表不同于我之前见过的任何东西，还有他的逃跑，也让我感到有点吃惊。不过我被这个棚屋的样子吸引住了，它遮雨挡雪，地面干爽。在我看来，这是一个精致非凡的栖身场所，就像地狱魔鬼在火海受尽折磨后终于见到了万魔殿一样。我大口大口地吃喝着牧羊人剩下的早餐，有面包、奶酪、牛奶和红酒，但我不喜欢红酒。然后，因为实在太累了，我躺在一堆稻草中间睡着了。

"我睁开眼时已是中午。太阳暖洋洋的，在白茫茫的地面上映照出耀眼的光芒。受此诱惑，我决定继续赶路。我把那个农夫剩余的早餐放进一个我找到的包里，然后在原野上走了好几个小时。太阳落山时，我到达一处村庄。这村庄看起来太不可思议了！棚屋、更加整洁的村舍以及富丽堂皇的宅院一个接着一个，让我惊叹不已。园里的蔬菜、村舍窗前放着的牛奶和奶酪，看得我垂涎欲滴。我走进其中最漂亮的房子，但刚一踏进门，孩子们就失声尖叫，其中一个妇女还当场昏厥过去。整个村庄都被惊动了。有人仓皇逃跑，有人袭击我，直到我被石头和其他很多种投掷武器砸得遍体鳞伤，逃回开阔的原野，胆战心惊地躲进一个低矮的小屋中。这小屋光秃秃的，没有任何陈设，比起我刚才在村里看到的那些豪华住宅显得破败不堪。不过小屋隔壁却有一个整洁漂亮的村舍，但是最近付出的惨痛代价让我不敢进入村舍。我的藏身之处用木头搭建而成，但是太低矮了，我在里面想要坐直都很难。地上没有铺木板，这泥地就算是地板了，好在里面干爽不潮湿。尽管风从无数的缝隙中灌入，我仍觉得它能遮雨挡雪，是处惬意的住所。

"然后我躺下身去，为找到这容身之处而感到开心，它虽然简陋，但能抵御严寒气候，更主要的是让我免受人类的残忍袭击。

"天一亮，我就从窝里爬出来，四下观察邻近的村舍，看是否能继续待在刚刚找到的这个住处。这小屋靠着那个村舍的后墙而建，周围有猪圈，还有一个清澈的水池。小屋一部分没有封闭，我之前就是从那个口爬进来的。不过现在我把每一个缝隙都用石块和木头堵严实了，以防被人发现，而如果我要出去的话，还可以把它们挪开。我照明用的光都是从猪圈透过来的，对我来说足矣。

"我将住处这样收拾了一下，又铺上干净的稻草，然后赶紧躲了起来，因为我看见远处有个人影，前一天晚上的遭遇让我刻骨铭心，绝不让自己再落入人类的手中。不过，我已经准备好了当天要吃的东西，有一块偷来的粗面包，还有一个杯子，可以用它喝流经我住处的净水，这可比用手捧着喝方便多了。地面垫起一点，因此非常干爽，另外它还靠近村舍的烟囱，所以还算暖和。

"吃住都安排妥当后，我决定在这个小屋里住下来，除非发生改变我决定的事情。我之前住在荒凉的森林中,树枝不断地往下滴雨,地面潮湿不堪。与其相比,这里无异于天堂。我心情愉悦地吃了早饭,正要挪开一块木板给自己弄点水喝,便听见了一阵脚步声。透过缝隙,我看到一个年轻女子从我小屋前经过,头上顶着一只水桶。这姑娘年龄不大,举止文雅,跟我之前看到的那些村民和农舍仆人都不一样。不过,她衣着寒酸,只穿了一件蓝色的粗布衬裙和亚麻外套,金黄的头发编成一个辫子,没戴任何发饰,她看起来沉静而又伤心。后来她走出了我的视线,不过大约十五分钟后,她又顶着桶回来了,里面好像是半桶牛奶。她看上去不堪重负,路上遇到一个年轻人,他看上去更加沮丧。他们闷闷不乐地交谈了几句之后,他将桶从她头顶取了下来,自己拎到村舍。她跟在后面,然后他们就消失不见了。过了一会儿,我又看到了那个小伙子,手里拿着一些工具,穿过村舍后面的田野;那姑娘一会儿在屋里,一会儿又在院子里,忙个不停。

"仔细查看住处之时,我发现村舍其中一个窗户之前就开在小屋的墙上,只是窗格被木头堵死了。其中一个窗格有个小得几乎察觉不到的缝隙,眼睛可以透过这个缝隙看向那边。通过这道裂缝可以看见一个小房间,刷着白墙,干净整洁,但是里面空空如也,没什么家具。火烧得不旺,在靠火的角落里坐着一位老人,用手托着头,看上去郁郁寡欢。那姑娘忙着收拾屋子。可是过了不久,她从抽屉里取出某样东西拿在手里,然后坐在老人身边。老人拿起一件乐器,开始弹奏起来,弹出的曲调比画眉或夜莺的声音还要动听。连我这个从不知美为何物的可怜虫都觉得这画面实在是太温馨太美好了。屋里老人的银发和慈祥的面孔让我打心眼儿里尊敬,而姑娘温文尔雅的行为举止则激起我的爱慕之情。他弹的曲调动听而伤感，我看到泪水从他可爱的同伴眼中滑落，而他没有注意到，直到她哭出声来。然后他说了些什么，那个美丽的姑娘放下手里的活儿，跪在他的脚下。老人将姑娘扶起，慈祥怜爱地对她微笑，我有了一种特殊且无法抵挡的感觉。痛苦和欢乐夹杂在一起，我之前从未从饥饿或寒冷、温暖或食物中体会到这种感觉。我无法承受这些情感，于是转过身去离开了窗户。

"没过多久，小伙子回来了，肩上扛着一捆柴。姑娘到门口接他，帮他把柴放下，并拿了一些进屋放在火上；然后，她和小伙子走到屋子的一个角落里，他拿出一大块面包和一块奶酪给她看，她似乎很高兴，随后进菜园摘了一些植物的根茎和枝叶，把它们放到水中，然后拿到火上去烧。之后，她接着做自己的活儿，而小伙子则到园子里，似乎一直忙着挖根拔菜。就这样大约忙了一个小时，那姑娘也出来和他一起劳作，最后又一起进屋了。

"与此同时，老人一直处于沉思忧郁的状态，但当他们两个年轻人一出现，他立即变得兴高采烈。他们一起坐下吃饭。饭很快就吃完了。姑娘又开始收拾屋子，而老人则由年轻人搀扶着在屋前散步，晒了一会儿太阳。这两个卓越非凡的男人形成鲜明对比，他们身上散发着无法超越的美。一个年事已高，满头银发，面带仁爱；年轻一点的则身材颀长优雅，五官极其端正，不过眼睛和神态中却流露出深深的悲伤，意气消沉。后来老人回屋了，而小伙子直接朝田野走去，手里拿的工具跟上午用的不一样。

"夜幕很快降临，但是让我十分惊讶的是，这户农家点上了蜡烛，让光明得以延续。太阳已经落山，但我依然可以通过观察与我比邻而居的人类来获得乐趣，我不由得喜出望外。晚上，那个姑娘和小伙子忙着做各种我不理解的事儿；老人又拿起那乐器，奏出动听的旋律，上午我便深深地陶醉在如此优美的曲子中。他弹完了，那年轻人没有演奏乐器，而是开始发出单调乏味的声音，既不像老人乐器发出的旋律那么和谐，也不如鸟儿唱得那么动听，后来我发现他是在高声朗诵，但那时我尚对文字或字母方面的知识一窍不通。

"就这样忙了一阵子，这家人熄灯散去，我猜是睡觉去了。"

第十二章

"我躺在稻草堆上，怎么也睡不着。我想起白天发生的事情，最打动我的是这些人温柔典雅的态度，我渴望融入他们，但又不敢。我清晰地记得前一天晚上那帮野蛮的村民是怎么对待我的，所以下定决心，不管我将来该怎样做，当下还是安安静静地缩在我的小屋里，认真观察并尽力找到他们一举一动背后的来源。

"第二天早上，太阳还没有露脸，这家人就起来了。姑娘收拾了屋子，做饭；小伙子吃完早饭就出了门。

"这一天过得跟前一天一样，他们还是忙同样的事儿。小伙子不停地在外面忙活，姑娘则勤劳地在屋里做各种家务。那老人要么弹奏乐器，要么沉思冥想，以打发时间。不久，我发现那老人是位盲人。这两个年轻人对待德高望重的家人表现出的敬爱之情无与伦比。他们无微不至地关爱、照顾他，而他则报以慈祥的微笑。

"不过他们也并非一点烦恼都没有。小伙子和姑娘常常各自躲在一处，似乎是在哭泣。我不知道他们为什么难过，但是他们的眼泪深深地触动了我。如果这么善良的人都如此不幸，那像我这么不完美又孤独的人会落到如此悲惨的境地也就不足为奇了。不过这些温文尔雅的人为什么会伤心难过呢？在我看来，他们拥有漂亮的房子和各种令我羡慕的东西：寒冷时，他们有火取暖；饥饿时，有食果腹；他们穿着好看的衣服，更重要的是，他们相互陪伴、有人聊天，每天都能看到彼此写满关爱的脸。他们的眼泪意味着什么呢？真的在表达他们的痛苦？一开始我无法解答这些问题，但是对他们持续的关注解释了很多起初令人费解的表象。

"过了很长一段时间，我才发现这个充满爱的家庭感到担忧不安的一个原因：贫穷，这给他们带来了很大的痛苦。他们的一日三餐都是自家园子里采摘的蔬菜以及一头奶牛挤出的牛奶，而到了冬天当主人几乎没东西喂它时，这头奶牛也不怎么产奶。我想他们经常饿得饥肠辘辘，尤其是那两个年轻人，因为好几次他们都把食物放到老人面前，却一点也没给自己留。

"这种善良的品质让我大为感动。我之前经常在夜里偷一点他们储存的食物供自己食用，但是我发现自己的这种行径给他们造成痛苦，后来我就不这么做了，转而去附近的树林中采摘浆果、坚果和根茎类植物来充饥。

"我还找到另外一个可以帮助他们劳作的方法。我发现小伙子每天要花很长时间去捡柴供家里生火，我很快便学会他捡柴工具的用法，于是到了夜间，我经常拿上工具去砍柴，背回的柴火够他们家用上几天。

"我记得第一次这么做时，那姑娘早上开门看到外面有一大堆柴火，大吃一惊。她大喊几句，然后小伙子跑了过去，看见这情形同样目瞪口呆。我注意到，那天他没有去森林，而是在家修房子、打理菜园，这让我开心不已。

"慢慢地，我有了一个更重大的发现——这些人用清楚的声音互相交流经历和感受。我察觉到，他们说的话会让倾听者看起来时而快乐时而痛苦，时而微笑时而伤心。这真是一门神奇的科学，我殷切渴望能掌握。为实现这个目的我不断尝试，但屡屡受挫。他们说得很快，而且他们说的话语跟实际可见的物体没有任何明显的联系，所以我无法找到任何线索来解开他们究竟意指为何。然而，经过我在小屋里长达数月的观察和练习，我发现了一些最常提及的物体名字，我学会了'火'、'牛奶'、'面包'和'木柴'这些词，而且能熟练应用。我还知道了这些村民的名字。小伙子和姑娘两人有好几个称呼，但是老人只有一个，那就是'父亲'。姑娘被称为'妹妹'或'阿加莎'；小伙子则被称为'费利克斯'、'哥哥'或'儿子'。每当我弄懂与发音相对应的意思，还能自己说出来，内心就会涌起无法言喻的激动和兴奋。我还能分辨出其他一些词语，但到目前为止还不能理解或运用，例如'好''最亲爱的''不开心'。

"我就这样度过了整个冬天。那户农家温文尔雅的行为方式和美德让我极为倾心。他们不开心的时候，我也闷闷不乐；他们欢天喜地的时候，我也同喜同乐。我没见过几个人跟这家人有来往，如果有人碰巧进了屋子，他们粗鲁无礼的言行举止只会让我觉得我这几位朋友真是出类拔萃。我可以看到，那位老人经常鼓励他的孩子们，叫他们抛开愁思。他说话时语气欢快，一脸慈祥的神情，连我看了都觉得内心充满快乐。阿加莎恭敬地听他说话，有时热泪盈眶，接着悄悄地将眼泪拭去。听完父亲的开导劝告，她的表情和语调会欢快起来。而费利克斯却并非如此，三个人中，他往往最郁郁寡欢。即使我的感觉不够灵敏，也能察觉到他似乎比他的朋友们更痛苦。然而，他的神情虽然更忧郁，但声音却比他的妹妹还开心，尤其是当他和老人说话的时候。

"我可以举出无数个例子，虽然微不足道，却表现出这善良农户人家的人品。虽然家境贫穷，缺衣少食，但是费利克斯兴高采烈地摘下那从积雪覆盖的土地上探出头的第一朵小白花，送给他的妹妹。一大早她还没有起床，他便将她去牛奶房路上的雪扫干净，井中取水，并从外屋取回柴火。他老是在外屋吃惊地发现，有只看不见的手给他的柴棚蓄满柴火。我想他白天大概会花一部分时间给临近的农民干活，因为他经常一出门就到晚饭时才回来，但是回来时并没有带木柴。如不外出，他就在园子里干活，不过天寒地冻的也没什么活要干，他便给老人和阿加莎读书。

　　"起初我一点也不明白他到底在读什么，但是我慢慢地发现，他读书时发出的许多音节跟他说话时讲得一样，因此，我猜他在纸上看到了自己理解的语言符号。我也急切地渴望能弄懂这些符号，但是这怎么可能呢？毕竟我连这些符号所对应的读音都不理解。即便我已经全身心地投入学习，在这方面取得了显著的进步，但还是不足以听懂任何一类谈话。之所以想到这些，是因为我明显感觉到，我真诚地渴望着出现在这家人面前，但须得先掌握了他们的语言之后才能这么做。如果能掌握这门语言，那么也许会让他们忽略我畸形的外貌。我日复一日地看见我与他们在外形上的强烈对比，无法忘却。

　　"我如此羡慕这家人的完美模样——他们优雅、美丽，而且皮肤细腻；但当我在清澈水池里看到自己的模样，心里却惊恐万分！刚开始我被吓得往后退，不敢相信水中的倒影竟然真的是我。当我完全确信自己其实就是那个怪物时，我内心的沮丧和羞辱达到了极点。唉！那时我还不知道，我这惨不忍睹的畸形将会给我带来致命的后果。

　　"随着太阳越来越暖和，光照时间越来越长，积雪融化得无影无踪，我看到了光秃秃的枝丫和黑色的土地。从这时开始，费利克斯变得更加忙碌了。原本我还以为他们即将陷入饥荒呢，不过现在这令人心痛的忧患消失了。我后来发现，他们吃的是粗茶淡饭，但是有益健康，而且自给自足。他们耕作的菜园里又冒出来一些新植物，随着冬去春来季节变换，每天都能看到日子越来越好过的迹象。

"我发现，天空往下浇水时会被叫作'下雨'。只要不下雨，每天中午，老人都由儿子扶着散步。那地方经常下雨，但是一阵强风吹过，地就被吹干了，这季节比上一个要舒服得多。

"我在小屋内的生活，可谓千篇一律。我上午留心观察这户农家的起居作息，待到他们分头去忙各种事情，我就睡觉。白天剩下的时间，我就继续观察我的这几位朋友。等他们躺下休息之后，如果天空中有月亮或满天繁星，我就到树林中觅食，顺便为这户人家打柴。回来时，我会根据需要把路上的雪扫干净，并做之前见费利克斯做过的那些杂务。后来我发现，这看不见的手所做的劳动让他们吃惊不已。有一两次，我听到他们说出了'好心人''极好的'这样的词，但是当时我还未理解这些词的意义。

"现在，我的思想变得更加活跃，我渴望发现这些可爱的人心中的所想所感。我想知道费利克斯为什么看上去这么悲伤，阿加莎为什么看上去如此难过。我这愚蠢的可怜虫！我还以为，也许我有能力让他们重获应得的幸福。每当我入睡或发呆，可敬的失明父亲、温柔的阿加莎以及优秀的费利克斯就会从我眼前闪过。我将这些出众的生灵看作决定我未来命运的人。我在脑海中想了无数次与他们见面的场景，还有他们见到我的反应。在我的想象中，他们可能会非常讨厌我，直到我用彬彬有礼的举止和抚慰人心的语言初步获得他们的好感，继而赢得他们的爱。

　　"想到这些，我喜不自胜，于是满怀激情地去学习语言的艺术。我用以发声的器官的确很粗陋，但是柔软灵活，尽管我的声音不如他们的音调那样如音乐般婉转，但是我能相对轻松地说出自己理解的词，就像驴和哈巴狗。温顺的驴子虽然行为粗鲁，但是本意一定不坏，理应受到更好的对待而非毒打和咒骂。

　　"春天的怡人细雨和融融暖意让天地呈现一派新气象。在此之前似乎一直躲在洞穴里的人们，纷纷走出家门，忙于各种形式的耕作栽培。鸟儿唱得更欢快了，枝头开始发出新芽。开心、欢乐的大地！不久前还荒凉、潮湿、了无生气，此时却适合诸神莅临。大自然的美丽让我精神振奋。我将过往抛之脑后，现在的一切平静安宁，希望的光亮与对快乐的期望勾勒出一个金灿灿的未来。"

第十三章

"现在我要加快速度,讲述我故事中最动人的部分。我会讲那些让我感触最深的事情,是它们造就了如今的我。

"春天将至,天气宜人,晴空万里。以前荒凉、阴郁的大地如今竟然披上绿装,开出无比漂亮的花朵,这番景象着实令我吃惊。到处散发着沁人心脾的芳香,呈现出赏心悦目的景色,令我心旷神怡,精神焕发。

"在这样的一个日子里,这家人干完活休息,老人弹吉他,孩子们认真聆听,我看到费利克斯的脸上带着无法形容的忧郁。他一个劲儿地叹气,他的父亲一度停止了弹奏。我通过老人的举止猜测,他是在问他儿子为何如此悲伤。费利克斯用欢快的语言回答了父亲的问话,然后老人重新开始弹奏。正在这时,有人敲门。

"来人是一位骑马的女士,由一个乡下人当向导陪她前来。这位女士一袭黑衣,还蒙着厚厚的黑面纱。阿加莎问了一个问题,这位陌生人用动听的声音说出了费利克斯的名字。她的声音犹如音乐旋律一般,但是跟我任何一位朋友的声音都不一样。一听到她的话,费利克斯赶紧跑到这位女士身边。看见他之后,她掀开面纱,露出如天使般美丽的脸庞。她的秀发乌黑发亮,编成一个精致的发辫;一双黑眼珠炯炯有神但看起来甚是温柔；五官标致，肤色白皙，脸颊白里透红。

　　"看到她，费利克斯似乎既兴奋又着迷，脸上的忧伤消失得无影无踪，转而现出欣喜若狂的神情，我几乎不敢相信人的心情可以变化如此之快。他双眼闪闪发光，脸庞因兴奋而泛红。此刻我觉得，他和那位陌生人一样美丽。而她的内心似乎涌动着不一样的情绪，她从那迷人的眼角拭去几滴眼泪，然后将手伸向费利克斯，他兴高采烈地吻了她的手。我似乎听出，他称呼她为亲爱的阿拉伯姑娘。她好像没有听懂，不过还是微微一笑。他扶她下马，将她的向导打发走，然后领她进屋。他和父亲谈了一会儿，只见这位年轻的陌生姑娘跪在老人脚边，正要亲吻他的手，老人却将她扶了起来并深情地将其拥入怀中。

　　"我马上发现，虽然这位陌生人清清楚楚地说了一些话，但似乎用的是她自己的语言，没有人听懂她说什么，同样她也听不懂这家人说的话。他们不停地打一些我不理解的手势，但依我所见，她的到来让屋子弥漫着喜悦的氛围，赶走了他们的忧伤，犹如太阳驱散晨雾。费利克斯看上去尤其开心，喜笑颜开地欢迎他的阿拉伯姑娘。阿加莎，永远温柔可人的阿加莎，吻了吻这位漂亮陌生人的双手，然后指着她的哥哥打手势，我觉得意思是说她来之前他一直都郁郁寡欢。就这样几个小时过去了，他们的神色似乎很开心，但对于原因我却不得而知。没过多久我发现，他们经常重复发一些音，而这位陌生人则一遍一遍地跟着读，原来她在努力学习他们的语言。我立刻想到，自己应该利用此机会来实现同样的目的。第一次课上，这位陌生人大约学了二十个词。说实话，其中大部分我之前已经会了，但仍有些新词让我大有所获。

　　"当夜晚来临，阿加莎和阿拉伯姑娘早早去休息了。分别时，费利克斯吻了吻这位陌生人的手说:'晚安,亲爱的赛菲。'之后,他许久未去就寝,坐着和父亲聊天,我听到他们经常重复她的名字,他们大概是在谈论这位惹人怜爱的客人。我非常希望能听懂他们在说什么,为此我使劲听,却仍然丝毫不能如愿。

"第二天早上,费利克斯出门干活。阿加莎干完平时的家务时,阿拉伯姑娘正坐在老人脚边,拿着他的吉他弹奏曲子。曲调如此优美动人,瞬间让我留下悲喜交加的眼泪。她开口歌唱,声音韵律十足,就像林间的夜莺一样,时而激昂高歌时而轻柔低吟。

"她唱毕,将吉他交给阿加莎。阿加莎最初拒绝,后来还是弹了一首简单的曲子,同时还用甜美的嗓音轻声伴唱,但是跟那位陌生人的优美曲调不一样。老人看起来眉飞色舞,说了一些话,阿加莎尽力解释给赛菲听,他似乎希望表达的意思是,她的音乐给他带来了极大的快乐。

"日子过得如以前那么平静,唯一的变化在于朋友们脸上的悲伤被快乐取而代之。赛菲看起来一直愉悦欢乐,我和她在语言学习方面进步神速,因此两个月之后,我开始能够理解我的保护人们说出的大部分词语。

"与此同时,黑色的土地也已长满绿油油的青草,碧绿的河畔点缀着数不尽的花朵,芳香扑鼻,赏心悦目。银色月光笼罩树林,林间闪烁着淡淡星光。白日里,阳光照在身上越来越暖和;夜晚时,天空清澈,夜色撩人。虽然日落推迟、日出提前,导致我夜间漫步的时间大大缩短,但我还是感觉乐趣无限。我白天从来不敢外出,担心我在第一个村庄里的遭遇会再次上演。

"我每天刻苦学习,所以掌握语言的速度更快。可以自豪地说,我比那位阿拉伯姑娘进步还要快，她能听懂的话不多，说话也是结结巴巴、断断续续，而我不仅能听懂而且几乎可以模仿他们说出的每一个字句。

"在说话取得进步的同时，我还在他们教那位陌生人时学会了字母知识，这在我面前打开了一个充满奇迹和乐趣的广阔天地。

"费利克斯教授赛菲时所用的书是伏尔尼①所著的《帝国的灭亡》。如果不是费利克斯在朗读的过程中逐字逐句地解释，我不可能理解这本书的主旨。他说之所以选择这本书，是因为它读起来朗朗上口，而这种文风其实是模仿一些东方作家的行文风格。通过他的讲解，我学习了一些粗略的历史知识，大概了解了世上现存几个帝国的概况。它使我洞悉了地球上不同国家的风俗、政府和宗教状况。我听说了亚洲人的慵懒、希腊人的天赋异禀和才思敏捷、早期罗马人的战事和高尚情操及其晚期的堕落，那强大帝国的衰落、骑士精神、基督教和诸位国王。我听说了美洲大陆的发现，还和赛菲一起为其原住民的悲惨命运黯然流泪。

"这些精彩的故事在我心里激起奇怪的感觉。难道人类真的那么强大、那么善良高尚，同时又那么邪恶卑鄙吗？人类似乎一会儿奉行邪恶的原则，一会儿又是高贵和神圣的化身。成为一个伟大高尚的人似乎是感性之人的至高荣誉，而成为一个卑鄙邪恶的人（就像历史中记录的很多人那样）则似乎是最低级的堕落，这比无眼的鼹鼠或无害的蛆虫还要可悲。有很长一段时间，我都无法想象一个人怎么能够杀死自己的同伴，甚至不理解为什么会有法律和政府。只要听到关于罪恶和杀戮的详细解释，我的好奇心便会消失，深恶痛绝地转身离开。

"如今，这户人家的每次谈话都能给我带来新的惊奇。听费利克斯

---

① 伏尔尼（Volney，1757-1820）：法国哲学家、历史学家。——译者注

给阿拉伯姑娘讲课时，我慢慢了解了人类社会的离奇制度。我获知了关于财产分配的情形，有人腰缠万贯，也有人一贫如洗，我还得知了阶级、门第和高贵血统。

"这些词语使得我反观自己。我了解到，最能获得你同类尊敬的东西是高贵清白的门第以及富甲一方的财产。只有其中一种优势的话，一个人还有可能会受到尊敬，但是如果一样都没有，那在大多数情况下，他在别人眼中就是一个流浪汉和奴隶，命中注定要为那被选中的极少数人卖力！那我是什么呢？我对自己的创造及造物主一无所知，不过我清楚自己身无分文，没有朋友，也没有任何财产。另外，我的外貌畸形得可怕，令人作呕；我甚至于本质上就与人有别。我身手比人类敏捷，能靠更粗糙的食物活下去；我能承受酷暑严寒，且不会对身体造成那么大的损害；我的身高远远超过人类。放眼四周，我没有见过也没有听说过一个像我这样的生命存在。那么难道我是一个怪兽，是世上大煞风景的异类？所有人都避之不及、竭力与我撇清关系？

"这些想法给我带来了怎样的痛苦，我无以言表。我试着不去想，但是随着知识的积累，悲伤只会有增无减。哦，我要是能永远待在当初栖身的那片树林，除了能感觉到饥渴和冷热之外其他什么也不知道，什么也感觉不到，那该多好啊！

"知识的本质真是奇怪！它一旦抓住一个人的思想，便紧握不放，就像岩石上的苔藓。有时我希望能摆脱所有的想法和感受，但又获悉，只有一种方法能克服这痛苦的，那就是死亡——这字眼我不明其意，却能使我恐惧至深。我仰慕高尚的美德和善良的情感，深爱这家人温文尔雅的行为方式和亲切友善的品质，却不能与他们交往，只能在他们不能察觉的情况下偷偷观察。我渴望成为他们中的一员，求之不得，这愿望反而变得更加强烈。阿加莎温柔的话语和迷人阿拉伯姑娘热情的笑容都与我无关，老人的循循善诱和可爱的费利克斯生动的交谈也与我无关。我这可怜、不幸的怪物！

"其他课程给我留下的印象更深刻。我了解到性别的差异，孩子的出生和成长，父亲如何陶醉于婴儿的微笑以及孩子再大一点时的妙语连珠，母亲如何付出全部心血和母爱去照顾孩子，幼子如何学习成长，了解兄弟姐妹以及将人类相互连接在一起的各类关系。

"但是我的朋友和亲人在何处呢？没有父爱陪我度过婴幼儿时期，我也没有享受过母亲的微笑和关怀。即便他们曾经这般爱过我，但我过去的所有生活经历如今都变成污浊模糊的空虚，我什么都辨认不得。自从我记事起，我的身高和比例就已经如现在一样了。我从未见过有人形容似我，或承认与我有任何交集。我是谁？我又一次问自己，而回答我的只有叹息。

"我很快就会讲到这些感受所导致的结果，不过现在，先让我把话题转回那家人。他们的故事激起了我各种内心感受，有愤怒，有高兴，也有惊奇，但是无论是什么感受，都让我更加热爱、尊敬我的保护者们（我喜欢用这天真而多少有些痛苦的自欺欺人的方式称呼他们）。"

第十四章

"过了一段时间，我才知道了这些朋友的历史过往。他们的每件事情对于完全不谙世事的我来说都是那么跌宕起伏，精彩纷呈，想不留下深刻的印象都难。

"老人名叫德·拉西，出身于法国的一个上流家庭，早年生活富足，达官显贵尊敬他，平级同僚喜爱他。他儿子曾在军队服役，女儿阿加莎也跻身名媛之列。就在我到的几个月之前，他们一直住在一个大而繁华的城市——巴黎，有很多朋友陪伴左右。他们情操高尚、聪明并有品位，再加上殷实家产，这给他们带来了无比的安乐。"

"赛菲的父亲是导致他们倾家荡产的原因。他是个土耳其商人，已经在巴黎住了很多年，期间由于我不知道的原因，他得罪了政府。就在赛菲从君士坦丁堡抵达巴黎跟他团聚那天，他被逮捕，身陷囹圄。经过审判，他被判处死刑。关于他的判决，其不公正性昭然若揭，整个巴黎都愤怒了。人们断定，置他于死地的原因是他的宗教信仰和财富，而非他所谓的罪行。

"费利克斯碰巧参加了审判。当听到法庭的判决时，他极为震惊，怒不可遏。就在那一刻，他郑重发誓一定要将赛菲的父亲救出来，其后四处奔走。他尝试了很多种方式想要去探监，但都没有成功，最后他发现监狱有个地方没人把守，那里有一个装有隔栅的窗户，光线由此照进那位不幸的囚徒所在的地牢，他镣铐加身，绝望地等待着那野蛮残暴判决的执行。费利克斯在夜间偷偷跑到隔栅旁，告诉囚犯自己试图救他脱身。这位土耳其人既惊讶又兴奋，许诺费利克斯丰厚的报酬和财富，想以此尽力调动起这位救命恩人的热情。费利克斯不屑地拒绝了囚犯开出的条件。不过，他一见到美丽的赛菲就忍不住想到，这名囚犯倒是有一笔财富可以充分回报自己的辛苦和危险。当时赛菲获批去探望父亲，听闻他要救父亲出狱，打着手势表示自己的感激之情。

"这位土耳其人很快察觉到费利克斯倾心于自己的女儿，于是便承诺，只要费利克斯将自己送到安全地点，便会立即将女儿嫁给他，以此更牢固地拴住他。费利克斯为人正派，没有接受这一提议，但他盼望能够促成此事，以成就自己的幸福。

"接下来的日子里，在为救商人出狱而做各种准备的过程中，费利克斯收到了那漂亮姑娘的几封来信，让他满怀激情。姑娘想到一个办法，那就是借一位老人的协助，用心上人使用的语言来倾诉衷肠。这位老人是她父亲之前的仆人，懂法语。她用诚挚的话语感谢他愿意拯救父亲的侠肝义胆，同时也流露出对自己命运的哀叹。

"住在小屋期间，我设法弄到了写字的工具，而费利克斯或阿加莎经常将这些信拿在手中，因此我有机会将这些信抄了下来。离开之前，我可将抄本交给你，这能证明我的故事是真实可信的。不过现在太阳已经落山了，剩下的时间也只够我向你转述信的内容。

"赛菲讲道，她母亲是一个信仰基督教的阿拉伯人，被土耳其人抓住做了奴隶。由于姿色出众,她征服了赛菲父亲的心,于是两人成亲。提到母亲,这年轻的姑娘情绪激昂,充满热情。她的母亲生而自由,唾弃奴役,却沦落到被奴役的境地。她用自己信奉的宗教教义教导女儿,教她立志追求至高学识以及精神独立。这位女士已经去世,但是她的教导却不可磨灭地刻在了赛菲心里。想到再次回到亚洲,幽闭在闺房的高墙之内,她心生厌恶。如果回去,那么她只能以浅薄的活动进行消遣娱乐,这有悖于她的性情。如今的她,已经习惯了高贵的思想,并在为人处世过程中遵循高尚的情操。留在一个允许女性在社会中有一定地位的国家,对她来说很有诱惑力。

"对土耳其人执行死刑的日子确定了,但就在前一晚,他越狱了,天亮之前逃到了距巴黎几里格之遥的地方。费利克斯用他父亲、妹妹及自己的名义拿到了护照。在此之前他已经将计划告诉了父亲,他父亲以度假为幌子离开居所,带着女儿在巴黎一个不为人注意的地方藏了起来,以协助这次的越狱计划。

"费利克斯带着这位逃亡者穿越法国来到里昂,翻越塞尼山口到达里窝那。商人决定在此等候良机,潜入土耳其占领区。

"赛菲决定陪着父亲直到他离开。走之前,这位土耳其人再次许诺要将她嫁给自己的救命恩人。费利克斯一直陪着他们,盼望着能与赛菲喜结连理。他亦很享受这位阿拉伯姑娘的陪伴,她向费利克斯展示出最单纯最温柔的情感。他们通过一位翻译进行交谈,有时通过解读对方的表情来交流。赛菲还为他演唱了她祖国的美好乐曲。

"这土耳其人任由这对年轻恋人在自己眼前日渐亲密,让他们对未来抱有希望,但他心里其实已经有了其他的计划。他可不愿让女儿嫁给一个基督徒，但表现得冷淡的话，又担心费利克斯心生怨恨，因为他知道自己仍然受制于救命恩人，万一费利克斯向他们栖身的意大利政府告发，他就将功亏一篑。他在心里反复盘算，制定了无数计划。借助这些计划，他应该可以将对费利克斯的欺骗尽量延长，直至不再需要他，以带着女儿一起远走高飞。这时，巴黎传来的消息，对他的筹谋大大有利。

"法国政府对于囚犯的越狱大为震怒，不遗余力地搜寻协助越狱之人，并誓要严惩。费利克斯的暗度陈仓很快东窗事发，德·拉西和阿加莎身陷囹圄。消息传到费利克斯耳朵里，使他从欢乐的美梦中惊醒过来。他失明且年事已高的父亲和温婉的妹妹被关在恶臭阵阵的地牢，而他却陪着心爱的姑娘在外逍遥自在，这念头让他痛苦不堪。他立刻与那位土耳其人筹划，如果在他返回意大利之前这位土耳其人能找到良机逃跑，那么就让赛菲暂时寄居在里窝那的一所女修道院中；然后，他告别了心爱的阿拉伯姑娘，快马加鞭地赶往巴黎去自首，希望能以此换来德·拉西和阿加莎的自由。

"事与愿违，他们仍被关了五个月才进行审判。他们的财产被剥夺，一家三口被判流放，永远不得再踏入国土半步。

"他们最后在一个德国村舍中寻到一处破落的栖身之所，我就是在那里邂逅了他们。为了救那奸诈的土耳其人，费利克斯及其家人遭受了前所未有的磨难。而土耳其人一听说自己的救命恩人落得这么一个身无分文、倾家荡产的下场，马上背叛了自己的良知与诚信，带着女儿离开了意大利。他给费利克斯送去了一点点钱，用他的话说，以供费利克斯将来补贴家用，这是十足的侮辱。

"这些事压在费利克斯的心上，因此我第一次看见他时，他才是全家看起来最悲伤的一个。他可以忍受贫穷，虽然他侠肝义胆的英勇行为为他招致了这样的不幸，他依然引以为豪。但是那位土耳其人忘恩负义，再加上失去心爱的赛菲，使他悲惨的处境雪上加霜，甚至带来无法挽回的影响。而今，这位阿拉伯姑娘的到来给他的心灵注入了新的生命。

"当费利克斯被剥夺财富和阶级地位的消息传到里窝那，这商人命令自己的女儿不要再想着心上人，转而准备回到自己的国家。赛菲素来是一个很有雅量的人，但也被这个命令激怒了。她尝试着规劝自己的父亲，但是他反复重申自己专横的命令，最后怒气冲冲地拂袖而去。

"几天之后，这位土耳其人走进女儿的房间，慌慌张张地告诉她说自己有理由认为他在里窝那的住处已经暴露了，他应该很快就会被移交给法国政府。因此，他租了一条船去君士坦丁堡，航程需要几个小时。他打算把女儿交由一位值得信赖的仆人照顾，而她日后可由着自己的心愿，带着他大部分财产跟过去。只是，这笔财产还没有到里窝那。

"赛菲独自一人，费尽心思想出了在当前紧急状况下要采取的行动计划。她压根不想住在土耳其，那与她的宗教信仰和心意相悖。她父亲留下了几份文件，落入她的手中，因此她得知心上人被流放，也获知了他后来居住的地点。她犹豫了一段时间，最终还是下定了决心，于是带上自己一些珠宝和钱财，离开了意大利前往德国，跟她一起的还有一名在里窝那土生土长但是通晓土耳其语言的随从。

"她安全抵达了距德·拉西农舍二十里格之外的一个小镇，这时她的随从得了重病。赛菲尽心尽力地照料她，但那可怜的女孩还是死了，只剩这阿拉伯姑娘独自一人。她不懂这个国家的语言，对于这里的风俗也一概不知。不过，她遇到了好心人。那位意大利随从曾提及她们目的地的名称，她死后，她们寄宿房子的女主人将赛菲安全送到了心上人的农舍。"

第十五章

"这就是我喜爱的这户人家的历史过往。这故事给我留下了深刻的印象，这其中讲述的社会生活，让我学会敬仰他们的高尚情操，蔑视人类的种种罪恶。

"然而，在我眼中，罪恶离我很遥远，仁慈和慷慨则一直在我面前，这让我内心产生一种冲动——想成为这熙熙攘攘舞台上的一名演员。这舞台唤起并展示了诸多令人钦佩的品质。说到我智力方面的发展，我不得不提起那年八月初发生的一件事。

"一天晚上，我按照惯例去附近的树林觅食，顺便为我的保护者们捡一些柴火回去。我在地上发现一个皮箱，里面装着几件衣服还有几本书。我把它们像宝贝一样紧紧攥在手里带回小屋。幸好这些书是以我农家中学到的语言撰写，有《失乐园》、一卷普鲁塔克的《名人传》以及《少年维特之烦恼》。我如获至宝，兴高采烈。如今，我持之以恒地钻研这些历史著作，练习思维。与此同时，我的朋友们则忙于他们的日常事务。

"这些书对我的影响，我几乎无以言表。它们带给我无尽的新形象与新感受，有时让我狂喜忘形，但更多时候让我沮丧到了极点。《少年维特之烦恼》故事简单而感人，读起来津津有味，除此之外，这本书中还详细讨论了如此多的观点，让很多之前我不太理解的问题变得明朗，书中内容能让我永远思考和惊讶。书中描述的温柔亲切的行为与天伦之乐同高尚的情操感受，有超脱私利的追求，与我同保护者们的相处以及内心永远存在的缺憾不谋而合。但是我想，维特本身比我见过或想过的人都更加高尚。他性格中毫无矫揉造作，却十分消沉。关于死亡和自杀的探讨让我迷惑不解。我不对这件事的是非曲直妄加评论，但是我倾向于主人公的观点，我为他的死亡而哭泣，但又不太理解。

　　"然而，在我阅读的过程中，我总能将其代入自己的感受和生活。我倾听着书中人的谈话，发现自己与他们很相似，但同时又有着奇怪的差异。我同情他们，也在一定程度上理解他们，但是我的思想尚未健全。我无依无靠，无亲无故。所谓'都来去自由'①，没人会为我的死亡悲叹恸哭。我是个外形丑陋的庞然大物。这意味着什么呢？我是谁？我是什么？我来自何处？我要去往何方？这些问题不断地出现在我的脑海中，但是我无法解答。

　　"我手中普鲁塔克所著的《名人传》囊括了那个古代共和国早期奠基者的故事。这本书对我的影响完全不同于《少年维特之烦恼》。我从维特的想象中看到了消沉和忧郁，但是普鲁塔克教给我高屋建瓴的思想，他让我超脱自己念念不忘的不幸，钦佩并爱上过去各个时代的英雄人物。读到的许多东西我都没法理解，也没有经历过。对于古代的王国、辽阔的国土、浩瀚的江河、一望无际的海洋，我有一些混乱的知识。但是，我对城镇和芸芸众生却全然不知。我的保护者们居住的村舍是供我学习人性的唯一一所学校，但这本书揭示出崭新的、更浩大的活动场

---

①此处是上文引用过的《无常》一诗中的句子。——译者注

景。我从书中了解到，管理公共事务的那些人统治或屠杀自己的同胞。我感到，内心涌起对于高尚情操的极大热情以及对于罪恶的深恶痛绝。尽管这些词是相对的，但在我的理解能力之下，我将把它们单纯地对应于快乐和痛苦。当然，在这样的引导下，相对于罗慕路斯[①]和忒修斯[②]，我更钦佩平和的立法者，如努马[③]、梭伦和莱克格斯。我的保护者们所过的大家庭式生活让这些观念深深地刻在了我的脑海里；或许，如果我最初是在一个热衷荣耀、崇尚杀戮的年轻士兵带领下认识人类，那么我会被灌输不一样的感受。

"但是《失乐园》激起的情感则不同于此，而且更深刻。与其他书籍一样，我把这本书当成真实的历史来读。这本书触动了我内心种种惊奇和敬畏，无所不能的上帝和他的创造物交战的场面让人激动不已。我经常把自己放进那些情景中，被我与书中情节的相似性打动。就像亚当一样，我显然跟其他任何存在的人都没有联系。但是在其他方面，他的情况又与我有着很大的区别。他是上帝创造出来的，是一个完美的创造物。他快乐顺心，造物主庇护着他，对他格外关照。他可以与天使交谈，并从他们身上学习知识，而我处境凄惨，无依无靠，形只影单。多少次，我认为撒旦与我处境最像，因为每当我看到我的保护者们过得开心快乐，我经常像他一样心生嫉妒。

"另一件事让我这些感受越发笃定。在我到达这小木屋之后不久，我在从你实验室穿走的衣服口袋里发现了几页纸。起初我没在意，但我

①罗慕路斯（Romulus）：罗马城的建造者。
②忒修斯（Theseus）：传说中的雅典国王。
③努马（Numa）与后文的梭伦（Solon）和莱克格斯（Lycurgus）均为著名古代立法者。

如今能够辨认上面写的文字了，于是开始认真研读。那是你创造我前四个月的日记。你在这些纸中详细地描述了工作进展中的每一步，这段历史还掺杂着关于家庭事件的记录。你肯定想起来了吧，它们就在这里。里面讲到了与我被诅咒的出身有关的所有事情，形象地再现了那一系列令人作呕的详细创造过程，你翔实地描述了我是何等丑陋、何等令人厌恶，字里行间透露出你的惊恐，让我永生难忘。我一边读一边恶心得想吐。'我恨自己获得生命的那一天！'我痛苦地大喊，'该死的造物主！你为什么要造一个这么丑陋的怪兽，连你自己都厌恶得敬而远之？上帝出于怜悯，按照自己的形象创造出漂亮而迷人的人类，但我的样子却是人类丑恶一面的翻版，那寥寥相似之处也让我的相貌显得更加可怕。撒旦尚且有魔鬼做伴，仰慕他鼓励他，而我却孤立无援，遭人唾弃。'

"当我一个人灰心丧气时，脑海中就一直盘旋着这样的想法。但每当我眼见这家人的高尚情操以及他们善良、仁慈的人品，我又会劝自己，如果他们知道我对他们高尚情操的敬佩之情，那么他们会同情我，而不计较我外貌的畸形。不管我有多畸形，他们会将一个恳求获得他们的怜悯和友谊的人拒之门外吗？我决定至少不要绝望，而是想方设法为与他们见面做准备，这将决定我的命运。我将见面时间推迟了几个月，因为这见面的成功与否对我来说实在太过重要，让我忧心忡忡，担心会失败。另外我发现，随着阅历的增加，我的理解力提高了一大截。所以更不想此刻见面，而想等再过几个月，我变得更加聪慧了再说。

"同时，这家人也发生了一些变化。赛菲的出现给他们带来了快乐，我还发现他们手头比以前宽裕了。费利克斯和阿加莎有了更多的时间消遣交谈，干活时也有仆人帮忙。他们似乎并未富贵，但是很知足很幸福。

他们的内心宁静平和，而我内心的躁动不安却与日俱增。我越发有学识，然而这只让我更加清楚地了解到，我是一个多么可怜的弃儿。我抱有希望，这是真的，但是当我在水中照出自己的模样或在月光下看到自己的影子时，心里的希望就如同那易碎的映像和多变的阴影一般消失不见了。

　　"我竭力克服这些恐惧，不断给自己加油鼓气，以迎接我决定在几个月后要接受的考验。有时，我任由思绪在天堂的乐土里漫游，不受理智的束缚，大胆幻想善良可爱的人如何同情我的感受、激励我摆脱内心的阴霾。他们天使般的脸上挂着抚慰人心的微笑。但这些不过是一场梦，没有夏娃来抚慰我的悲伤或分担我的忧愁，我孤身一人。我记得亚当曾恳求造物主，但是我的造物主在何方呢？他已经抛弃了我，我充满怨恨地诅咒他。

　　"就这样，秋去冬来。我看着树叶干枯然后一片片坠落，大自然又成了我第一次看见树林和迷人月亮时的样子，单调沉闷，阴冷荒凉。我遂感惊讶不已，悲从中来。不过我没有注意到天气的严寒。由于自身构造的缘故，我不太耐热，但可以忍受寒冷。但是，我最大的乐趣来源于百花盛开、鸟儿争鸣以及夏日里一切生机勃勃的景象。当这些都离我而去，我便将更多的注意力放到了这家人身上。虽然夏天已逝，但他们的快乐丝毫未减。他们相互关爱、彼此支持，从对方身上获取幸福快乐，而不被周围发生的事故灾难所打扰。我看他们越多，就越想获得他们的保护和善待。我打心里渴望，这些善良的人能够知道我的存在并且爱我。我最大的梦想，是看到他们用亲切、深情的眼神待我。我不敢去想他们一脸鄙视惊恐地将我拒之门外的场景。他们从来没有驱赶过站在门口的穷人。然而，我要的是更大的财富，而非些许的食物或借宿：我需要善心和同情。

尽管所求甚多，但我认为自己并非完全配不上这些东西。

"冬天到了，自从我有了生命之后，已走过了一整轮的四季循环。此刻我全心全意地想着走进农舍，跟我的保护者见面。我想了很多方案，但最终我决定，等家里只剩那个失明的老人时再去。我非常明智地意识到，自己奇丑无比的外貌是之前遭人害怕的主要原因。我的声音虽然刺耳难听，但是本身没有什么让人恐惧的。因此我想，如果他的孩子们不在家，我可以获得德·拉西老人的善待，而且通过他从中斡旋，也许可以让我的年轻保护者们接纳我。

"那天，太阳照在散落一地的红叶上，尽管没有融融暖意但是仍然散发着快乐，赛菲、阿加莎和费利克斯出门去，会在乡村中漫步许久，老人则情愿独自留在家里。孩子们走了之后，他拿起吉他弹了几首哀怨但动听的曲子，比我之前听他弹过的曲子还要优美动听、愁肠百结。一开始他的神情中透着欢乐，但是越往下弹，他越显得凝重、悲伤；最后，他将乐器置于一边，坐在那里陷入沉思之中。

"我的心跳得很快，考验的时刻到了，要么如我所愿，要么如我所惧。仆人们去了附近的集市，屋内屋外一片静悄悄，这是个好机会。不过正当我准备实施计划，我的双腿突然不听使唤，整个人一下子瘫倒地上。再次站起来之后，我拿出自己全部的坚定意志，挪开我挡在小屋前用以藏身的木板。新鲜的空气让我浑身充满活力，我再次下定决心，朝农舍的门口走去。

"我敲了敲门。'谁啊？'老人问道，'请进。'

"我进了屋。'很抱歉，打扰了，'我说，'我是过路的，想借贵地歇歇脚。若您能让我在火炉旁坐上几分钟，那我将感激不尽。'

"'进来吧,'德·拉西说,'我会尽我所能来满足你的需要。但是不巧,我的孩子们都不在家,而我双目失明,恐怕不能招待吃食。'

"'不要麻烦,善良的主人。我有吃的,我只需要暖和一下,歇歇脚。'

"我坐下,然后两人都没有说话。我知道,每一分钟对我来说都很宝贵,但是我一直犹豫不决,不知如何打开话头,这时老人开口了。'陌生人,听你说话,我猜你是我的同胞,你是法国人吗?'

"'不是,但是我在一个法国家庭接受过教育,所以只懂法语。我眼下正要去寻求一些朋友的保护,我深深地爱着他们,希望能够获得他们的好感。'

"'他们是德国人吗?'

"'不,他们是法国人。不过我们还是换个话题吧。我是一个不幸的人,被人遗弃。放眼四周,我在这世上没有亲人也没有朋友。我要去找的那些善良人从未见过我,对我知之甚少。我心里充满恐惧,担心他们不会接纳我,那样的话我就永远被这世界抛弃了。'

"'不要绝望。没有朋友的确是一大不幸,但只要人们不因浅薄的私利而抱有偏见,心里都会充满兄弟之爱,都有博爱的胸怀。因此,要坚定希望。如果这些朋友是善良亲切的人,那么不要绝望。'

"'他们很善良——他们是世界上最好的人。但不幸的是,他们对我有偏见。我本性纯良,到目前为止,我从来没有伤害过任何人,而且一定程度上还帮助过别人。但是,一种致命的偏见蒙蔽了他们的眼睛,他们本应看到一个富有感情且友善的朋友,结果却只看见一个可鄙的怪兽。'

"'这的确很不幸。但是如果你真的无害于他人,就不能使他们醒悟吗?'

"'我正要这么做。正是由于这个缘故，我的心里才万分惊恐。我深深地爱着这些朋友，虽然他们并不知道，但几个月来我已经养成了每天向他们表达善意的习惯。但是他们以为我想伤害他们，我希望克服的就是这个偏见。'

"'这些朋友所居何处？'

"'离此处不远。'

"这位老人停顿了一下，然后接着说：'如果你能毫无保留地向我讲述你的具体情况，或许我能帮你向他们澄清真相。我双目失明，无法通过你的神情进行判断，但是你说的话让我感觉你是一个真诚的人。我穷困潦倒，流放在外，但是无论通过何种方式，只要能够帮助一个人，便能感到衷心快乐。'

"'您真是个好人！谢谢您，我接受您的慷慨相助。您用自己的善良让我感觉不那么卑微。有了您的帮助，我相信自己不会被您的同胞们所抛弃，不会失去他们的同情怜悯。'

"'但愿不会如此！即使你真的是罪犯，不被同情也只会逼得你走投无路，而无法激励你弃恶从善。我也有着坎坷的命运，我和我的家人虽然没犯什么罪，但也曾被判刑。由此你可以判断，我是否对你的遭遇感同身受。'

"'我该怎样感谢您，我唯一的最善良的恩人？我从您口中第一次听到了与我为善的声音，这份恩情我永生难忘。您此刻的仁慈让我确信，自己即将与那些朋友见面，一切都会顺利。'

"'能否告知那些朋友的姓名和住址？'

"我迟疑了。我觉得这是决定性的时刻，要么会就此夺走我的快乐，要么会赐予我永久的快乐。我挣扎着，想给他坚定的答复，但最终还是于事无补，这挣扎耗尽了我剩余的所有力量。我瘫坐在椅子上，大声啜泣。就在此刻，我听到年轻保护人的脚步声。刻不容缓，我一把抓住老人的手，哭着说：'现在该向您说明一切了！救救我，保护我！您和您的家人就是我要找的朋友。不要在这个生死关头抛弃我！'

"'上帝啊！'老人高声喊道，'你是谁？'

"就在那时，房门打开，费利克斯、赛菲和阿加莎进来了。谁能描述他们看到我之后露出的恐惧和惊慌失措？阿加莎昏了过去，赛菲根本顾不上照料自己的朋友，慌不择路地冲出了屋。费利克斯冲到我跟前，用不可思议的力量将我从他父亲身边拖走，当时我正抱着老人的双膝，他怒火万丈，将我猛地摔到地上，拿起棍子对我一顿毒打。我本可以像狮子撕咬羚羊一般，把他撕个粉碎。但是随着疼痛袭来，我的心一点一点地沉了下去，我克制住自己的冲动。眼见他又要再次动手，身体上的疼痛和内心的痛苦彻底击垮了我，于是我冲出屋子，在一阵骚乱中悄悄地逃回了我的小屋。"

第十六章

"该死，该死的造物主！我为什么要活着？那个时候，为何我没让你胡乱赋予我的生命之光熄灭？我不知道，绝望还没有占据我的内心，我心里只有愤怒和报复的欲望。我原本可以痛痛快快地将那农舍和里面的人撕个粉碎，用他们的尖叫和痛苦来弥补自己受伤的心。

"当夜幕将近，我离开自己栖身的小屋，在树林里四处转悠。我再也不用担心被人发现，发出阵阵令人毛骨悚然的号叫来发泄内心的痛苦。我就像一个挣脱圈套的野兽，将阻挡我的东西统统毁掉，就像一头雄鹿，敏捷地在林间蹿来蹿去。哦！这一夜我过得多么痛苦啊！冰冷的星星眨着眼睛嘲笑我，光秃秃的枝丫在我头顶摇来晃去。万籁俱寂，除了不时传来一声清脆的鸟鸣。除了我以外，一切静谧无声，安然自得。我如魔王一般，内心燃烧着熊熊的地狱之火。我发现自己得不到任何人的同情，恨不得把所有的树木连根拔起，将周围的一切都毁个精光，然后坐下来欣赏一地废墟。

"但这只是情绪的一时发泄，持续不了多久。我体力消耗过多，很快便累得筋疲力尽，瘫坐在潮湿的草地上，由于绝望而虚弱无力。芸芸众生，没有一个人同情我或支持我，难道我应该对我的敌人以德报怨吗？不。从那一刻起，我对人类宣战，且生命不息，战火不止，尤其要对付的，就是那个创造了我却又将我推入苦难深渊的人。

"太阳升起来了。我听见人们说话的声音，知道那天是不可能再回到我住的小屋了。因此，我藏匿在茂盛的丛林中，决定利用接下来的几个小时好好考虑一下自己的情况。

"白天和煦的阳光和纯净的空气让我稍稍平静了下来。细想农舍里发生的事，我忍不住怪自己不该如此轻率地下结论。一定是我行为太过鲁莽了。很明显，我说的话已经勾起了那位父亲的兴趣，情况对我是有利的，而最后暴露在他的孩子面前，吓着了他们，实在是我的愚蠢。我应该先让德·拉西熟悉我，然后再慢慢地跟家里其他人接触，那时，他们就该有心理准备，容许我接近他们了。但是我不觉得自己的错误是无法挽回的，左思右想之后，我决定回到农舍，找老人说清楚事情经过，赢得他的好感。

"想到这些，我内心平静了下来，下午我沉沉地睡了一觉，但是内心的狂热让美梦都不敢近身。前一天惊心动魄的场面一直在我眼前挥之不去。两个女孩惊慌而逃，暴怒的费利克斯将我从他父亲身边拖走。我醒来时觉得疲惫不堪，发现天色已黑，于是悄悄从藏身的地方爬出来去觅食。

"填饱肚子后，我径直朝通往村舍的那条熟悉的小路走去。一切都是那么安静。我爬进我的小屋，静静地等待那家人起床。他们起床的时间过去了，太阳高悬于天空中，但是那家人却没有现身。我浑身抖得厉害，担心他们有什么不测。农舍里面一片漆黑，听不到一丝动静。我描述不出这种焦虑把我折磨到什么分上。

"不久有两个农夫路过，但是在农舍附近停住了，开始交谈，同时还做着激烈的手势，不过我不懂他们在说什么，因为他们说的是这个国家的语言，跟我的保护者们使用的语言不一样。很快，费利克斯跟另外一个人向这边靠近了。我感到非常吃惊，因为据我所知，那天早上他并没有离开农舍。我焦急地等着从他的话语中获知这些反常表现的原因。

"'你考虑过没有？'同行的人对他说道，'你必须要付三个月的租金，而且菜园里种的蔬菜你也没法要了。我不想占任何便宜，所以恳请你花几天时间好好考虑一下你的决定。'

"'不用考虑了，'费利克斯回答道，'我们再也不能住在你的房子里。因为发生了我说的那件可怕的事情，我父亲如今危在旦夕。我的妻子和妹妹永远也不能从惊恐中恢复过来。我求求你不要再劝我了，收回你的房子，让我远离这个地方吧。'

"费利克斯说着说着，浑身发抖。他和同行的人一起走进屋子，在里面停留了几分钟，然后离开了。从此，我再也没有见过德·拉西一家人。

"那天剩下的时间，我一直待在我的小屋里，像傻了一般，陷入绝望的深渊。我的保护者们已经离开了，打破了我和这世界的唯一联系。我心中第一次被报复和仇恨填满，我没有尽力控制这些情绪，任由自己被强烈的感情所支配，我决心要制造伤害和死亡。当想到我的朋友，想到德·拉西和善的声音、阿加莎温柔的眼神和阿拉伯姑娘精致的容貌，这些想法又消失了，我泪如泉涌，心情似乎平静了下来。但是再想到他们抛弃了我，将我一脚端开，我心中又燃起怒火，怒不可遏。可我又不能伤害任何人，于是便将怒火撒到没有生命的物体上。到了晚上，我在农舍周围放了各种易燃物，在毁了菜园里剩下的各种蔬菜之后，我不耐烦地等着月亮沉匿，好动手执行我的计划。

"夜越来越深，林间刮起一阵强风，很快便吹散了飘在空中的云彩。这阵风一路推进，就像一场摧枯拉朽的雪崩，让我丧失了所有的理智和思维，陷入疯狂境地。我点着一根干树枝，狂怒不已地围着被诅咒的农舍跳舞，双眼依然盯着西边的天际线，月亮就快触碰到天的边缘了。许久，月亮的一部分消失不见，我舞动着手里的树枝。月亮沉了下去，我大叫一声，点燃了之前收集在一起的稻草、石楠和灌木。在风力作用下，火势越来越大，农舍很快被包围在一片火海之中，熊熊火焰将它紧紧裹住，火舌如戟，舔舐着小屋，将一切毁灭殆尽。

"我确定无论什么都无法救这个房子了之后，便离开现场去树林中找藏身之处。

"如今，世界之大，我又该去往何方呢？我决定远离我的悲伤之地，但是像我这种遭人痛恨、唾弃的人，到哪个国家都是一样可怕。最后，我想到了你。我从你那几页纸上得知，你是我的父亲、我的造物主。还有比给我生命的那个人更合适投靠的人吗？费利克斯教授赛菲的课程中包括地理，我从中得知地球上不同国家之间的相对位置。你提到日内瓦是你的故乡，于是我决定去这个地方。

"但是我怎知路在何方呢？我知道要想达到目的地，必须往西南方向走，但是太阳是我唯一的向导。我不知道要经过的那些城镇的名称，也不能向任何一个人打听信息，但是我并不气馁。我只能寄希望于你的帮助，虽然我对你除了仇恨再无其他感情。无情无义的造物主！你先是赋予我感觉和情感，继而又抛弃我，让我成为人类蔑视和恐惧的对象。但是唯有你，我有权索取同情和补偿，我决定向你寻求在其他具有人形的生物身上未得到的正义。

"路途漫漫，我历尽千辛万苦。我离开久栖之地时正值秋末。因为担心遇到人，所以我只在夜间赶路。周围呈现出一派衰败的景象，太阳散发出的热量越来越少，大雨暴雪向我袭来，大江大河结冰上冻。地面变得又硬又冷，寸草不生，我连个容身之处都找不到。哦，大地啊！我无数次诅咒着自己的存在！我性格中温和的一面逐渐消失，内心的一切都变成了怨恨和愤世嫉俗。我离你家越近，就越能深刻地感受到复仇的欲望在我心中燃烧。下雪了，河水结成硬冰，但是我没有停歇。时不时出现的一些迹象，再加上我拥有的一张这个国家的地图，指引着我向前走。但是我经常偏离路线，走了很多冤枉路。我内心翻涌的痛苦，使我一刻也不停歇。一路上我没有感到愤怒和悲伤，但是当我到达瑞士边界的时候，太阳已经恢复了它的温度，地球又重新开始披上绿装，这时却发生了一件事，以一种特别的方式加剧了我的怨恨和恐惧。

　　"我白天一般会休息，只有在夜幕的掩护下不被人发现时，才匆匆赶路。然而，一天早晨，我发现要穿过一片密林，于是冒险等太阳升起之后继续赶路。那时是早春，温暖和煦的阳光和散发着阵阵芳香的空气让我神清气爽，精神振奋。我感到，久违的温和与快乐在心里复苏了。这些感受很陌生，让我有些惊讶。我任由这些感觉在心头蔓延开来，忘记了我的孤独和畸形，大胆去感受快乐的滋味。绵绵的泪水又一次打湿了我的脸颊，我甚至抬起湿润的眼睛充满感激地望向恩泽大地的太阳，感谢它赐予我这样的欢乐。

　　"我继续在林间的小道上曲折前行，最后来到树林边上，一条湍急深河沿着林边流过，很多树木的枝条都弯到了水里。春回大地，树枝纷纷吐绿芽。我不知道接下来要往哪儿走，所以在此停住脚步，这时我听到一些声音，于是赶紧藏在一棵柏树的树荫下。我刚刚藏好，一个年轻的女孩就冲着我藏身的地方跑了过来，边跑边笑，好像在跟人闹着玩。她沿着陡峭的河边继续跑，突然脚底一滑，落入了湍急的溪流中。我赶紧从藏身的地方冲出来，用尽全力将她从水流中救起，拖上岸边。她失去了知觉，我使出浑身解数才让她苏醒过来，这时我突然看到一个乡下人走近我们，很可能这个女孩刚才就是在跟他闹着玩躲他。一看到我，他一个箭步冲过来，将女孩从我怀中抢走，向树林深处奔去。我赶紧跟上去，自己也不知道为什么。但是这个男人看见我靠近，便拿出随身携带的枪瞄准我开火。我倒在地上，而打伤我的人则加快脚步，逃进了树林中。

"这就是我好心换来的回报！我救了一个人，让她死里逃生，而我却被伤口要命的疼痛折磨得打滚，这就是对我的酬谢！他这一枪打得我血肉模糊，连骨头都打碎了。刚刚还心存的善意和柔情此刻变成了可怕的愤怒，我咬牙切齿。在疼痛的刺激下，我发誓永远仇恨、报复人类。但是伤口疼痛难忍，我的脉搏停止，然后昏了过去。

"我在树林里过了几周凄惨的生活，尽力治愈身上的伤口。子弹打进我的肩膀，我不知道它留在那里还是穿过去了。若还停留在我体内，我也没办法将它取出。他们不讲公正、忘恩负义地伤害我，每思及此我的痛苦便更加剧烈。我每天都发誓要报复——不择手段、置人于死地的报复，这样才能补偿我承受的愤怒和痛苦。

"几个星期后，我的伤口愈合了，于是继续赶路。我身体上的劳累再也无法通过春天明亮的太阳或温柔的微风得以缓解。所有的快乐都只不过是一种嘲弄，它在侮辱我的孤独，让我更加痛彻地感觉到，我生来就该与痛苦相伴。

"不过那时我的奔波已临近结束，两个月后我到了日内瓦郊外。

"我到时已届夜晚，我找到一处藏身之地，四周全是田野，我在那里苦思冥想该以何种方式接近你。我又累又饿，心里只有难过，根本无心享受夜晚温柔的微风或者欣赏雄伟壮丽的侏罗山背后的落日余晖。

"我迷迷糊糊睡着了，让我暂时从痛苦中解脱出来。但是一个漂亮的孩子走了过来，打扰了我的休息。他跑进我选择的这隐蔽之处，在他身上可以看到小孩爱玩爱闹的那股劲儿。就在我盯着他看时，突然有一个想法闪过我的脑海。这孩子年龄尚幼，尚无偏见，还不知道对畸形产生恐惧。因此，如果我能抓住他，教他做我的同伴和朋友，那么在这拥挤的地球上我就不会如此孤单了。

"在这股冲动的驱使下，在男孩路过时我趁机抓住了他，并将他拖到我身边。他一看到我的样子，立刻用手捂住眼睛，失声尖叫。我狠狠地掀开他的手，说：'孩子，这是什么意思？我没打算伤害你，听我说……'

"他使劲挣扎。'放开我，'他哭喊着说，'怪兽！丑陋的怪物！你想吃了我，把我撕成碎片。你是个吃人的魔鬼。放开我，不然我就告诉我爸爸。'

"'孩子，你再也见不到你爸爸了，你必须跟我来。'

"'可怕的怪兽！放开我。我爸爸是个市政官——是弗兰肯斯坦先生——他会惩罚你的。你不敢扣住我不放。'

"'弗兰肯斯坦！这么说，你和我的敌人是一伙的——我发誓跟他永远势不两立，那我就先杀了你。'

"那孩子仍然不停挣扎，又用各种话骂我，让我心生绝望。我掐着他的喉咙让他安静下来，不一会儿他就倒在我脚下，没了气息。

"我注视着这个被我杀死的孩子，心里感到一阵狂喜，同时还有一种邪恶的胜利感。我不禁拍手大喊：'我也可以让别人尝尝伤心的滋味，我的敌人并非坚不可摧。这孩子的死亡将会让他尝到绝望的滋味，还有更多的不幸会折磨他，并最终使他殒命。'

"当我盯着这个孩子看的时候，我看到他胸前有什么东西在闪闪发光。我将其取下，原来是一个漂亮女人的画像。我心怀怨恨，但这画像却让我心软了，它深深地吸引了我。我欣然凝视她乌黑的眼睛许久，她有着长长的睫毛和可爱的嘴唇。但是不久，我的内心又被愤怒占据了。我想起，这样美丽的人永远不会给予我快乐，如果看到我，这张画中人温柔慈祥的脸将被厌恶和惊吓所占据。

"这些想法使我怒火万丈，对此你会感到惊奇吗？我惊奇的只是，当时我为什么没有冲到人类中间跟他们同归于尽，而只通过大喊和痛苦挣扎来发泄内心感受。

"在这些情感的支配下，我离开了谋害人命的那个地方。为了找到一处更加隐蔽的藏身点，我进了一个谷仓。我进去前，这谷仓似乎空无一人，但进去后才发现，里面有个女人在稻草上睡觉。她很年轻，倒没有我手里那个画像中的女人漂亮，但是她正值妙龄，浑身散发着朝气和青春活力，很招人喜欢。我想，她又是那样一个人——对任何人都不吝惜播撒其快乐的笑容，唯独我求之不得。然后，我俯下身轻声耳语：'醒醒，美丽的姑娘，你的爱人就在附近——为博你一个深情的眼神，他愿意付出自己的生命。我的宝贝，醒醒！'

"睡觉的姑娘动了一下，一阵恐惧传遍我全身。她真的醒过来之后看到我，会不会咒骂我、痛斥我这个杀人犯？如果她睁开乌黑的眼睛看到我，一定会这么做。这个想法令人疯狂，它唤起了我内心的恶魔——不是我，而是她应该尝尝恶魔的折磨是什么滋味。我之所以杀人是因为我永远得不到她能给我的一切，她应该偿命。罪恶的根源就在她身，惩罚应加于她身！感谢费利克斯给我上的课以及人类残暴的法律，现在我已学会了如何加害于人。我俯下身，将画像稳妥地放进她裙子的一个褶缝中。她又动了一下，我赶紧跑了。

　　"一连几天，我经常在发生这些事件的地方徘徊，有时希望见到你，有时又决定永远离开这世界，摆脱所有的不幸。最后，我兜兜转转，朝着这片山脉走来。我穿过一个个巨大的幽谷，内心燃烧的情感把我折磨得不轻。我们不会分开，除非你同意遵照我的要求去做。我孤孤单单一个人，悲惨至极。人类不同我交往，但若有一个同我一样畸形、可怕的人，她一定不会拒绝我。我的同伴必须跟我是同一类的，而且有同样的缺陷。你必须创造出这么一个人。"

第十七章

这怪物说完之后，两只眼睛直直地盯着我，等着我的回答。然而我脑中一团乱麻，困惑不解，无法理清思绪去充分理解他的提议。他接着说：

"你必须为我创造一个女人，我可以和她一起生活，进行情感交流，这样我才能活下去。你至少该做到这件事，我向你提出这个要求是在履行我的权利，不容你拒绝。"

当他讲到自己和那户农家在一起的平静生活时，我的愤怒本已经渐渐平息，但是行至故事的后半段，我心头的怒火再次点燃，愈燃愈烈，难以抑制。

"我绝对不会答应，"我回答道，"无论你怎么折磨我，我也不会屈服。你可以让我凄惨无比，但永不能使我违背良心。如果我再造出一个像你一样的怪物，那么你们狼狈为奸，可能会使生灵涂炭。滚！我已经回答你了，你可以折磨我，但我绝不屈服。"

"你错了，"这魔鬼回答说，"我乐意与你理论，而不是威胁你。我心怀怨恨是因为痛苦，所有人都对我避之不及、充满恨意，不是吗？就连你，我的造物主，都想要除我而后快，这一点你可不要忘了。那么告诉我，既然人类都不同情我，我为什么还要同情他们呢？如果你能够将我抛入冰缝，让你亲手打造的躯体粉身碎骨，你不会称之为谋杀。人类都能觉得我该死，我还要尊敬他们？假如人类能够接纳我，与我和睦相处，那么我会被感动得热泪盈眶，尽我所能造福人类，而不是伤害他们。但那是不可能的，人类的感官是无法逾越的障碍，使得我们无法共处。而我也有情感，绝不会屈从于悲惨的奴役。我要将自己受过的伤害一一报复回去。如果我无法激起爱，那么我就要制造恐惧，而主要针对的就是你，你是我的头号敌人，因为是你创造了我，我对你的恨永远都无法浇灭。小心点，我会设法毁了你。不过在彻底将你毁灭之前，我将先使你的心千疮百孔，直至你诅咒自己出生的那一时刻。"

他说着这些话，一阵暴怒让他的情绪激动起来。他的脸皱至变形，看一眼能把人吓个半死。但是他很快镇定下来，接着说——

"我原打算好好跟你讲道理。此刻暴怒对我没什么好处，因为你并不觉得是你让我如此怒不可遏。如果有人对我怀抱善意，那么我定会滴水之恩涌泉相报。就看在这一个人的分上，我会和所有人类和平相处！但这只是一个不可能实现的极乐美梦，而我还沉湎其中不愿醒来。我要你做的事合情合理，并不过分。我要求你为我创造一个异性伴侣，但是要跟我一样丑陋。我所求甚少，但我能消受的也只有这么多，我已经很知足了。没错，我们会成为与世隔绝的怪兽，不过那样一来我们的关系会更加亲密。我们的生活谈不上快乐，但是不会伤害别人，也不会像现在的我一般不幸。哦！我的造物主，赐予我快乐吧，让我为这桩恩惠而对你感激不尽！让我看到自己激起了活人的同情，不要拒绝我的请求！"

他的话打动了我。想到答应他的请求可能造成的后果，我浑身一颤，但又觉得他说的也有几分道理。他的故事以及此刻表达的感受证明他是通情理的，我一手创造了他，难道不该将我能给的幸福快乐赐予他吗？他见我似乎回心转意，于是接着说：

"若你答应，不管是你还是其他任何人都不会再见到我们，我会前往南美广袤辽阔的荒野。我的食物跟人类的食物不同，我不会拿小羔羊和小山羊来填肚子，橡果和浆果就能为我提供足够的营养。我的伴侣将和我有着相同的本性，自然也能吃同样的食物。我们将以枯叶为床，太阳将像照耀人类一样照耀着我们，让我们的食物成熟。我向你展示的这幅图景一派平和、充满人性，除非你恃权而骄、残酷无情，否则你是无法拒绝的。虽然你此前对我毫无怜悯之心，但现在我从你眼中看到了同情。让我抓住这难得的一刻，说服你答应我的愿望吧。"

我回答道："你说要远离人类栖息之地，去只有野兽相伴的荒野生活。你渴望获得人类的关爱和同情，又怎会忍受这种长期流放在外的状态呢？你还是会回来，再次寻求人类的温柔相待，而最终迎接你的是他们的憎恶。这会重新激起你内心的邪恶，到那时你会伙同你的伴侣一起毁灭人类。这万万不行，不要再说这件事了，我是不会同意的。"

"你怎么可以如此善变？刚才你明明被我说的话打动了，为什么又对我的申诉无动于衷了呢？我对自己居住的地球以及创造了我的你发誓，我会与你为我创造的伴侣一起离开人类居住地，根据情况在最荒蛮的地方定居。我心中的邪恶终将消失，因为会有人和我惺惺相惜！我会安安静静地度过人生，在弥留之际，我不会诅咒将我带到这个世界的人。"

他的话对我产生了一种奇怪的影响。我对他生出同情，有时甚至想要安慰他，但是一看见他，一看到在我面前移动、说话的那一大团肮脏的骨肉，我就觉得恶心，刚才的想法荡然无存，化为恐惧憎恨。我试着按捺这些感觉，我觉得，虽然我不能同情他，但是也没有权利剥夺他可以从我这里获得的那一点点快乐。

我说："你发誓不再危害人间，但是你已经犯下一些罪行，让我没办法相信你，这也在情理之中，不是吗？我怎么知道，你不是想借此机会赚得同谋，以谋求更大规模的报复呢？"

"你怎么会这么想呢？我可不是让人耍着玩的，你要给我一个答案。如果我无亲无故、无情无义，那么我肯定会充满仇恨，并且不断作恶。来自他人的关爱则会摧毁我犯罪的动机，我会让自己消失，没有人知道我。我之所以作恶多端，是因为我被遗弃，孤独无依，我特别痛恨这种感受，而若我可以和同类一起生活，交流情感，那我必定也会从善。我要感受来自善解人意的人的关爱，加入现在将我排除在外的万物生存链。"

我半天没说话，思量他说的这一切以及各种论据。我想到他最初的表现，似乎说明他有着从善的可能，但是后来他的保护者们对他的憎恶与蔑视扼杀了他所有的善意。他的力量和威胁也在我的考虑之内：这怪物可以在冰川洞穴中生存，能藏身于常人难以涉足的悬崖峭壁间以躲避搜捕，他有着人类无法对付的能力。深思熟虑之后，我最终决定，为了给他和我的同胞一个公道，我应该满足他的要求。于是，我转过身对他说：

"我答应你的要求，但是你要郑重发誓，只要我将这陪你流放在外的女伴交给你，你就要永远离开欧洲，并远离有人类居住的其他任何地方。"

"我发誓，"他喊道，"对太阳、对蓝天、对我内心燃烧的熊熊爱火发誓，如果你答应我的恳求，我会履行诺言，只要太阳、蓝天、爱之火依然如故，你就永远不会再见到我。赶紧回家开始工作，我会迫不及待地关注你的进展。等你完工，就再不用担心我会出现了。"

说完这些，他突然转身离开，或许是担心我再改变主意。只见他冲下山去，比雄鹰飞得都快，迅速消失在高低起伏的冰海之中。

他的故事讲了整整一天，等他离开时，太阳已经快落到地平线了。我知道我应该赶紧下山回到山谷，因为一会儿天就要黑了，但是我的心情沉重，步伐缓慢。心里一直想着白天发生的事，百感交集，沿着山间羊肠小道蜿蜒前行，想要走稳都很费劲。当我走到半路上的歇脚处，在泉水旁坐下时，已是深夜时分。云彩飘在夜空中，星星时隐时现，黑漆漆的松树林耸立在我面前，断裂的树木横七竖八地躺在地上。这场景庄严肃穆，让我内心产生了一丝异样的感觉。我伤心地哭了起来，痛苦地攥紧双拳，大喊："哦！星啊，云啊，风啊，你们都要来嘲笑我。如果你们真的可怜我，那就粉碎我的感觉和记忆吧，让我就此归于无形，如若不然，那就走，走开，将我一个人留在这黑暗之中。"

我脑中那些想法疯狂而痛苦，却无法向你描述。星星永恒的闪烁让我内心何其沉重，每一声呼啸的风都好像阴暗丑陋的西罗科风般，仿佛要将我吞噬。

我还没到沙穆尼村时，天就已经亮了。我一刻也没有休息，马不停蹄地赶回日内瓦。我的感受，即使是我自己也难以名状——它们像一座大山一样压在我的心上，万分沉重，将我的痛苦压得粉碎。就这样，我回到了家，出现在家人面前。我看上去憔悴、疯狂，着实让他们大吃一惊，但是他们问什么我都不回答，几乎没有开口说任何话。我感觉自己好像被诅咒了，仿佛没有权利让他们同情我，仿佛再也不能与他们其乐融融地相伴，虽然我对他们爱若神明。为了救他们，我必须要全身心投入到我最痛恨的工作任务中。这一工作占据我心，使其他任何一件事都像过眼云烟，对我来说，只有那个想法才是生活的现实所在。

第十八章

自从我回到日内瓦之后，日子一天天、一周周地过去了，而我还是不能鼓起勇气重新开始自己的工作。我担心，如果让那恶魔失望他会展开疯狂报复，但对于他逼迫我做的这项任务，我实在无法克服自己的抵触。我发现，如果不再次花费数月时间进行深入、艰辛的研究，是无法创造一个女性出来的。我听说一位英国科学家有了一些发现，他的成果对于我的成功至关重要。为此，我偶尔想征得父亲的同意赴英请教，但我总是找各种借口迟迟不做，畏畏缩缩地不敢踏出第一步。渐渐地，对我来说，这项工作似乎并非绝对必要。我的确有所改变，此前不断恶化的身体状况如今有了很大好转。如果不去想那个让人堵心的承诺，我的精神也还不错。对于我的这一变化，父亲看在眼里乐在心里。我心头还残存着忧郁，时不时地涌上心头，使得即将到来的阳光被黑暗笼罩、吞噬。我父亲绞尽脑汁地想找一个最好的方法来将其驱除。每当我忧郁，我便一个人躲起来，孤独是最好的避风港。我驾一叶扁舟，独自一人整日整日地泛舟湖上，看云卷云舒，听湖水潺潺，沉默不语，百无聊赖。不过，新鲜空气和明亮阳光总能让我的心归于平静，回家之后，朋友跟我打招呼时，我会报以会心的微笑，心情也更加愉悦。

一次我外出游荡归来之后，父亲把我叫到一边，对我说：

　　"我亲爱的儿子，看到你的脸上再次绽放笑容，好像又回到了以前的样子，我真是太开心了。不过你仍不快乐，躲避我们的陪伴。我一度左思右想，不知是何原因将你变成了这样，但是昨天我脑子里突然蹦出一个想法，如果确有其事，我希望你大大方方地承认。如果一直对这件事秘而不宣，那么不仅没有什么用，而且还会加重我们所有人的不幸。"

　　父亲的这段开场白听得我颤抖不已，他接着说道："儿子，我承认，我一直希望你能和我们亲爱的伊丽莎白喜结连理，你们的结合将是我们家庭幸福的纽带，也是我垂暮之年的牵挂。你们二人从小一起长大，青梅竹马；一起学习，出双入对；性情趣味相投，完全是天造地设的一对。然而，人的经验是如此盲目，有些事我以为会给我的计划提供最得力的帮助，其实却有可能毁于一旦。也许你将她看作你的妹妹，压根没想过让她成为你的妻子。你甚至可能已经遇到了另外一个让你倾心的女孩。你觉得自己有义务对伊丽莎白负责，所以内心无比挣扎，这可能就是导致你看起来痛苦不堪的原因吧？"

　　"亲爱的父亲，你放心吧。我深深地爱着我的表妹。我从未遇见过一个女人，能像伊丽莎白那样激发起我内心最热烈的钦佩和爱慕。我衷心期待我们两个能够牵手度过此生，我未来的希望和预想都与之紧密相连。"

　　"亲爱的维克托，听你说了自己在这个问题上的态度，我无比欣慰，感受到最近从未有过的开心。既然如此，那么无论近来的灾祸给我们蒙上了怎样的阴影，我们都一定会幸福快乐的。但是我希望驱散牢牢笼罩在你心头的郁结。所以，告诉我，你是否反对立即举行婚礼？我们之前遭遇了各种不幸，最近发生的事情打破了我们一向宁静的生活，我这年老体衰之人已无法承受。你还年轻，有足够的财产，但我认为早些结婚完全不会影响你可能已经制定的建功立业的未来大计。但是，我并不是对你的幸福横加干涉，你若晚些结婚也不会让我焦虑不安。请不要对我的话有任何曲解，开诚布公地回答我。"

我静静地听父亲说话，半晌无言以对。众多念头在我脑中快速旋转，最终我得出了结论。唉！想到要即刻跟伊丽莎白结婚，我顿时感觉恐惧惊慌。我被一个郑重的诺言束缚着，这诺言我尚未兑现，也不敢违背，如果我胆敢违背这诺言，那么我和我挚爱的家人即将会接连遭遇不幸！这致命的负担尚且缠绕着我的脖颈，让我不堪重负，被压倒在地，我怎能在这种情况下办喜事呢？我必须完成任务，让那怪兽跟他的伴侣远走高飞，然后才能好好享受我们二人的新婚大喜。我希望，结婚后可以过上安宁的日子。

我还记得，有必要赴英国一游，或与几位英国学者展开漫长的通信，他们的所见所知对我现在的工作非常有用，不可或缺。若要获得想要的信息，通信太慢，效果也不尽如人意。另外，想到要在父亲的房子里做这令人作呕的工作，同时还要经常跟我爱的那些人像以往那样生活，我就无法克服心中的反感。我知道会发生许许多多骇人听闻的事情，哪怕是其中最不起眼的事也可能引发令人发指的故事，让我身边所有人惊恐战栗。我还意识到，做如此灭绝人性的事，我会经常失去自制以及隐藏内心痛苦的所有能力。在此期间，我必须离开所有我爱的人。这项工作一旦展开，很快就会完成，然后我就可以平和、快乐地回归家庭。如果我能履行诺言，那么那怪兽就会永远离开。或者（我不切实际地幻想）说不定会发生什么事让他丧命，从此以后再也不用受他奴役。

我怀着这样的心情答复了父亲的问话。我告诉他,我想去英国,但对真正的原因只字不提,仅用不会引起任何怀疑的借口表达了我的愿望,并表达得极其真诚,父亲没多想便答应了。长久以来,我整日愁云满面,身心俱疲。如今见我乐于去英国,他开心不已,希望出门散心可以让我彻底恢复精神。

具体离家多久由我自己决定,预计几个月,至多一年。父亲对我关怀备至,为确保我有个伴儿,他事先采取了措施。他和伊丽莎白一同安排克莱瓦尔在斯特拉斯堡和我碰头,但并未提前告诉我。我本来还想独自完成使命,如此便事与愿违。不过,朋友现身,同我一起踏上旅程,也不会妨碍什么,还免得我路上孤单、胡思乱想,也是乐事一桩。有亨利在伴,甚至可能让我那仇敌远离。如果只有我自己,那他岂不是会时不时令人憎恶地出现在我面前,以提醒我要做的事情或者打探进展?

因此,我打算去英国,而且说好一回来便跟伊丽莎白结婚。父亲年迈,非常不愿意再将此事拖延下去。就我个人而言,我答应做完这令人厌恶的事之后给自己一个奖赏,以抚慰自己遭受的无人能比的痛苦。只要我一摆脱这不幸的奴役,就会迎娶伊丽莎白,从此忘掉过去,和她幸福地生活在一起。

现在我正为此次旅程做准备,但是一种感觉萦绕心头,让我内心充满恐惧和不安。我的离开可能会激怒那怪兽,我不在的这段时间,我的朋友们不知道敌人的存在,没有什么可以保护他们免受他的攻击。不过,他答应过我,无论我去哪儿他都会跟着我,难道他不会跟着我去英国吗?这种想象本身十分可怕,但是又让我感到安慰,因为这样一来我的朋友会很安全。一想到我的朋友可能陷入危难,我就感到心如刀割。但我一直在被自己创造出的怪物所奴役,每每总是任由自己被冲动控制。现在我强烈地感觉到,这个恶魔会跟着我,如此一来我的家人会免遭他的毒手。

我再次离开祖国是在九月底。此次出行是我自己提出来的,因此伊丽莎白默许了,但是想到我离开她之后会遭受痛苦和不幸的折磨,她便坐立不安。正是因为她放心不下,所以才让克莱瓦尔陪着我——但是男人注意不到很多细枝末节,还是需要女人的精心照顾才行。她很想嘱咐我早日归来,但跟我告别时,她内心情绪复杂,泪眼婆娑,沉默不语。

我跳上将载我去远方的马车,几乎不知道自己要去哪里,也不在意沿途的风景。我只记得叮嘱他人将我的化学器材打包一起运走,想到这一点我便感到无比痛苦。我带着满心的忧郁,途径很多优美壮观的风景,但是我的眼神凝滞,视而不见。我能想到的只有旅途的目的地以及在此期间我要做的工作。

在长达数天的旅途中,我始终一副无精打采的懒散状态。经过长途跋涉,我最终抵达斯特拉斯堡,然后在那里待了两天,等克莱瓦尔前来会合。他来了。唉,我们之间的对比多么鲜明啊!他对每一个新鲜事物都很敏感,看到夕阳西下的美景他兴奋不已,而看到旭日东升开始新的一天,他感到更加开心。他指给我看风景的色彩变幻和天空的种种景象。"这才是真正的生活,"他大喊,"我多么热爱生命啊!但是你呢,我亲爱的弗兰肯斯坦,你为何垂头丧气、满脸忧伤?"事实上,我满心忧伤,既看不到夜空繁星的隐没,也看不到倒映在莱茵河中的金色朝阳。我的朋友,我当时的内心感受如此无趣,你对克莱瓦尔的日记会更感兴趣,他用敏感又愉悦的目光观赏风景。我这不幸之人被一个诅咒纠缠不放,断绝了通往快乐的所有途径。

我们一致同意乘船沿莱茵河而下，从斯特拉斯堡前往鹿特丹，然后从鹿特丹乘船去伦敦。这一路，我们途径多个杨柳依依的小岛，看见一个个风景秀丽的小镇。我们在曼海姆逗留了一天，从斯特拉斯堡出发五天后抵达了美因茨。过了美因茨，莱茵河两岸风景更加如诗如画。河流奔腾直下，在山间逶迤流淌。山峰不高但却陡峭，山体形状独特秀丽。我们看到悬崖边屹立着很多破败的城堡，周围是黑压压的树林，高耸入天，无法靠近。莱茵河这一段的确展示出难得一见、多姿多彩的风景。时而看到崎岖不平的山峰和俯瞰悬崖峭壁的破落古堡，幽深的莱茵河从下面奔腾而过；时而峰回路转，看到郁郁葱葱的葡萄园、翠绿倾斜的河岸、蜿蜒曲折的河流以及熙熙攘攘的城镇。

此时正值葡萄收获期，沿河而下时我们听到采摘工人的阵阵歌声。我整天郁郁寡欢，一直被各种忧思搅得情绪不佳，这会儿却也变得兴致高昂。我躺在船尾，看着万里无云的蓝天，似乎陶醉于久违的宁静氛围之中。我的感受已然如此，亨利的感受想必更加无以言喻。他仿佛被载到一片仙境，于是尽情享受人间难得几回尝的快乐。他说："我见过自己国家美不胜收的景色，欣赏过卢塞恩和尤里的湖泊美景，白茫茫的雪山陡峭得近乎垂直于水面，投下一片密不透光的黑影，如果不是青翠岛屿以明快之景缓解眼睛的单调乏味，那么巍巍雪山在水中的倒影就会让景色染上黯淡、悲伤的色彩。我曾经见过这个湖在暴风雨侵袭时的样子，狂风在水面上掀起阵阵巨浪，让人仿佛置身波涛汹涌的海上；波浪愤怒地拍打着山底，牧师和他的情人就在这里葬身于一场雪崩，据说在夜风呼啸的间歇依然可以听见他们临终的呼喊；我见过拉瓦莱和佩德沃德的崇山峻岭。但是，维克托，所有那些壮观景色都比不上这个国家的景致让我心动。瑞士的山脉更加雄伟奇特，而这条气势磅礴的河流两岸魅力无限，我之前从未见过如此美景。看那边悬崖之上巍然屹立的城堡，岛上也有一个，几乎隐身于茂盛的树木枝叶之中；再看那些从葡萄藤中走出来的工人，还有那山坳间若隐若现的村庄。哦，相对于我们国家堆积冰川或归隐于无法攀登之巅的精灵，栖息并守护此处的精灵与人类相处更加和谐。"

克莱瓦尔！亲爱的朋友！即使到了现在，想起你的话还会让我感到快乐，如何称赞你也不为过。他是一个在"自然的诗情画意"中成长起来的人。他有着奔放、热情的想象力，又因一颗敏感的心而温和平实。他热情洋溢，对朋友忠心耿耿。见多识广的人告诉我们，如此友谊只在想象中寻找。不过即使是人类情感也不够满足他充满渴望的心灵。其他人只对有形的自然风景心生敬佩，他却爱得炽热无比——

> 飞瀑轰鸣
> 犹如万丈激情萦绕于心。巍巍山岩，
> 绵绵山峦，深幽昏暗的树林，
> 色彩斑斓，姿态万千，彼时于他而言
> 是一种趣味，一种感觉，一种酷爱，
> 无须由思想赋予更深邃的魅力，
> 仅凭亲眼所见便是足矣。[1]

---

[1] 出自华兹华斯的《丁登寺》（*Tintern Abbey*）。——原注

而他如今又在何处呢？这温柔和蔼、招人喜欢的人永远消失了吗？这颗有着层出不穷的想法以及新奇瑰丽的想象的心灵，自成一个世界，而这世界依赖它的创造者而存在——难道这颗心灵已消亡了吗？它现在只存在于我的记忆中吗？不，不是这样的。上帝把你的身体创造得如此完美，闪耀着美丽的光芒，而今已经凋敝，但是你的精神仍会来看望、安慰你痛苦的朋友。

请原谅我倾诉了这些伤心之事。说这些话没有什么用处，只是悼念亨利无可比拟的品格罢了。忆及亨利，我满心痛苦，但是说出这些我心里便好受多了。下面接着讲我的故事。

过了科隆之后，我们来到了荷兰平原。我们决定剩下的路改乘马车，因为当时逆风，加之河水流速太缓，无法行船。

这一段旅途中没有迷人的景致激起我们的兴趣，几天之后，我们到达了鹿特丹，准备乘船去英国。那是十月下旬一个晴朗的早晨，我第一次看见不列颠白色的悬崖。泰晤士河两岸呈现一派别样的景色，土地平坦但肥沃富饶，几乎每个城镇都让人联想到某个故事。我们看到蒂尔伯里要塞，想起了西班牙无敌舰队，而格雷夫森德、伍尔维奇和格林威治这些地方的大名我在瑞士时便已闻知。

最终我们看见了伦敦林立的塔尖，其中最高的当属圣保罗大教堂，还有在英国历史上享有盛名的伦敦塔。

第十九章

我们目前驻足休息在伦敦，决定在这享誉世界的美好城市逗留几个月。克莱瓦尔想要结交当时赫赫有名的才人贤士，但于我这只是次要目的。我一心想着获取所需信息，完成此前的承诺。我想迅速利用随身携带的介绍信，去拜见那些著名的自然科学家。

如果我是在从前那无忧无虑的求学期间进行此次旅行，那么我的快乐将无以言表。但是我的生命已被摧残，我拜访这些人的目的，也只是为了从他们那里得到信息，以完成那件如今对我生死攸关的事情。我生性不喜欢交游。一人独处时，我的脑中全是天地之景，亨利的声音抚慰了我的痛苦，让我得以欺骗自己换来一时平静。但是那些忙忙碌碌、索然无趣的笑脸让我的心又感觉到绝望。我看见自己和同类之间隔着无法逾越的障碍，这障碍是用威廉和贾丝廷的鲜血浇筑而成，想起他们的灾祸令我心痛不已。

但是我在克莱瓦尔身上看到了自己之前的模样，他对新鲜事物有着强烈的好奇心，渴望增加自己的阅历和知识。对他来说，观察到的风俗习惯差异是取之不尽的知识和乐趣源泉。他还在追求一个心心念念已久的目标。他打算去印度，因为他已经掌握了印度的各种语言，并且对那国家也有一定的了解，所以他相信自己能切实推动贸易的进程。只有在不列颠，他才可以进一步实施自己的计划。他一直忙碌不停，唯一让他扫兴的是我悲伤沮丧，心事重重。我尽可能地隐藏自己的不快，不想耽误他享受进入新生活自然会感受的快乐，毕竟他无忧无虑，也没有任何痛苦的回忆。我经常以另有他事为借口，拒绝跟他一起出去，以便可以独处。现在我也开始收集进行新创造所需的材料，这给我带来的折磨就如一颗又一颗水滴，持续不断地落在我头顶。投入这项工作的每点心思都给我带来很大的痛苦，说话时每每提及这项工作，我的嘴唇就会抖个不停，心脏也会阵阵悸动。

在伦敦待了几个月之后，我们收到了一封来自苏格兰的信，写信之人此前曾去日内瓦看望过我们。他在信中说到自己的国家是如何美丽，问我们那些美景是否足以吸引我们继续北上，到他所在的珀斯。克莱瓦尔热切渴望接受这一邀请，而我虽然讨厌与人交往，但还是希望能再次观赏到巍峨雄伟的山脉、潺潺流淌的溪流，以及大自然装扮自己精挑细选的居所使用的所有杰作。

我们在十月抵达英国，而今已经二月份了。因此我们决定过完三月就启程北上。这次的漫长旅途，我们没打算走大路去爱丁堡，而是要去参观温莎、牛津、马特洛克和坎伯兰郡的大小湖泊，定于七月底结束此次旅行。我将自己的化学器材和收集的材料打包装好，决定到苏格兰北部高地之后找个偏僻的角落完成我的工作。

三月二十七日，我们离开伦敦，在温莎停留了数日，那几天我们一直在郁郁葱葱的森林中漫步。在我们这些依山长大的人眼中，这是一种新鲜的景象。高大伟岸的橡树、数不胜数的猎物以及姿态神气的鹿群都让我们感到无比新奇。

我们从那里启程去牛津。一进入这个城市，我们便回忆起一个半世纪之前发生在这里的历史事件。查理一世就是在这里集结自己的军队。即便全国上下都抛弃他的大业，转而拥护议会和自由，这个城市却一直对他忠心耿耿。这位不幸的国王以及他的追随者——和善的福克兰、狂妄的戈林、他的王后和儿子，当初可能曾在这个城市居住，这令此地处处都别有趣味。城中旧时风貌犹存，我们兴致勃勃地追寻着它的足迹。即便不能通过想象满足自己的怀古之情，但这城市本身就很美，足以让我们啧啧称赞。这里的一所所大学散发着古老的气息，校园风景如画，一条条街道堪称华丽，美丽的伊希斯河傍城流过，穿过一片片翠绿的草地，向前延伸，形成一片平静宽阔的水域，倒映出古树丛中的高塔、尖顶和穹顶的伟岸身姿。

这景色让我陶醉，但是对过去的回忆和对将来的预期让我在感觉愉悦的同时又觉得难过。我生性喜欢宁静的幸福。年轻时，我从未有过任何不满情绪，如果我觉得无聊，欣赏大自然美景或研读人类作品中的精华之作总能让我的心灵找到寄托，让我的情绪重新高涨起来。但我是一棵遭雷击的树，闪电已劈入我的灵魂。那时我觉得自己应该活下去，展示自己行将就木的样子——饱受摧残，极其悲惨，其他人觉得可怜，自己也无法忍受。

我们在牛津逗留了相当长的一段时间，在郊区四处转悠，竭力想找到每一个可能与英国历史上那最富有生机活力的时代相关的地点。途中的景物一个接着一个出现，让我们每每驻足观赏，延长了这场小小的发现之旅。我们瞻仰赫赫有名的汉普登陵墓，凭吊这爱国者陨落的战场。

我的灵魂一度得到升华，摆脱了让我卑微而不幸的恐惧，得以思忖自由和自我牺牲这样的神圣思想。这些景物正是这些思想的纪念物。一瞬间我斗胆摆脱束缚，怀着自由崇高的精神环顾四周，但是镣铐已经嵌入我的血肉之中，于是我再次于悲伤中迷失，颤抖不停，看不到任何希望。

我们依依不舍地离开牛津，赶往下一个落脚点马特洛克。这个村庄周围的乡村风光跟瑞士风景更相似，但是一切都稍逊一筹，连绵的青山没有远处白雪皑皑的阿尔卑斯山巅为其加冕，而在我的故乡，它却长年累月出现在瑞士长满松柏的山峦之上。我们参观了奇妙的山洞和小型的自然历史收藏馆，珍品古玩的陈列方式就跟塞沃克斯和沙穆尼的收藏品如出一辙。听见亨利说出"沙穆尼"的名字，我不禁抖了一下，联想起那可怕的场景，于是抓紧时间离开了马特洛克。

我们从德比一路向北，在坎伯兰郡和威斯特摩兰郡待了两个月。我甚至可以想象自己正置身于瑞士的群山环绕之中。山脉北坡残存的片片积雪、大大小小的湖泊以及湍急的山间溪流于我而言都是那么熟悉、那么亲切。我们在这里也结识了一些朋友，他们想方设法地哄我开心。克莱瓦尔比我要快乐得多，与才俊之士为伍，他的思维得以拓展，在自己身上看到了更高的能力和智力。和不如他的人在一起时，他并没有发现这一点。"我可以在此度过一生，"他对我说，"徜徉于这群山的怀抱，我几乎不会因为远离瑞士和莱茵河而遗憾。"

但是他发现，旅行者的生活不仅有无穷的乐趣，还包括诸多辛苦。他的情感永远处于紧绷的状态。当内心开始归于平静之时，他发现自己必须离开那悠闲驻足的地方，转而去寻找新鲜事物，再为更新鲜的事物而放弃，一而再，再而三。

还没有把坎伯兰郡和威斯特摩兰郡大大小小的湖泊游览一遍,还没有和当地居民建立感情,我们和苏格兰朋友约定的时间就临近了,于是我们抛开这一切继续赶路。就我个人而言,我并不感觉遗憾。在那时,我已将把诺言遗忘了一段时间,因此担心使那恶魔失望带来的后果。他可能留在瑞士,将仇恨发泄到我的亲人身上。每当我得空冷静下来,这想法就会缠绕、折磨我。我心急火燎地等着书信,如果信来得晚了,我就如百爪挠心,提心吊胆。当信送到,看到伊丽莎白或父亲的手笔,我几乎不敢读,生怕自己的猜想会应验。有时我想,那恶魔跟着我,也许会谋害我的同伴以此来惩罚我的疏忽怠慢。如此一想,我一刻也不离开亨利,与他如影随形,以免那恶魔将怒火撒到他身上。我觉得自己好像犯了大罪,这感觉一直萦绕在我的心头。我是无辜的,但我的确给自己招来了可怕的诅咒,如犯罪般难逃一死。

我萎靡不振地在爱丁堡玩了一圈。尽管如此,那座城本身却饶有趣味,即便最不幸之人也可能暂时忘却不幸。克莱瓦尔觉得这个城市不如牛津,因为牛津的古色古香更合他心意。但爱丁堡这座新兴城市的美景和整齐布局、散发着浪漫气息的城堡、全世界最美的郊区、亚瑟王座、圣伯纳德井和彭特兰丘陵弥补了离开牛津给他带来的遗憾,让他内心充满喜悦和敬仰。但是我急着抵达旅程终点。

一星期后我们离开了爱丁堡,途径库珀、圣安德鲁斯,沿泰河岸边抵达珀斯,我们的朋友在那里等着我们。但是我没心情和陌生人谈笑风生,也无法用客人应有的愉悦心情和他们交流感受或讨论计划,于是我告诉克莱瓦尔自己想独自一人游玩苏格兰。我说道:"你一定要好好玩,日后我们就在这里会合。我可能会离开一两个月,但是求你不要追问我的去向，让我一个人安安静静地待一段时间。等我回来时，我希望我心结略微缓解，与你更加意气相投。"

亨利想要劝阻我，但是看到我已下定决心，便不再表示异议。他恳请我经常写信。他说："与其和这些不熟悉的苏格兰人一起，我宁愿陪你一起四处走走。亲爱的朋友，那就早点回来，如此一来我又能找到一种在家的感觉，若你不在就断然不能。"

跟朋友分开后，我决定去苏格兰的某个偏僻之地，独自一人完成我的工作。我毫不怀疑那怪兽会跟着我，到我完成这项工作的预定时间，他会自动现身，接收他的同伴。

打定主意之后，我穿越北部高地，选择奥克尼群岛中最偏远的一个岛作为我的工作地点。这地方正适合这样的工作，上面除有一块岩石几近寸草不生，波浪不停地拍打着高耸的岩石侧面。那里的土壤贫瘠，几乎连够几头牛吃的牧草都没有，居民果腹用的燕麦也没长出几根。这里只有五口居民，他们瘦骨嶙峋、皮包骨头，凄惨境地不言自明。对他们来说蔬菜和面包都是奢侈品，甚至淡水都是从大约五英里以外的内陆弄来的。

整个岛上只有三间破败不堪的小屋，当我到时其中一间空着，我将其租了下来。里面只有两室，内里可谓家徒四壁。茅草屋顶塌了，墙上连石灰都没有抹，门上没有铰链。我找人把屋子修理了一下，买了一些家具，然后就这么住下了。如果不是缺吃少喝、贫穷不堪让这里的村民变得麻木，那么我的到来肯定会让他们大吃一惊。事实上，我住在这里，没人盯着我看，也没人打扰我。哪怕我施舍给他们一点食物和衣服，也几乎没人向我表示感谢，苦难竟让人类最简单的感觉也变得如此迟钝。

在这小屋中，我将上午的时间用于工作，但是到了晚上，如果天气允许的话，我就在石头遍地的海滩上散步，任海浪咆哮着拍打我的脚面。这场景单调却又千变万化。我想起了瑞士，与这荒无人烟、让人望而生畏的风景大不相同，瑞士的群山爬满藤蔓，村舍密集地分散于平原地带。优美的湖面倒映出柔和的蓝天，有风的时候，与浩瀚大海相比，那湖心微波不过是活泼的幼儿在玩耍。

我初到此地时就如此作息，但这工作愈是进行下去便愈可怕，令人讨厌。有时我一连几天都无法说服自己走进实验室，其他时间我则夜以继日地赶工，以期完工。我所从事的工作确实是肮脏的。我第一次进行实验时，一种充满激情的兴奋让我忽略了自己所从事工作的恐怖。我聚精会神地去完成这项工作，双眼看不到这一过程的可怕之处。但是如今我在毫无激情的状态下开始进行这项工作，内心经常厌恶自己双手创造出来的东西。

我身处这样的地方，做着最可憎之事，陷入无边的孤独之中，没有什么会让我从实际工作场景中分神片刻，我的情绪渐渐起伏不定，我感到紧张不安，每时每刻都害怕见到那个纠缠迫害我的魔鬼。有时我坐在那里，双眼紧盯地面，不敢往上看，生怕看到那不敢直视的东西。我害怕走到看不见人的地方，唯恐就剩我一个人时他会上前跟我讨要他的伴侣。

与此同时，我也在不停地工作，事情已经取得了很大进展。我战战兢兢又迫切希望能早日完成，对此我不敢有疑问，但同时又隐隐约约地有种不祥预感，令我忧心似火。

第二十章

一天晚上,我坐在实验室中。太阳已经落下,月亮正缓缓地从海上升起。光线不足无法工作,所以我就闲着什么也不做,停下来思考是应该休息一夜还是应该加班加点地赶工争取早日完成。我静静地坐着,突然脑中闪过一连串念头,促使我去思考自己正在做的事会造成何种后果。三年前,我做了同样的事情,造出一个恶魔,他无比凶残,让我内心无比凄惨,永远充斥着最痛苦的懊悔。如今我即将造出另外一个怪物,我同样不知她会是何种性情。她可能比她的伴侣还要凶狠一万倍,因生性残暴而滥杀无辜、制造不幸,以此为乐。他曾发誓要远离人类,隐身于荒漠之地,但是她并没有发这个誓。她极有可能成为一个有思想、有理智的动物,也许会拒绝遵守我们在创造她之前订立的契约。他们甚至会视对方为仇人,已活在人世的那怪物厌恶自己的畸形,而当一个同样畸形的人以女性的身份出现在他眼前时,他是否可能会更加深恶痛绝呢?她说不定也会对他嗤之以鼻,转而向往人类的美丽。她也许会抛弃他,那样的话他就又孑然一身了,连他的同类都抛弃了他,这会在他心中激起新一轮怒火。

即使他们将来离开欧洲,去新世界的荒漠中生活,但那恶魔渴望获得同情，其首要结果之一便是孩子，他们会在地球上繁衍出一群魔鬼，从而危及人类的生存，为人类制造恐慌。我有权利为了自己的利益而让后世背负这一诅咒吗？以前，我会被自己所造怪物的诡辩之辞打动，他的残忍威胁使我变得麻木。但是此刻，我第一次意识到自己做出的承诺会带来多么深重的罪恶。我出于私心，毫不犹豫地想得到自我安宁，代价也许是全人类的生存。想到后世可能会骂我贻害万年，我不禁毛骨悚然。

抬头一看，借着月光，我看见那恶魔正立于窗扉，我顿时打了个冷战，吓得心脏都停止了跳动。他正凝视着我坐在那里完成他安排我做的任务，嘴角挂着狞笑，嘴唇周围的皮肤皱成一团，实在是太可怕了。是的，他一路都跟着我呢。他在森林游荡、在洞穴藏身，或者躲在宽广荒凉的石楠中。现在他来查看我的进展，要我兑现诺言。

我看着他时，他满面凶相，一脸奸诈。我竟承诺要创造一个像他一样的怪物，真是疯了！想到这里我不禁颤抖起来，于是将正在做的东西撕得粉碎。那怪物的幸福快乐原本系于这创造物，却目睹我毁了那个创造物。他发出一声怒号，带着深深的绝望和复仇，转身而去。

我离开屋子，将门上锁，暗暗发誓再也不干这件事了，然后颤抖着往自己的房间走去。我孤身一人，身边没有人帮我驱散内心的忧郁，无法让我摆脱无比可怕的幻想，这幻想重重地压在我的心上，令我作呕。

几个小时过去了，我依然伫立窗前，看着外面的大海。风已停息，海面几乎一动不动。静谧的月光下，万籁俱寂。只有几艘渔船漂在海面上，轻柔的微风时不时地将渔夫呼喊同伴的声音吹送过来。我感受到了这种寂静，不过直到听见海岸附近有人划桨的声音，我才意识到四周静得何其深沉。有人在我住的房子附近上了岸。

几分钟后，我听到门吱呀作响，好像有人正在轻轻将它推开。我浑身上下哆嗦起来。我预感到来者何人，希望能叫醒住在不远处一个村舍中的农民。但是我感到十分无助，如坠噩梦——眼看危险即将到来，你拼命想逃离，但双脚却像在地上扎根一样，动都动不了。

不一会儿，我听到脚步声沿走廊渐行渐近。门开了，让我胆战心惊的那怪物现了身。他关上门，走到我身边，压低声音说："你业已开始，又将其毁灭。你安的什么心？你敢言而无信？我承受了那么多的艰辛和不幸，和你一起离开瑞士，沿着莱茵河岸边悄然随行，穿过一个个杨柳依依的小岛，攀越一座座山巅。我在英格兰的石楠丛和苏格兰的荒漠中住了几个月。我不知挨了多少疲劳、寒冷和饥饿，你却胆敢毁灭我的希望？"

"滚！没错，我食言了，我永远不会再造一个像你一样丑陋邪恶的怪物。"

"你这奴才，我以前同你讲理，但是事实证明，你真是不识抬举。别忘了我力大无比，你觉得自己很不幸，但是我可以让你难受到看见明天的太阳都充满痛苦。你是我的造物主，而我却是你的主人，你必须服从我的命令！"

"我已不像过去那样优柔寡断，时辰已到，你也不能再耀武扬威。不管你怎么威胁我，我都不会做这丧尽天良的事。你的威胁只让我坚定决心，绝不为你创造一个可以狼狈为奸的伴侣。我怎么可以如此冷血，将一个以杀人为快、以制造不幸为乐的恶魔放逐到世间？滚！我不会改变主意的，你的话只会火上浇油。"

看我一脸决绝，这怪兽无计可施，气得咬牙切齿。"每个男人都可以找个贴心的妻子，每头野兽也可以有伴，而我就活该孤苦无依？我对人类充满感情，换来的却是痛恨和蔑视。哼！你可以恨我，但是你要当心！你将在恐惧和不幸中度过每一分钟，很快厄运就会降临在你的头上，必定会永远剥夺你的幸福。当沉重的不幸压得我匍匐在地，你是不是会幸灾乐祸？你可以毁灭我的其他感情，但是复仇之心不会熄灭——复仇对我，从今以后比光与食物还珍贵！我可能会死，但是首先你——我的暴君和毁灭者——要诅咒目睹你遭遇不幸的太阳。当心，因为我无所畏惧，所以充满力量。我会像蛇一样狡猾地监视你，蓄满毒液猛咬你。哼，你自造的孽，等着自作自受吧。"

"魔鬼，闭嘴！不要用这些怨念毒害空气。我已经将我的决心告诉你了，我不是个胆小鬼，不会因为你这些话而屈服。别再纠缠我，我是不会改变主意的。"

"那好，我走。但是记住，等你洞房花烛夜时，我会去找你。"

我向前扑过去，大声说道，"恶棍！在你要我的命之前，先确保自己安然无恙吧！"

我差一点就抓住他了，然而他躲避开去，气急败坏地逃出了屋子。片刻之后，我看见他上了船，船像箭一样迅速掠过水面，很快消失在波涛之中。

一切又陷入平静，但是他的话一直在我耳边回响。我满腔怒火，要找到那个破坏我平静生活的刽子手，将他投入大海。我步履匆匆地在屋内踱来踱去，心烦意乱，脑海中想象出无数个让我遭受折磨、刺痛不已的画面。我为什么没有跟上去，同他打个你死我活呢？但后悔无用，我已将他放走，他已朝着欧陆而去。他的复仇之心永远都无法填满，我不敢想，谁会是下一个因此送命的受害者。然后，我想起了他说的话——"等你洞房花烛夜时，我会去找你。"那么，那就是我的大限。我会在那时死去，即刻报了他歹毒的仇，浇灭他心中的怨恨。命不久矣，并不使我惊慌失色。但是当我想到挚爱的伊丽莎白，想到如果她发现自己的爱人将如此凄惨地殒命，她一定会痛哭不已、伤心欲绝，我顿时泪如泉涌。这是我数月来第一次流泪，我下定决心，绝不对这死敌不战而降。

夜晚过去，日升海上。满腔愤怒变成深深绝望，若这可称为一种平静，那么我情绪平静了一些。我离开那昨夜对峙的屋子，走在海滩上，在我眼中，大海就像是横亘在我和同类之间的一道无法逾越的障碍。不，我希望它可以证明，我已无力回天。我希望能够在那光秃秃的岩石上度过一生，没错，生活将会无聊乏味，却不会被什么突发的不幸所打扰。如果我回去，要么丧命，要么看着我挚爱的人们惨死在我自己创造的恶魔手中。

我如同一个焦躁不安的幽灵一样在小岛上四处游荡，与自己所爱的一切分离，并因此痛苦不堪。时至晌午，太阳升得更高了。我躺在草地上，困意沉沉地睡去。前一天晚上我彻夜未眠，神经躁动不安，因为一直警惕观望，又伤心难过，所以双眼红肿。睡了一觉后，头脑清醒了许多。醒了之后，我感觉好像又重归人类本性，开始更加镇静沉着地回想之前发生的事情，但是那恶魔的话仍像丧钟一样在我耳边回响，如一场梦魇，却毕竟是现实，历历在目，压得人喘不过气来。

太阳已西下，而我依然坐在岸边，狼吞虎咽地吃着燕麦饼。这时我看到一艘渔船在离我不远处靠岸，船上人带给我一个包裹，里面有几封来自日内瓦的书信，还有一封信是克莱瓦尔写的，恳求我与他会合。他说他正在那地方无所事事地消磨时间，他在伦敦结识的朋友给他写信，想让他回去完成他们之前关于他印度之行的探讨。他要尽快启程，不能再耽搁了。但因为他到伦敦后可能还要进行一次更长的旅行，动身时间甚至可能早于预期，所以他求我尽可能多抽出一点时间陪他。因此，他恳求我离开那个孤岛，同他在珀斯会合，然后我们可以一起南下。这封信在一定程度上让我清醒过来，于是我决定两天后离开这个小岛。

但是在我动身之前，还有一个想也不愿想的任务要完成。我必须将我的化学器材打包，因此我必须进入做那件令人厌恶之事的屋子，必须处理那些令人作呕的器具。第二天早上，东方刚刚发白，我鼓起勇气打开实验室的门。我毁掉的那半成品，残骸七零八落地扔在地板上，我仿佛撕碎了一个活生生的血肉之躯。我停下脚步，让自己镇定下来，然后进入实验室。我双手颤抖着将器材搬出屋子，转念又想，不该留下这些残骸让当地农民害怕、怀疑；于是我将这些残片放入篮子，又在上面堆了很多石头，决定当晚把它们扔到海里。我坐在沙滩上等待入夜，同时清洗整理我的化学装置。

自从那晚恶魔出现之后，我心态发生了很大变化，几乎是变了一个人。我之前沮丧悲观地将那诺言看作是必须完成的任务，不管它会带来什么样的结果。但是现在，仿佛揭开蒙在我眼睛上的一层膜，我第一次看得清清楚楚。我一刻也不想重操旧业，恶魔的威胁压在我的心头，我却觉得，即使我自愿去做这件事也不可能避免悲剧的发生。我在心中断定，创造出另外一个如最初恶魔一样的怪物，是最卑鄙无耻的自私行为，任何可能会得出不同结论的念头，我都抛诸脑后。

凌晨两三点，月亮升起，我将篮子放到一条小船上，从岸边出发，划出了大约四英里。四周死一般寂静，几艘船正向着岸边驶去，不过我驾着小船避开了它们。我仿佛是要干一件十恶不赦的坏事，所以战战兢兢、惴惴不安地避免跟任何人碰面。有一段时间，之前一直清澈明亮的月亮突然被厚厚的云层遮住了，于是我利用这黑暗将篮子扔进海里。我听着它在下沉时激起的汩汩水声，然后驾船离开此处。天空渐渐乌云密布，虽然此刻刮起了东北风，周遭凛冽冰冷，空气却很纯净。冷空气让我振作起精神，感到心旷神怡，于是我决定在海面上多停留一会儿，然后摆正船舵，舒展四肢躺在船中。云层遮月，一切都变得朦朦胧胧，我只听到船的龙骨破浪前进的声音，潺潺水声让我的心安静下来，于是很快便酣然入睡。

我不知道这样睡了多久，但是等我醒来时，太阳已经升得很高了。风很大，波浪不断地威胁着小船的安全。风是从东北方向吹来的，肯定已把我吹到了距出发海岸很远的地方。我努力想调整航向，但很快发现，再这样下去，船很快就会灌满水。已经到了这种境地，我唯一的办法是顺风行驶。我承认自己有些害怕。我没有随身携带指南针，而且也不熟悉这里的地形，所以太阳对我也没有多大帮助。我也许会被风吹进浩瀚的大西洋，最后活活饿死，或者被周围波涛汹涌的海水吞没。我已经出海好几个小时了，饥渴交加，而更多折磨接踵而至。我仰望苍穹，风吹云动遮蔽了天空。前面一朵云刚刚飘过，后面的云又接踵而来。我望向大海，这将是我的丧身之地。"恶魔，"我大喊，"你的任务已经完成了！"我想到了伊丽莎白，想到了我父亲，还有克莱瓦尔——我把他们都撇在身后，那怪兽可能会用他们的鲜血来满足他血腥残暴的本性。想到这里，我陷入了沉思，既绝望又害怕，即使现在这场景即将从我眼前永远消失，想到这里我还是忍不住浑身颤抖。

就这样几个小时过去了，但是随着太阳落向地平线，风势渐渐弱了下来，成了柔和的微风，海上波浪平息。但是随后开始涨潮，潮水涌得很高。我感到恶心想吐，几乎控制不住船舵，这时我突然看到一道高地向南延伸。

这几个小时里，我疲劳不堪，加上焦虑担心，几乎已经筋疲力尽。这突然出现的确定的生机就像是一股喜悦的暖流注入我的心里，我的眼泪夺眶而出。

我们的感情真是变化不定！即使处于无法忍受的不幸之中，我们依然对生命有着执着的爱，这可真奇怪！我从衣服上撕下来一块布，又做了一个帆，迫不及待地调整方向向陆地驶去。陆地看起来无比荒凉，岩石遍布。我再靠近一些，却不难看出这里有耕作的痕迹。我在岸边看到一些船只，发现自己突然被送回文明社会的怀抱。我傍着陆地上的蜿蜒小道小心前行，最后看到一个尖塔从海角后方浮现，引得我一阵欢呼。我已浑身虚弱无力，所以决定直接向城镇划去，因为在那种地方最容易弄到营养补给品。还好我随身带了钱。转过海角，我见到一个干净整洁的小镇和一处良好的海港，于是我划船驶入。我没想到自己能死里逃生，兴奋得心怦怦乱跳。

在我固定船只、整理船帆时，一群人向这边拥过来。看见我，他们似乎觉得很诧异，但并未出手帮我，而是互相交头接耳，如果是其他任何时候，他们这种反应会让我感到有些惊慌。那时，我只听出他们说的是英语，因此我用这种语言对他们说话："亲爱的朋友们，能否告诉我这小镇的名字，告诉我正处于什么地方？"

"你很快就知道了，"一个男人用嘶哑的声音回答说，"也许这地方不很合你的口味，但是我向你保证，住在哪里就由不得你了。"

从一个陌生人口中得到如此粗鲁的回答，我吃惊不已。此外，看到他的同伴眉头紧皱、满脸不悦，我有点不安。"你为什么出言不逊？"我回复道，"这么冷漠地接待陌生人想必不是英国人的风俗。"

"我不知道英国人的风俗是什么，但仇恨坏人是爱尔兰人的风俗。"那男人说。

这对话如此奇怪，越是进行下去，围观人群也越多。他们看上去既好奇又愤怒，我很是不快，也提起了些警戒之心。我打听去旅馆的路怎么走，但是没有人回答我。然后我往前走，围观人群跟着我并将我围在中间，低声议论着。突然，一个一脸凶相的人走近我，拍拍我的肩，说："来，先生，你必须跟我去柯温先生那里一趟，说明自己的来历。"

"柯温先生是谁？我为什么要去说明自己的来历？这不是一个自由的国度吗？"

"是的，先生，对于诚实的人来说足够自由。柯温先生是一位治安官，昨晚有一位绅士在此处被害，关于此事你该去说个明白。"

这答案让我大吃一惊，但是我很快镇定下来。我是无辜的，这不难证明。于是我默默地跟着这位带路的人，随后被领到这城镇一座豪华的房子里。我又累又饿，随时都会瘫倒在地，但是被这么多人团团围住，我想最好还是拿出所有的力气，不然，体力不支也许会被理解成恐惧或做贼心虚。我压根没想到，等待我的竟是一场灾难，将在片刻之后将我击垮，在震惊和绝望中消除对于耻辱或死亡的所有恐惧。

讲到这儿，我必须停一下，因为我需要鼓起全部的勇气，才能无所遗漏地回忆后来那些可怕事情。

第二十一章

不久，我被领到那位治安官面前。他是一个慈祥的老人，面容平静，举止温和。然而，他看向我时却十分严厉，将我上下打量一番之后，转头问给我带路的那些人，证人是何人。

五六个人走上前来，治安官从中挑了一个。此人作证说，前一晚他与儿子和妹夫丹尼尔·纽金特外出捕鱼。大约十点钟时，只见海面上刮起一股强劲的北风，于是他们摇船进港。月亮还没有升起，黑夜里伸手不见五指。他们没有在海港靠岸，而是像往常那样，停在下游大约两英里处的一个小湾中。他拿着三两渔具走在前边，两个同伴跟在后面，与他隔了一段距离。沿着沙滩往前走时，他绊到了某个东西，整个人都摔倒在地。同伴过来搀扶，借着手中提灯照出的光，他们发现绊倒他的是一个人，好像已经断气了。他们最初以为，此人是溺水而死，后来被海浪冲到了岸上，但是仔细检查发现他的衣服并没有湿。那时尸体尚未变冷，他们立即将他抬至附近一个老妪的屋子里，尽力想将其救活，但是并未如愿。死者看起来是个英俊帅气的年轻人，二十五岁左右。他明显是被掐死的，因为除了脖子上有乌黑的指痕，没有任何其他暴力痕迹。

我对这段证词的前半部分丝毫不感兴趣，但当提到指痕时，我想起了弟弟的惨死，于是不自觉地激动起来。我四肢颤抖，视线变得模糊，不得不靠在一把椅子上寻找支撑。治安官用敏锐的眼神注视着我，自然从我的举止得出不利于我的预测。

渔夫之子的证词与其父如出一辙，但是当传唤丹尼尔·纽金特到庭时，后者言之凿凿地发誓，就在他同伴摔倒之前，他看到岸边不远处有一条船，上面有一个人。他借着点点星光可以判断，那条船跟我靠岸时划的船一模一样。

一个女人作证说，她家离海滩很近，当时正站在家门口等捕鱼的家人回来。她看到一条船，从后来发现尸体的岸边下水，船上有一个男人。大约一个小时后，她便听说了发现尸体的消息。

另一个女人证实了将遇害者抬到她家的渔夫的说法。当时遇害者身体还没有僵冷，他们放到床上，为其按摩暖身。丹尼尔还去镇上请了药剂师，但依然未能起死回生。

就我靠岸的经过，其他好几个人接受了盘问。他们一致认为，因为夜里刮起强劲的北风，所以很可能我数小时尝试逆风行进未果，被迫返回了启程的地点。他们还说道，我似乎是从另外一个地方把尸体运过来的，而且我好像并不熟悉这个海岸，因此，也许我进港时并不清楚这城镇距我抛弃尸首的地点有多远。

听到这些证词，柯温先生要求将我带到安放尸体的房间，看我会有何反应。他做此决定，极有可能是因为我在听到凶手作案手法时显得极度不安。于是，治安官和其他几个人将我带到了那屋子。这多事之夜竟然同时发生了这么多离奇的事情，我心里不由为之震惊。但我知道，发现尸体的那段时间我一直在之前居住的小岛上和人聊天，所以对于这件事情的结果，我十分坦然。

我走进房间，被领到棺材边上。我该怎样形容看见棺材时的感受呢？我现在回想起来都觉毛骨悚然。一想到那个可怕的时刻，我就禁不住颤抖，心如刀绞。当看到亨利·克莱瓦尔已经失去生命的身体躺在我面前时，我顾不得他们的盘问，也不管治安官和证人在场，倒抽了一口气，扑到尸体上喊道："亲爱的亨利，难道你也被我创造的那嗜血恶魔所害？我已毁了两个人，还会有其他人遭遇不幸；但是你，克莱瓦尔，我的朋友，我的恩人……"

人类的躯体再也支撑不住我承受的痛苦忧愁了，我浑身抽搐不停，被拖出了这间屋子。

之后我便发了烧，在病榻上足足躺了两个月，命悬一线。后来，我听说自己曾在病中胡言乱语，十分吓人。我说自己是杀死威廉、贾丝廷和克莱瓦尔的凶手。有时，我恳请看护帮我杀死一直折磨我的恶魔；而有时呢，我又感到那怪兽用手掐着我的脖子，痛苦而恐惧地大喊大叫。还好，当我说母语时，只有柯温先生听得懂，但我的肢体动作和凄厉惨叫足以令其他证人毛骨悚然。

我为什么不就此死去呢？从来没有人像我这么惨。我为什么没有忘却一切，就此长眠不醒？死神夺走了很多朝气蓬勃的孩童，他们是父母的心肝宝贝和唯一希望；多少新娘和年轻的恋人，前一天还健健康康、充满希望，而第二天就埋身坟墓，浑身爬满蛆虫。我究竟是何物铸成，竟能承受得住如此连番打击、轮番折磨？

但是我注定求死不得。两个月后，我从梦中醒来，发现自己正躺在监狱中一座破床上，周围有狱卒、看守、铁栅栏以及各种简陋的地牢摆设。我记得，醒转时正是早上。我已经忘了事情的来龙去脉，只觉好像突然被某个重大灾祸击垮了。但当我环顾四周，看到钉着隔栅的窗户以及这脏乱不堪的屋子，所有事情在我的脑海中一一闪现，我不由得发出痛苦的呻吟。

这声音惊动了一个正坐在我旁边椅子上睡觉的老妇人。她是一位看守的妻子，被雇来护理我。那个阶层具有的一切恶劣品质都展现在她的面容之上。她面部轮廓冷酷而粗鲁，就像那种对别人的遭遇麻木不仁、无动于衷的人一样。从她说话的语气可听出，她对任何事情都漠不关心。她跟我说英语，正是我病得奄奄一息时曾听到的那声音。"先生，现在你好些了吗？"她说。

我有气无力地用英语回答她："我想是吧。但如果这些都是真的，如果我所梦的确非梦，我仍然活着承受这不幸和恐惧，那我恨不能赴死。""对于那件事，"那老妇人回答道，"如果你说的是你杀害的那位先生，那我想你的确不如死了的好，因为你以后的日子不会好过的！但是，这不关我什么事。我奉命来照顾你，让你的身体好起来。我凭良心做自己的分内之事，如果每个人都如此就好了。"

她竟然能对一个刚捡回一条命的人说出如此冷酷无情的话，我满心厌恶，扭过头不看她。但是我觉得浑身无力，想不起到底发生了什么事。这一生的所有经历对我来说就像是一场梦，有时，我怀疑这一切是否真的发生过，因为它们并没有以现实的力度出现在我头脑中。

眼前浮现的各种形象越来越清晰，我变得焦躁不安。一片黑暗朝我压来，我身边没有一个人用深情温柔的话语安慰我，没有一个人伸出关怀的手来扶我一把。医生来给我开了一些药，老妇人给我备药。但这医生对我全然漠不关心，老妇人则一脸无情无义。除了拿钱办事的刽子手，谁还会对一个杀人犯的命运感兴趣呢？

这就是我最初所想，但是不久后，我听说在我生病期间柯温先生对我关怀备至。他让人给我收拾了监狱里面最好的囚室。虽说已经是最好的囚室了，但依然阴森简陋。也是他安排医生给我看病，雇人护理我。没错，他不怎么来看我，虽然他对人慈悲为怀，但也不愿眼见杀人犯痛苦的样子，不愿听他凄惨的胡言乱语。因此，他有时会过来看一下我是不是有人照管，但不会过多停留，而且隔很久才来一次。

我身体逐渐有所好转。一天，我坐在椅子上，眼睛半睁半闭，脸色发青，状若死亡之人。我心头笼罩着忧郁和悲哀，经常想最好一死了之，实在不愿苟活于这悲惨的世界。我一度考虑，是否应声称自己有罪，从而接受法律制裁。可怜的贾丝廷当初可比我无辜多了，却蒙冤而去。正当我陷入这样的思绪，牢房的门开了，柯温先生走了进来，脸上带着同情和怜悯；他将椅子拉到我跟前，用法语对我说："我担心这地方对你来说条件太恶劣，我能做些什么让你舒服点吗？"

"谢谢您，但是您所说的这一切，我全不在意。茫茫人世间，我找不到一丝安慰。"

"我知道，你遭遇了如此离奇的厄运，一个陌生人的同情对你起不到什么安慰。但是我希望，不难找到确凿的证据让你免于刑事指控，你能很快离开这阴森的牢房。"

"这事我丝毫不关心。发生了这一连串匪夷所思的事情，我成了芸芸众生之中最不幸的人。一直以来我备受折磨和煎熬，如今也是，死亡对我来说还有什么可惧怕的呢？"

"最近发生了这么多离奇意外，确实没有比这更不幸、更令人苦恼的了。你被莫名其妙地扔到素来以热情好客著称的海岸，之后立即被抓并被控谋杀。你第一眼看到的就是你朋友的尸体——他死于非命，被歹徒抛在你途经之处。"

我听着柯温先生的话语，虽然想到自己的苦难心里仍无比难受，但是他似乎非常了解我，这让我颇为吃惊。我想我的惊讶全写在了脸上，因为柯温先生赶紧说："你病倒之后，随身携带的所有文件便立刻被交到了我的手上，我仔细查看，想从中找出与你的亲人取得联系的方式，将你的遭遇和病情转告他们。我找到几封信，其中一封从开头来看是你父亲写的，于是我立刻写信到日内瓦。我的信已经寄出去将近两个月了。但是你生病了，现在还在瑟瑟发抖，情绪不宜激动。"

"让我这样悬着心，这比最可怕的事还要可怕千倍。请你告诉我，又是哪一桩命案？我该为哪个遇害者哀悼呢？"

"你的家人一切安好，"柯温先生亲切地说，"有人要来探望你，是你一个亲友。"

不知为何，我脑海中瞬间闪过一个念头，肯定是那杀人凶手得知我落到如此悲惨的下场，特意跑来嘲笑我，用克莱瓦尔的死来奚落我，以再次煽动我为他满足那恶毒的愿望。我双手捂住眼睛，撕心裂肺地大喊："哦！带他走！我不要见他。看在上帝的分上，不要让他进来！"

柯温先生困惑地看着我。我如此惊叫，他不由得推断我是有罪的，因此十分严厉地对我说："年轻人，我本来以为看到父亲来了你会非常欢迎，而不是如此强烈地抵触。"

"我父亲？"我大喊一声，全身肌肉顿时放松下来，内心由痛苦转为喜悦。"我父亲来了? 太好了, 真是太好了! 但是他在哪儿呢? 他为什么不赶紧来看我呢? "

我态度发生了一百八十度大转变, 让治安官又惊又喜。或许, 他以为我大喊大叫只是一时精神错乱, 于是脸上立刻又显出此前的慈祥。他起身, 与护理我的人一同离开了牢房。片刻后, 我父亲走了进来。

此刻没什么能比父亲的到来更让我感到欣慰。我向父亲伸出手喊道: "这么说来, 你、伊丽莎白和欧内斯特都平安无事? "

父亲说他们都好好的, 让我镇静, 不要挂念。他讲了许多我关心之人的事情, 尽力调动我低落的情绪。但是, 他很快便觉察到监狱不是一个能让人高兴的地方。他伤心地看着牢房钉着隔栅的窗户和简陋的室内, 说: "儿子, 你住的这是什么地方啊? 你长途跋涉来寻找幸福快乐, 但是灾祸似乎一直纠缠着你。还有可怜的克莱瓦尔——"

提到不幸遇难朋友的名字, 我就伤心不安。目前我心神交瘁, 难以承受这种痛苦, 不禁泪落如雨。

"唉! 没错, 父亲, "我回答道, "极为凶险的噩运纠缠着我不放, 我却必须苟活下去, 历尽劫数。不然, 我肯定早就陪亨利一起赴黄泉了。"

我们不能说太久, 因为我的身体状况还不稳定, 所以必须当心让我保持平静。柯温先生进来跟我们强调说, 我不应说太多话耗尽力气。但父亲的出现对我来说犹如天使降临, 我身体慢慢康复了。

病好之后, 我陷入无法排解的痛苦和压抑的忧郁之中。克莱瓦尔的容貌一直在我眼前晃来晃去, 苍白恐怖。有好几次, 我因为想到这些而变得情绪激动, 吓得朋友们生怕我会旧病复发。唉! 他们为何要保全一条如此悲惨且可恶的生命呢? 这一定是我其时命数未尽, 如今快要到时候了。很快，哦，马上，死神就会让我的心脏停止跳动，让我心中积压的痛苦化为尘埃，法律的制裁也会让我就此长眠。虽然我一直想着赶紧一死了之，但死神却迟迟不来。我经常一动不动地坐上几个小时，一言不发，希望来一场巨变，将我和那要毁灭我的魔鬼一起埋进废墟之中。巡回审判时间渐近。我已在监狱中被关押了三个月，虽然依然虚弱无力，且一直有旧病复发的危险，却必须去将近一百英里之外的郡首府，法庭审判的地方。柯温先生费尽心力地为我找寻证人，安排辩护律师。因这件案子没有提交至裁决生死的法庭，所以我免予蒙受公开露面带来的羞辱。大陪审团驳回了诉状，因为证据表明我朋友的尸体被发现时，我正在奥克尼群岛上。在押赴法庭受审两个星期之后，我被无罪释放。

见我免遭刑事指控，父亲大喜过望。这样一来，我又可以呼吸新鲜的空气，回到自己的祖国。但我并不觉喜悦，因为对我来说，无论是地牢的高墙还是宫殿都一样可恨。人生这杯酒已被下毒，再也回不到从前。虽然太阳依然照耀着我，与照耀那些开心快乐的人儿并无二致，但是我什么也看不见，周围只有一片可怕的浓密黑暗，任何光也无法穿透，只有一双眼睛一直怒视着我，闪烁着微光。有时是亨利意味深长的眼睛，他奄奄一息，黑眼珠几乎被眼睑和修长浓黑的睫毛遮住。有时是那魔鬼水汪汪的阴郁的眼睛，如我在英戈尔施塔特的房中第一次见到的那样。

父亲尽力想唤醒我心中的爱。他跟我聊到日内瓦，说我该尽快回去，还聊到伊丽莎白和欧内斯特。但是这些话只换来我一声声沉重的叹息。有时我确实希望获得幸福快乐，想起深爱的表妹，我内心有种苦涩的喜悦。有时我心里会涌起刻骨的思乡之情，多希望能再看一眼湛蓝的湖水和湍急的罗纳河，在我年幼时它们对我是那么的珍贵。但我那时总是处于呆滞麻木的状态，对我来说，监狱与大自然最美的风景没什么差别，待在里面也没什么不好。我大部分时间都是在这萎靡麻木中度过的，不过时不时地会感到痛苦和绝望。每当这时我常常想要了结这条残命，所以需要别人一直保持高度警惕地看着我，以防我自残自戕。

但是我还有一项责任，想到这件事，我终于战胜了心中自私的绝望。我必须马上动身赶回日内瓦，在那里守护我深爱之人的性命，并恭候那杀人凶手前来。如果碰巧让我找到他的藏身之处，或者如果他胆敢再次现身挑衅，我会瞄准那个奇丑无比的怪物，让他一枪毙命。我不仅赋予了他一副丑恶的模样，还赋予了他更加丑恶的心灵。父亲仍想再晚点启程，害怕我经不起这一路的车马劳顿，因为我身心俱疲，已成了一个活幽灵。我浑身一点力气也没有，只剩一副骨架，日夜发烧，虚空的身体饱受摧残。

但我心里焦躁不安，急不可待地想赶快离开爱尔兰。父亲经不住我的催促，只好顺从我的意愿。我们搭乘一艘开往格雷斯港的轮船，从爱尔兰海岸顺风而行。当时正值午夜，我躺在甲板上，仰望满天繁星，听阵阵海浪的拍打声。四周一片漆黑，爱尔兰消失在视野之中，我展开双臂拥抱黑暗，想到很快就能见到日内瓦，感到狂热的兴奋，心怦怦直跳。对我而言，过去就像是一场噩梦；不过，我乘坐的轮船，将我吹离令我憎恨的爱尔兰海岸的风，周围浩瀚的大海，都在清楚有力地告诉我这不是梦，我的朋友，我最亲爱的伙伴克莱瓦尔已经被我和我创造的怪兽害死了。我在脑海中回顾了自己的一生——在日内瓦和家人一起度过安静幸福的生活，母亲去世，以及我离开日内瓦去英戈尔施塔特。我瑟瑟发抖地想起，自己当初在狂热驱使下创造了丑陋可怕的敌人，又想起了他成为活物的第一夜。我无法顺着思绪往下想，心里一阵酸楚，万般思绪压在心头，我痛哭不已。

自从退烧，我就习惯了每天晚上服用一点鸦片酊，因为只有靠这种药我才能入眠，不然则无法维持生命。那夜，过去的种种不幸回忆让我心情无比沉重，所以我服下比平时多一倍的鸦片酊，然后很快便酣睡过去。但是即使睡着了，我也未能摆脱各种思绪，依旧痛苦万分，梦中出现各种吓人的东西。将近早晨时，我噩梦缠身。我感觉到那恶魔狠狠地掐着我的脖子，让我无法挣脱，耳边回荡着呻吟声和呼喊声。父亲一直在照看着我，见我这么躁动不安，便把我唤醒。周围传来海浪拍打船身的声音，天空阴云密布，而那恶魔并不在这儿。我心里升腾起一种安全感，感觉在眼下与无法抗拒、灾难重重的将来之间是短暂的休战期，我的心陷入平静，暂时忘却了痛苦忧愁。人心如此，尤其健忘。

第二十二章

航程抵达终点，我们上岸之后前往巴黎。我很快发现，我的体力已经透支，必须稍事歇息再继续赶路。

父亲不知疲倦地精心照顾我，但他并不知道我痛苦的根源，所以虽然想出了多种方式来治疗我的不治之症，但都是徒劳。他希望我与人多交往，以消遣散心，我却讨厌见人。哦，不是讨厌！他们是我的兄弟，我的同胞，即使是最令人厌恶的人我也喜欢，犹如那些有着圣洁天性的神灵一样。但是我自觉没有权利融入他们中间。我在他们中间放出一个敌人，他以杀戮为乐，喜欢听被害之人的呻吟声。如果他们知道我做的那些肮脏事以及我一手酿成的那些罪行，那么每一个人都会对我深恶痛绝，将会追我到天涯海角！

最终，见我实在不愿与人接触交往，父亲只好作罢，转而对我进行各种开导，以驱散我内心的绝望。有时他觉得我是因被迫回应谋杀指控而羞愤，于是想尽方法向我证明，面子并没有什么用。

"唉！父亲，"我说，"你对我真是毫不了解。如果像我这样落魄可怜的人都还讲面子，那真是有辱人类及其各种感受与情感。贾丝廷，可怜、不幸的贾丝廷，跟我一样无辜，却遭受同样的指控，还被判死刑，而我是罪魁祸首——是我杀了她。威廉、贾丝廷和亨利——他们都死在我的手中。"

在我坐牢期间，父亲经常听到我说同样的话。有时当我这样自责时，他似乎想要一个解释，而其他时间则似乎以为是神经错乱的后遗症，认为我是在生病期间出现了这样的想法，而身体康复过程中依然保有其记忆。对于自己创造的那个怪物，我不予解释，一直保持沉默。我觉得应该给人一种发疯的假象，这样一来我就永远都不用说了。不过，我不会主动揭露这个秘密的，如若不然，听者将会大惊失色，内心充满恐惧和超乎寻常的惊骇。因此，每次不顾一切地想吐露这致命秘密时，我就会按捺住心中急于获得同情的渴望，三缄其口。即便如此，有时还是会脱口而出上面那些话。我无法做出任何解释，但所言均是事实，一定程度上减轻了隐秘的悲痛给我造成的负担。

每到此时，父亲就会无比惊愕地说，"亲爱的维克托，你在胡言乱语些什么啊？我亲爱的儿子，求求你不要再说胡话了。"

"我没有疯。"我声嘶力竭地喊，"太阳和上帝看到过我的所作所为，可以证明我说的都是事实。是我杀了那些最无辜的受害者，他们是为我邪恶的勾当所害。只要能挽救他们的生命，我愿意死上一千次一万次，流尽每一滴血。但是我不能，父亲，我确实不能牺牲全人类啊。"

我话音落地，父亲便已确信，我是神经错乱了。于是他立即转移话题，竭力想转换我的注意力。他想尽量抹去爱尔兰遭遇在我脑海中的记忆，再也不提它们，也不再让我说起自己的不幸。

时间一点一点过去，我逐渐平静了。内心的痛苦挥之不去，但我再也不会那么语无伦次地述说自己犯下的罪行。我对自己的罪恶心知肚明，对我来说已经足够了。我内心痛苦的声音有时想要将实情公之于众，不过我以最极端的自制控制住了这冲动。我看起来比冰海之行以来任何时候都显得平静、镇定。

从巴黎启程去瑞士的前几天，我收到下面这封伊丽莎白的来信——

我亲爱的朋友：

舅舅于巴黎来信，我开心不已。你再也不在那遥不可及之处，也许再过不到两个星期，我们便可相见。可怜的表哥，你肯定饱经磨难！预计见面时你的身体状况比离开日内瓦时还要糟糕。这个冬天我过得极其痛苦，因为不知道你的情况如何，所以一直忧心牵挂。不过我还是希望能在你的脸上看到平和的神色，希望看到你的内心哪怕只有分毫的舒适和安宁。

但是我担心，一年前那些痛苦的情绪现在依然困扰着你，甚至有可能与日俱增。你承受了这么多的不幸，我本不想在这个时候打扰你，但是舅舅走之前曾和我进行过一次谈话，让我觉得有必要在我们见面前，将一些事情解释清楚。

可能你会说，解释？伊丽莎白有什么需要解释的？如果你真的这样说，我的问题就有了答案，我的所有疑虑也就消除了。但是你离我如此遥远，可能我要做出的解释会让你既担心又高兴。如果情况确实如此，那么我不敢再有片刻耽搁，要赶紧写出在你离开的日子里我经常想向你倾吐却没有勇气张口的话。

维克托，你非常清楚，自从我们年幼时，你父母便想要将我们撮合到一起。在我们很小时，他们便已相告，而且还让我们把它当作一件板上钉钉的事，用心期待。孩童时期，我们是彼此喜爱的玩伴。我想，随着我们长大，我们成了彼此最亲密珍贵的朋友。兄弟姐妹之间经常会有很深的感情，而不会有更亲密的结合，我们的情况不正是如此吗？告诉我，最亲爱的维克托。回答我，为了我们两人的幸福，求求你直接告诉我事实——你是不是爱着别人？

你游历甚广，在英戈尔施塔特停留数年。我承认，我的朋友，去年秋天见你如此痛苦，跟谁都不愿交往，将自己封闭起来，我不禁推测，你也许是为将与我结合而感到不甘。你觉得，自己出于道义一定要满足父母的愿望，尽管这愿望和你的意愿相悖。但是，这个推理不成立。

我承认，我的朋友，我爱你。在我对未来的幻想中，你一直都是我天长地久的朋友和同伴。但是我希望你过得幸福，也希望我自己能幸福。鉴于此，我要跟你声明，除非你是自愿同我结婚，否则，我们的婚姻会让我痛苦一辈子。你已经遭受了最残酷的不幸摧残，如果再出于"道义"而结婚，你会扼杀关于爱和幸福的所有希望，没有这希望，你将彻底地万劫不复。

此刻，想到这一点我不禁泪流满面。我那么无私地爱着你，却可能会因为阻碍你遵从内心意愿而让你再痛苦十倍。啊！维克托，你的表妹和伙伴对你如此挚爱，绝不会因为一厢情愿而让你痛苦难过。要快乐啊，我的朋友——只要你听从了这个请求，那么尽管放心，世上没有什么能够打扰我的安宁。

不要因这封信而困扰。如果这封信使你痛苦，那么明天或者后天，抑或到你回来，都不要回答我。舅舅会写信告诉我你的健康状况，等我们见面的时候，如果由于这封信或我的其他努力，让我可以在你的嘴角看见一丝微笑，那么我就别无所求了。

伊丽莎白·拉温莎

17XX年5月18日于日内瓦

这封信让我想起了已经忘却的、那恶魔曾发出的威胁——"等你洞房花烛夜时，我会去找你！"这是他对我做出的判决，到那晚，那魔鬼会不择手段地折磨死我。我已遭受诸多磨难，这份幸福本能聊以慰藉，他却要将其夺走。他已经决定，在那晚用我的死亡来为他的累累罪行画上句号。好吧，那就这样吧，那时肯定会打个你死我活。如果他得胜，那对我也是解脱，他再也无法对我作威作福；而如果他被击败，那么我就自由了。唉！什么自由呢？就像农民享受的自由那样——眼睁睁地看着家人被屠杀，房子付诸一炬，土地荒芜枯朽，他到处漂泊，无家可归，身无分文，孑然一身，但是却自由无羁。我的自由就是这样，除了伊丽莎白，她是我最珍贵的财富。唉，那些让我既懊悔又内疚的可怕事也会一直纠缠着我，直到我死去。

我善良的、可爱的伊丽莎白！我把她的信读了一遍又一遍，一丝丝温柔的情感潜入我心，无所顾忌地窃窃私语那些关于爱和欢乐的天堂美梦。但那禁果已经下肚，天使撸起袖子，将我的所有希望都赶走了。不过，只要能让她开心快乐，我甘愿去死。如果那怪物真将兑现他的威胁，那么死亡就不可避免。不过，我又考虑到结婚会不会加快命运的脚步。我的死期可能会早几个月到来，但如果那对我百般折磨的怪物认为我是因为受他的恐吓而推迟婚期，那他肯定会再找其他更加卑劣可怕的手段进行报复。他已经发誓，等我洞房花烛夜时来找我，但他向我发出威胁之后立即杀了克莱瓦尔，好像要向我表明鲜血他还没有喝够。由此看来，他并不会认为先前的威胁也可以约束他在那以前不要滋事。因此，我决定，如果立即和表妹结婚会使她或父亲快乐，那么绝不能让这桩婚礼因敌手要加害于我的阴谋诡计而耽搁，哪怕片刻都不行。

我如此想着，提笔给伊丽莎白写信。我在信中的口吻平静而又充满感情。"我亲爱的姑娘，我恐怕我们在世界上已没什么幸福可言。不过，如果有一天我能享受到幸福，那也定是来自于你。不要胡思乱想，为自己徒添忧虑，我只愿为你一人的快乐献出生命和心血。伊丽莎白，我有一个秘密，一个可怕的秘密，如果告诉你，会把你吓得浑身颤抖。到时，你只会惊讶于我有如此经历竟然还能活下来，而不会再对我的不幸感到吃惊。等我们成婚的第二天，我就会向你吐露这不幸又恐怖的故事，因为，我亲爱的表妹，我们之间必是坦诚相见。但是求求你，到那时再提这件事。这是我对你最真诚的请求，我知道你会答应的。"

收到伊丽莎白来信之后，大约过了一个星期，我们回到了日内瓦。这个温柔的姑娘热情地欢迎我的归来，不过当她看到我瘦骨嶙峋、脸颊发热时，眼中噙满了泪水。她也与往日不同。她更瘦了，少了很多之前令我着迷的天使般的青春活力，但是她是那么温柔亲切，她的眼神那么柔和且充满同情，更适合做我这饱受摧残的不幸之人的伴侣。

此刻我享受的安宁并未持续太长时间。回忆往事让我陷入疯狂，想到之前发生的事情，我便陷入癫狂。有时我怒火中烧，大发雷霆，有时则情绪低落，沮丧失望。我跟谁都不说话，也不看任何人，只是一动不动地坐着。种种不幸击垮了我的内心，让我茫然失措。

只有伊丽莎白能使我从一阵阵激动不安中冷静下来。当我勃然大怒不能自已时，她温柔的声音给了我莫大的安慰，在我麻木的心中唤起仍属于人的感觉。我痛哭时，她陪我掉眼泪，也是为我掉泪。我神志清醒之后，她会劝我，尽力让我顺从天意。啊！不幸之人尚且可以顺从天意，但是对于戴罪之人来说，内心怎会有安宁？即便在过度悲伤中时有片刻安宁，懊悔造成的诸多苦恼也会将这奢侈的片刻玷污。

我回去之后不久，父亲便提出让我立即和伊丽莎白结婚。我沉默不语。"那么你是另有所爱？"

"绝对没有。我爱伊丽莎白，满心期待和她结为夫妻。所以，定个日子吧。到了那天，无论生死，我都会为了表妹的幸福而献身。"

"我亲爱的维克托，不要这样说。我们接连发生重大不幸，但是我们更应该紧紧把握剩下的幸福，用我们对已逝之人的爱来怜取眼前人。我们的圈子会很小，但是感情和共同的遭遇会像纽带一样将我们紧紧地连在一起。当时间柔化了你心底的绝望，会有可爱的新生命降临，来取代我们身边那些被上天无情夺走的人。"

父亲苦口婆心地跟我讲了这么多，但是我又想起了那个威胁。那恶魔无所不能，犯下桩桩杀人罪行，当他发出"等你洞房花烛夜时，我会去找你"这样的威胁时，我几乎觉得他无人能敌，所以自然认为我将遭受不可避免的厄运，这不足为怪。但是如果我失去了伊丽莎白，那么死亡对我来说也没什么可怕的。因此，我心满意足甚至满心欢喜地同意了父亲的提议——如果表妹同意的话，十天后就举行婚礼。我以为，我的生命就将如此终结。

上帝啊！如果我有那么一瞬间能料到，那残忍的对手竟有那般歹毒的意图，我宁愿永远从此不再踏入祖国半步，就像孤魂野鬼一样在世间游荡，也绝不同意这桩不幸的婚姻。但是那怪物就像有魔力一样，蒙蔽了我的双眼，让我一点也没看出他的真正意图。我以为自己只身赴死便可，却不曾料到，加速了我更挚爱之人的死亡。

随着婚期临近，可能是因为内心胆怯抑或隐有预感，我的情绪极其低落。但是我将感受藏在心里，表面上装作兴高采烈的样子。父亲见此喜笑颜开，但我却骗不过伊丽莎白的时刻警觉而且敏锐的眼睛。她平静又满足地期待着我们牵手一生，但是，过去的不幸也让她不由得担忧，眼下看来切切实实的幸福可能很快会变成一个虚无缥缈的梦，留下的只有永远的遗憾。

婚礼各项准备正在进行之中，很多亲戚朋友登门道贺，人人脸上都带着灿烂的笑容。我尽力将困扰自己的焦虑不安藏在心中，看起来很认真地参与父亲的各项计划，哪怕它们也许只将装点我悲剧的门面。通过父亲的努力，奥地利政府已经归还了伊丽莎白的部分遗产。科莫湖岸一小块地产归属于伊丽莎白的名下。我们商量好，一结完婚便去拉温莎别墅，在那附近风景优美的湖泊边上度蜜月。

同时，我也采取各种预防措施，若那恶魔公然袭击我，我可防身。我随身带着手枪和匕首，以防他攻我不备。采取了这些措施，我心里也踏实了一些。随着婚期的临近，那威胁更像是一种幻觉，看起来并不会打扰我的安宁。随着举行婚礼的日子越来越近，我经常听见别人谈论它，说它是天作之合，没有什么能阻挡得了，便感觉从婚姻中获得期望的幸福，貌似确定无疑了。

伊丽莎白看起来很开心，我举止之间的淡定让她的心也安定不少。但是到了我将如愿以偿兑现宿命的那日，她郁结在心，一股不祥的预感在心头蔓延开来。或许她想起了我承诺要在第二天告诉她的可怕秘密。与此同时父亲则万分高兴，忙碌不停地做着各项准备。见外甥女愁容满面，他只当是新娘的羞怯而已。

举行完婚礼，父亲在家中办了一个大型聚会，不过我们已经商定，我和伊丽莎白要乘船开启我们的旅程。我们当晚在埃维昂过夜，第二天继续赶路。那天风和日丽，利于行船，大家笑容满面地欢送我们上船，开启蜜月之旅。

那将是我今生最后的幸福时光。船走得很快。烈日当空，但是借巨伞遮阴，我们欣赏周围的美景。我们有时立于湖的一侧，看到萨雷布山、蒙塔莱格里景色宜人的湖畔，远处高高耸立、壮观雄伟的勃朗峰以及徒然欲与之争高下的连绵雪山。有时，我们沿着对岸行船，看到巍峨的侏罗山用阴面阻挡了野心勃勃想要逃离祖国的人，同时又竖起一道几乎不可逾越的障碍，将想要奴役它的侵略者拒之门外。

我牵起伊丽莎白的手。"亲爱的，你愁眉不展。啊！如果你知道我的遭遇以及我可能要承受的折磨，你会不惜一切让我暂时摆脱内心的绝望，感受这份宁静和自由。至少今天，允许我享受生活。"

"开心起来吧，亲爱的维克托，"伊丽莎白说，"我希望没有什么使你烦恼。放心吧，即使我脸上看不出开心快乐，但心里却是满足的。有个声音在我耳边低声说，不要对未来抱有太多希望，但我不会听从这邪恶的声音。看船走得多快，云彩时而遮住勃朗峰的圆顶，时而飘浮在它的上方，让这美景显得更加迷人。看哪，数不清的鱼儿在清澈的水中游来游去，水底的每一块鹅卵石都清晰可见。多么美好的一天啊！整个大自然看上去都喜乐平静！"

就这样，伊丽莎白极力让我们两人摆脱了忧思。但是她的心情变幻不定，有时她双眼闪耀着喜悦的光芒，但又转而心神不定，深思不语。

夕阳西沉，我们经过德朗斯河，看它在高低山冈的峡谷之间穿梭。此处的阿尔卑斯山距湖更近，我们的船行至靠近阿尔卑斯山东麓的地方，那里山峦相依，如同圆形剧场。埃维昂的尖塔在绿树掩映中熠熠闪光，尖塔上方，是一峰高过一峰的层峦叠嶂。

迄今为止一直助我们急速行船的风在夕阳西下时势头式微，变成了徐徐微风。我们靠岸时，温柔的风儿吹得水面泛起阵阵涟漪，引得树丛随风轻轻舞动，岸上传来沁人心脾的花香和干草香。待我们靠岸时，太阳已落到了地平线以下。站到岸上时，我的担忧和恐惧仿佛又在心里复苏，那祸事很快便会将我紧紧缠绕，让我倾其余生难以逃脱。

第二十三章

我们在八点时靠岸，随后在岸上散步片刻，欣赏这转瞬即逝的落日余晖，然后进入旅馆，观赏碧水、绿树、青山交相辉映的美景。天色已晚，山色朦胧，但其黛色轮廓依然可见。

南风已经平息，此时又刮起强劲的西风。月亮已升至中天，正要开始下沉。云层从月亮前面掠过，速度比秃鹰还快，让月光变得黯淡模糊。同时，湖面映出天空的瞬息万变。潮水开始上涨，波涛动荡，湖面显得更加躁动不安。突然，天空下起倾盆大雨。

白天时，我的心情已经平静下来，但是当夜幕让眼前的一切变得影影绰绰，我心中再次惊恐万分。我右手握着藏在怀里的枪，焦虑不安，十分警惕。哪怕有一点风吹草动，我都有如惊弓之鸟。但是我决定要死得其所，不能退缩，跟他血战到底，和他拼个你死我活。

见我焦虑不安许久，伊丽莎白噤若寒蝉，莫敢出声。但是我眼神扫来扫去，让她也恐惧起来。她颤抖着问我："什么事让你躁动不安，我亲爱的维克托？你在害怕什么？"

"哦！放心，放心，亲爱的，"我回答道，"过了今晚，一切都将平安无恙；但今晚将有险情，非常危险。"

我在这样的情绪中度过了一个小时，突然意识到，我日思夜盼的这场恶战对于妻子来说会是多么可怕啊，于是我真诚地恳求她回房休息，暗自决定等到摸清敌人的情况之后再与她一起休息。

随后她离开了，而我继续在房子的走廊上来回走了一会儿，检查每一个敌人可能藏身的角落。但是并没有发现他的踪影，于是开始猜想，也许天助我也，他遭了什么事，不能来完成此前的恐吓。就在这时，我突然听到一声凄厉的尖叫。声音是从伊丽莎白方才回去的那房间传来的。一听到这个声音，我即刻明白了整件事情的真相。我双臂无力地垂了下来，浑身上下的肌肉纤维都僵住了。血液在我的血管里慢慢流淌，指尖和脚尖刺痛不已。这状态只持续了一瞬，又传来一声尖叫，我急忙冲进屋子。

上帝啊！我那时为什么没有一死了之呢？我为什么要在这儿讲述那世上最美好希望和最纯洁之人的毁灭呢？伊丽莎白就在那儿，她横躺在床上，一动不动，已无生机。她的头耷拉着，披散的头发半遮着她苍白变形的面容。如今，无论我转向何方都能看见同样的画面——她没有一点血色的手臂和被凶手扔到床上的瘫软身体，而新婚的床榻竟成了停尸的场所。目睹如此惨状，我还能再活下去吗？唉！生命如此顽固，你越恨它，它越紧紧黏着你。我瞬间便失去了知觉，昏倒在地。

我醒过来时，发现自己被旅馆中的人团团围住，他们神色惊恐，连大气都不敢出；但是别人的恐惧似乎只是一种拙劣的模仿，是我心头悲哀的影子。我冲出人群，跑回停放伊丽莎白遗体的房间，我的挚爱，我的妻子，不久之前还充满朝气、那么亲切、那么可敬。他们移动了她的身体，她不再是我第一次看见时的姿势。她躺在那里，头枕在胳膊上，一条手帕盖住她的脸和脖子。若非之前亲眼所见，我很可能以为她只是睡着了。

我向她冲过去，激动地将她拥入怀中，但是她瘫软冰凉的四肢告诉我，此刻我怀中抱着的已经不是我曾深爱、视若珍宝的伊丽莎白。她脖子上，那恶魔凶残的指痕清晰可见，她已经停止了呼吸。

就在我俯在她身上，绝望地五脏俱焚之时，偶然间抬起头来。屋子的窗户原本漆黑一团，此刻黄白的月光照亮了整个屋子，我一阵感到惊慌。百叶窗被推开，敞开的窗户前是那最丑陋最可憎的人影，我心中的恐惧无法形容。怪兽狰狞地咧着嘴笑，他罪恶的手指指向我妻子的尸体，似乎在嘲笑我。我一边往窗户冲，一边从怀中摸出手枪，对他开火。但是他闪身躲开了，一跃而起，逃走的姿势快如闪电，接着一头扎进湖中。听见枪声，人们一拥而入。我指给他们怪物消失的地方，然后我们乘船追踪，还撒网打捞，但是一无所获。过了几个小时，我们垂头丧气地无功而返，跟我同行的人中大部分认为是我出现了幻觉。靠岸之后，他们开始在这一带的树林和藤蔓间分头搜寻。

我想跟他们一道搜寻，于是从家往外走了几步，但是头晕目眩，仿佛喝醉了，最后精疲力竭，倒在地上。我眼前白雾茫茫，皮肤因发烧而焦干。我就这样被抬了回去放在床上，几乎不知道发生了什么事。我的眼睛转来转去，在屋子里到处看，好像在找某样丢失的东西。

过了一会儿我起来了，本能般爬到停放我心爱之人遗体的屋子里。几个女人围在那里哭泣，我伏在她身上，跟她们一起恸哭。但是我的脑中混沌不清，思量我的不幸遭遇及前因后果，思绪狂乱。我心里又迷惑又恐惧，茫然失措。威廉遇害，贾丝廷被处死，克莱瓦尔被杀，我妻子刚刚又惨遭毒手。此刻，我连仅剩的亲友们有没有遭那恶魔毒手都不知道。我父亲现在甚至有可能正被他扼住喉咙，痛苦地扭动着身体；欧内斯特也许已经在他脚底丧命。想到这里，我心惊胆战，想起必须采取行动。于是，我猛地起身，决定以最快速度赶回日内瓦。

因为找不到马，所以我必须乘船回去，怎奈风向不顺，雨势凶猛。然而，天尚未亮，当晚抵达还是有可能的。我雇了几个人划船，自己也拿一支桨，因为我一直觉得，活动身体可以减轻我精神上的折磨。但是，现在我感觉内心的痛苦到了无以复加的地步，不堪重负，无力可施。我扔下桨，用双手抵着头，任凭心头泛起各种痛苦的思绪。如果抬头望去，我会看到与开心时相同的景色。就在前一天她还陪我一同欣赏，而今她却成了一个鬼魂，一段回忆。泪水顿时夺眶而出。雨已经停了一会儿，我看到鱼儿又像几个小时前一样在水里嬉戏玩耍，伊丽莎白也曾见过。没什么比重大且突然的变故更让人痛苦。太阳依旧光芒万丈，云彩依旧低浮在天空，但是我眼中的一切都不再是前一天的模样。一个恶魔无情地夺走了我对未来幸福怀有的每一份希望，从来没有人像我这么悲惨，人类历史上也不曾发生如此可怖的事。

但是我为什么还要费口舌去讲那灭顶灾祸后发生的事呢？我的故事已是一出恐怖剧，这出戏已达到高潮，我现在必须要讲的内容只会让你生厌。只要知道，我的朋友们被一个接一个地从我身边夺走，我成了孤家寡人。我已经筋疲力尽了，所以只能以三言两语简述剩下的可怕事情。

我到了日内瓦。父亲和欧内斯特都活得好好的，但是听到我带来的消息，父亲遭受重创，身体状况急转直下。此刻，他的样子浮现在我眼前——那善良又可敬的老人！他眼神游离，目光空洞，失去了昔日的风采和快乐——不是女儿却胜似女儿的伊丽莎白，他曾将万千宠爱集于她一身。父亲已风烛残年，身边已经没有几个亲人了，所以更加渴望地抓住剩下的亲情。该死，那恶魔真该死，给这银发老人带来不幸，让他注定要在悲惨痛苦中憔悴凋零！身边接连发生恐怖之事，令他无力承受，生命源泉突然断流。他一病不起，几天之后就在我的怀抱中永远闭上了眼睛。

那时的我成了什么样子？我不知道，我什么也感觉不到，只有枷锁和黑暗压在心头。有时我的确会梦见自己和年轻时的朋友们一起漫步鲜花盛开的草地和景色秀丽的溪谷，但是醒来后却发现自己身陷地牢，继而感到阵阵忧郁。不过，我逐渐清晰地意识到自己的不幸遭遇和处境，后来我被释放出狱。我得知，他们说我疯了，所以才让我在一个禁闭牢舍里住了数月之久。

然而，当我恢复理智时，如果复仇之心没有同时苏醒，那么自由这礼物对我来说毫无用处。过去种种不幸如潮涌来，我开始思考造成这些不幸的原因——我创造的那个怪兽，被我流放到世间用来毁灭我的卑鄙恶魔。一想到他，我就气得发疯，虔诚祈祷，欲除之而后快。我要亲手抓住他，将深仇大恨统统报在他那该死的头上。

我不再将自己的恨意囿于无用的愿望，而是开始思考抓捕他的最好办法。出于这个目的，出狱大约一个月时，我去找镇上的一位刑事法官，告诉他我知道是谁使我家破人亡，我要提起指控，请他主持公道，将凶手缉拿归案。

这位法官全神贯注且十分亲切地听我说话。"请放心，先生，"他说，"我会尽一切努力将这恶棍绳之以法。"

"谢谢你，"我回答道，"所以，请听我说我必须要讲的证词。这故事太离奇了，所以如果实情没有完整无缺的确凿证据，我担心你是会不相信的。这故事前后连贯，绝非一场梦，并且，我亦没有说谎的动机。"同他说话时，我表达清楚，神态平静。我已经暗暗下定决心，不抓到那毁我一生的恶魔誓不罢休，这目标平息了我内心的痛苦，让我得以暂时苟活下去。我简明扼要地讲述了自己的故事，不过语气坚定，叙述精确，准确地说明每一个日期，从未偏离主题进行恶语谩骂或大喊大叫。

起初，这位法官似乎完全不相信，但是随着我继续讲述，他听得越来越认真，越来越投入。我见他有时吓得直抖，有时则一脸惊诧，但没有丝毫不相信的样子。

讲完之后，我说道："这就是我指控的人，请你主持公道，将他缉拿归案，严惩不贷。这是你身为法官的职责所在，而作为一个人，我相信且希望您不会因感情原因而对在这件事上行使职能心生厌恶。"

这段话让听我说话的法官神色大变。之前，他听我讲这充满幽灵和超自然事件的故事时还有些相信。但是，当我最后请求他正式采取行动时，他的怀疑又像潮水一样涌了回来。不过，他回答得很温和："我愿意尽自己所能帮你追捕，但是你口中的怪物力量无穷，我不足以与其抗衡。他既能穿越冰海又能栖身无人敢贸然踏足的山洞、兽穴，谁能跟得上呢？再说，自他犯罪后已过去几个月的时间，没人能猜到他到过什么地方，或者现在可能栖身何处。"

"我毫不怀疑他就在我住所的附近盘桓，如果他真的躲在阿尔卑斯山，那么像猎捕岩羚羊一样猎捕他，像杀死食肉兽一样杀死他。但是，我知道你的心思，你对我的故事不以为然，而且不准备追捕我的敌人，依法惩治他。"

我说话时眼中怒火万丈，法官为之所震慑。"你误会了，"他说，"我会尽力的，如果我有能力抓住这个怪兽，我保证将对他严惩不贷。但是，从你所描述的他的能力来看，我担心这行不通。所以，我将采取一切可行的措施进行追捕，而你也应该做好大失所望的准备。"

"那不可能。但是，我说什么都于事无补。我的深仇大恨对你来说无足轻重。尽管我的承认仇恨也是一种罪恶，但是不瞒你说，这是我心里吞噬一切而且唯一的念头。想到我放至人间的那杀人凶手仍活着，我就感到无法言喻的愤怒。你拒绝我的正当要求，我只有一个办法，那就是无论是死是活，我都会豁出性命让他偿命。"

说这些的时候，我因过分激动而浑身颤抖。我举止狂乱，但无疑有些传说中古时殉道者具有的高傲的凛然之气。然而，对一个日内瓦法官来说，他的顾虑绝不是奉献和英雄主义，这一高风亮节在他看来更像是一种狂妄无知。他尽力想要安抚我，就像保姆哄小孩一样，又说我的故事是精神失常的幻想。

"老兄，"我喊道，"你如此无知，却还自以为聪明！住口，你根本不知自己在说什么。"

我气急败坏地冲出门去，打算回去另想办法。

第二十四章

那时，我所有其他想法都被仇恨吞没，不复存在。我被愤怒驱赶着，只有复仇能让我充满力量，沉着镇定。仇恨左右着我的情绪，使我在原本会精神失常或走向死亡之时反而变得审慎、平静。

我做出的第一个决定是永远离开日内瓦。在我开心快乐、有人疼爱的时候，祖国对我来说非常珍贵，但是如今我遭受厄运，开始对祖国充满厌恶。我带了一笔钱和母亲生前的一些珠宝，就此离开。

那时，我开始了漂泊流浪的生活，只有死了，我才会结束流浪。我已经到过世界很多地方，游人在沙漠和野蛮国度经常会遇到的艰难，我也不能幸免。我也不知自己是如何熬过了那些劫难。许多次，我伸展筋疲力尽的四肢躺在沙地平原上，祈祷死亡的到来。但是复仇的欲望让我活了下来，我不敢自己死去而留仇敌逍遥世间。

离开日内瓦时，我的首要工作便是找到线索，据此跟踪那凶恶的敌人。但是我没有明确的计划，所以围着城镇边上徘徊了好几个小时，不确定路在何方。黑夜降临，我发现自己走到了埋葬威廉、伊丽莎白和父亲的墓地。我进去，走到刻着他们名字的墓碑跟前。除了微风轻拂树叶的声音，周围一片寂静。天几乎黑了，即使对一个毫不相干的人来说，眼前的这个场景也显得肃穆伤感。死者的灵魂似乎在周围飘荡，围着悼念者身边投下一片看不见却可感知的阴影。

这场景起初让我深感悲痛，但很快心中的悲痛便转化为愤怒和绝望。他们死了，而我还活着，谋害他们的凶手也活得好好的。为了消灭他，我必须苟延残喘。我跪在草地上，亲吻土地，颤抖着嘴唇大喊："我对膝下神圣的土地发誓，对我身边游弋的魂灵发誓，对我内心深沉永久的痛苦发誓。噢，黑夜，我对你发誓，对主宰你的圣灵发誓，我会一直追捕那制造不幸的恶魔，与他拼个你死我亡。因此我暂时留下自己的性命，为了复仇大业，我会再次看着太阳东升西落，踏上世间的青青草地，不让它们于我的阖目长逝中永远消失。所以，各位亡灵，我求求你们，游荡的复仇天使，我求求你们，帮帮我，指引我去报仇雪恨。让那该死的凶恶怪物咽下苦果，将正在折磨我的绝望付诸他身。"

我开始祷告恳求时显得庄严敬畏，几乎让自己确信，惨死朋友们的魂魄听到且认可了我的献身行为。但我越说越变得怒不可遏，怒不能言。

一阵响亮狰狞的笑声划破寂静的夜幕，算是对我的回答。笑声在我耳边久久回荡，无比沉重。笑声在连绵的山脉间激荡，似乎所有鬼怪都在嘲讽地大笑着，将我包围。那一刻我原本肯定会陷入疯狂，继而了结自己悲惨的生命，但是耳边响起我的誓言，于是我饶自己一命，用来复仇。笑声减弱了，正在这时一个熟悉且让我痛恨的声音似乎在我的耳边说："这下我满意了，可怜虫！既然你已经决定要活下去，那我就满意了。"声音不大，却字句清楚。

我朝声音传来的地方扑过去，但是那魔鬼从我手中躲开。突然，圆圆的月亮升了起来，正好照着他可怕畸形的身体，以超人的速度逃遁。

我穷追不舍，数月以来一直在追寻他。在一些蛛丝马迹的引导下，我沿着罗纳河弯弯曲曲的河道一路追踪，但是一无所获。蓝色的地中海出现在眼前，奇怪的是，我意外发现那恶魔在夜间潜入一艘开往黑海的轮船，藏了起来。我明明登上了同一条船，却寻他不得，不知道他是如何溜走的。

在鞑靼和俄罗斯的荒野上，尽管他仍躲着我，我却一直在跟踪着他。有时，被他可怕的外表吓个半死的农民会告诉我他向何处逃窜；有时，他自己会留下一些痕迹为我引路，因为他担心，如果把他跟丢了，我会绝望而死。雪落我身，我看见他在皑皑的平原上留下的巨大脚印。你涉世尚浅，不知忧虑和痛苦是何滋味，又怎能理解我之前和现在的感受？饥寒交迫，身心俱疲，这是我注定要忍受的最微不足道的痛苦。我被魔鬼诅咒，永远遭受地狱般的折磨，无论走到哪儿都不能逃脱。但还是有一个善良的精灵跟着我，指引我向前，当我低声默念时，它会突然救我于看似无法克服的困难。有时，当我饥饿难耐、体力不支，它会为我在沙漠中变出膳食，让我恢复体力，振作精神。那食物的确很粗糙，就像乡下农民吃的一样，但是我毫不怀疑，这是我此前祈求帮我的圣灵放在那里的。当土地干枯，万里无云，我口渴得要命时，便会有一小块云彩时时遮住天空，洒下几滴甘露，让我精神抖擞，然后那云彩才功成身退。

只要情况允许，我往往沿着河道追。但那个魔鬼一般会避开河道，因为河畔是人口的主要聚集地，其他地方则人烟稀少。我一般靠途中猎捕的野味充饥。我随身携带了钱财，散给村民，从而与他们成了朋友。抑或，每当我猎杀到一些野味，自己吃了一小部分后就把剩下的送给那些为我提供做饭用的火和炊具的人。

我真厌恶这样的生活，只有独自入眠时才能感受到快乐。哦，幸福的安眠！当我痛苦得无法自拔时经常会选择沉睡，梦让我平静，甚至兴高采烈。守护我的圣灵赐予了我这样的欢乐，可能持续片刻，也可能持续数小时，让我得以维持进行长途跋涉的力量。若不是这样进行短暂的休息，我应该会被遇到的重重困难压倒。白天，我靠着对夜晚的希望激励自己支撑下去，因为在梦中我可以见到我的朋友、妻子和深爱的祖国。在梦中，我可以再次看到父亲慈祥的面庞，听到伊丽莎白银铃般悦耳的声音，看到健健康康、青春洋溢的克莱瓦尔。当被艰辛的漫漫路途折磨得疲惫不堪时，我经常劝自己：现在才是在做梦，等到夜幕降临，我得以在最亲爱的朋友怀抱中享受快乐，那才是真实。我爱他们爱得好苦啊！我深深地眷恋着他们亲切的模样，有时我连醒着时都在脑海中一遍遍回想，还让自己相信他们依然活着！每当这时，我内心燃烧的复仇之火就会熄灭，想方设法杀死那个恶魔对我来说更像是天降大任，是某种不知名力量所牵引的一时冲动，而非我内心真切的渴望。

我追踪的那怪物是什么感受，我不得而知。有时，他的确会在树干上写下话或在石头上刻下一些标记，为我指路，也让我心头的怒火愈烧愈旺。"你依然要任我摆布，"这是某一处标记中，我读懂的内容，"你还活着，我也力量满满。跟着我，我要去往北方那片千年寒冰之地，在那里你将遭受严寒的百般折磨，而我则会毫发无伤。如果你跟得不太磨蹭，那么你会在这附近找到一只死兔子。吃了它，补充些能量。来吧，我的敌人，我们还要拼个你死我活，不过在那之前，你必要承受的痛苦日子还多得很。"

该死的魔鬼，竟然嘲弄我！我再次发誓，一定要报仇雪恨，狠狠折磨这卑鄙的恶魔，取他性命。只要他还活着，或者我还有口气在，我就会一直找下去。然后，我将欢欢喜喜地去与我的伊丽莎白和与世长辞的朋友们重逢，说不定他们现在正在准备犒劳我漫长的艰辛、担惊受怕的长途跋涉。

我一路向北，积雪越来越厚，天气越来越冷，凄寒彻骨。农民都躲在自己的茅舍之中，只有个别耐寒抗冻的人冒着严寒出来抓那些饿得没办法、只能走出家门觅食的野兽。江河冰封，没法弄到鱼，于是我主要的口粮来源不复存在。

我遭遇的困难越多，那仇敌就越有胜利感。他留了这样一段话："准备好！你的艰难跋涉才刚刚开始。裹上皮衣，带上吃的，因为我们很快便会展开漫漫之旅，途中你遭受的磨难将告慰我心中永恒的仇恨。"

如此嘲讽顿时激发了我的勇气和毅力，我决心一定要达成目的。我祈求上帝保佑，继续热情不减地穿越无边无际的沙漠，直到远方的海洋映入眼帘，构成地平线最远的边界。哦！这里的海跟南方的蓝色海洋真是大不相同啊！大海千里冰封，与陆地的区别之处仅在于它更加荒凉崎岖。希腊人从亚洲山巅看到地中海时曾喜极而泣，为他们的长途跋涉终于达到终点而兴高采烈地欢呼。我没有哭，而是双膝下跪，衷心感谢引领我平安到达向往之地的神灵，虽然我遭到仇敌的嘲讽，但还是要来到这里和他决一死战。

几周之前，我弄到了一只雪橇和几条狗，于是以匪夷所思的速度穿越茫茫雪原。我不知道那恶魔是否也有同样的便利条件，但我知道，自己现在已经逼近他了。当我第一次看见海洋时，他只快我一日的脚程，而此前，我每天都被他远远甩在身后。我希望在他抵达海岸之前截住他。

因此，我重拾勇气，加速前进。两天后，我到达一个贫穷的海滨村庄。我向村民打听那恶魔的行踪，获得了准确的信息。他们说，前一晚有个巨形怪物到了这个村庄，随身携带一支步枪和多支手枪，可怕的样子把一家独居的村民吓得逃走了。他将这户人家储备的过冬食物掠走，放到雪橇之上，让一大群训练有素的狗拉着，他还给这些狗套上了挽具。当夜，他在海面上赶路，而前方并没有陆地，被吓得心惊胆战的村民这下算是放心了。他们猜测，他很快便会因冰层破裂而丧命，或者被此地亘古不变的严寒冻死。

听到这一消息，我一时感到绝望。他逃掉了，那么我就必须冒着严寒穿越海上连绵的冰山，展开一段自我毁灭甚至看不见头的追击。当地人都不能长时间忍受这严寒，我生于气候宜人、阳光明媚之地，不奢望能活下来。但一想到那个恶魔还猖狂于人世间，我再次燃起怒火和复仇欲望，潮水般凶猛地压过其他任何一种情绪。我稍稍平静下来，各位亡灵一直在周围盘旋，激发我不畏艰辛，报仇雪恨。然后，我准备启程。

我将陆地雪橇改成适于在结冰上冻、崎岖不平的海上行驶的雪橇，又购置了充裕的食物，然后从陆地出发了。

我猜不出，自那之后已经过去了多少天，但是我一路上遭遇各种不幸，只能靠心中替天行道的永恒信念支撑自己。一望无际、崎岖不平的冰山经常阻挡我的道路，我常听到海啸的轰鸣声，似要将我吞没。然而冰霜再度来袭，这下又可在海上安全赶路。

从我消耗的食物量来看，我猜已经走了三周。希望迟迟未能实现，还越来越渺茫，让我意气消沉，悲从中来，经常忍不住流下痛苦的眼泪。我被绝望牢牢地抓住，很快就会溺亡在这不幸之中。有一次，那群可怜的狗拉着我一路飞奔，费了九牛二虎之力好不容易将我拉至陡峭的冰山之巅，其中一只却因过度疲劳而一命呜呼，看着面前一望无际的冰原，我痛苦万分。这时，我突然在朦胧的平原上看到一个黑点。我睁大眼睛，想要看清那到底是什么东西。我辨认出那是一个雪橇，里面坐着那熟悉的畸形怪物，我立刻兴奋地狂笑起来。噢！希望犹如火焰一般，再次在我的心里熊熊燃烧！我热泪盈眶，赶紧擦掉眼泪，不然会挡住我看那个恶魔的视线。但是，滚烫的热泪还是模糊了我的视野，最后我放声大哭，压在心头的种种情感统统决堤。

事不宜迟，我将死去的狗解开，把它剩下的同伴喂饱。让它们休息了一个小时之后，我继续赶路。狗必须停下休息，我却一刻也不想休息。我依旧可以看见那只雪橇。有时冰岩峭壁横亘在我们之间，暂时挡住我的视线，但只要没有遮挡，我就对它紧盯不放。确实可以看出，我离它越来越近了，赶了将近两天之后，我看见那仇敌离我顶多一英里，心扑通扑通乱跳。

但就在仇敌近在咫尺、即将落入我手的那一刻，我的希望却突然破灭了，他逃得无影无踪，消失得比从前还彻底。这时传来一阵海啸的声音，随着冰下的海水翻滚上涌，海啸在前进过程中发出轰鸣声，使得每一刻的情况都变得更加可怕。我加速前行，但于事无补。狂风骤起，大海咆哮，正如地震带来的强大冲击，海上冰层伴随着震耳欲聋的声音裂开。这过程很快便结束，几分钟之后，一片波涛汹涌的大海出现在我和仇敌之间。我被困在一个散落的冰块上四处漂浮。这块冰越融越小，准备让我葬身海底。

就这样，我在心惊胆战中熬过了一个又一个小时。有几只狗死了，我心中的痛苦越积越多，也快撑不住了。正在这时，我看到你们的船抛锚停泊，给了我获救重生的希望。我没想到会有轮船向北行驶，到这么远的地方，大吃一惊。我赶紧将一部分雪橇卸开做成桨，我强挺力气，划着冰筏向你们的船而去。当时我心里已经决定，如果你们要往南走，那我就继续听凭这茫茫大海的摆布，决不会放弃自己的目标。我希望能说服你们给我一条船，好让我去追赶仇敌。但是你们正好往北走。当我筋疲力尽时你们将我拉上船，要不然我很快便会被各种艰难困苦夺去性命。我现在还不敢死，因为我的任务还没有完成。

噢！引领我去找那魔鬼的神灵何时才会让我获得如此渴望的安息啊？或者，命中注定我必须死，而他仍能存留于世？如果我死了，沃尔顿，请向我发誓：他一定逃不掉，你会找到他，用他的死告慰我的复仇之心。我敢斗胆要求你长途跋涉、承受我遭遇过的艰难困苦吗？不！我没有这么自私。不过，等我死后，如果他现身，如果复仇天使将他引到你面前，请你向我发誓：不要让他活着离开，决不能让他将得意建立在我接连遭受的不幸之上，而后继续为害人间。他能言善辩，极具说服力，他的话曾经迷惑了我的心，但是你不要相信他。他的心灵与外表一样丑陋，充满不忠不义、恶狠凶残的心机。别听他的话，让威廉、贾丝廷、克莱瓦尔、伊丽莎白、我父亲以及不幸的维克托保佑你，将你的刀插入他的心脏。我会一直伴随在你左右，指引你准确无误地将刀刺入他的胸腔。

沃尔顿致萨维尔夫人的信（续）

　　玛格丽特，你已读了这离奇恐怖的故事，难道不会感觉吓得血液都凝固了吗？时至今日，我仍心有余悸。有时，突然一阵痛苦袭来，他无法继续讲自己的故事；有时，他的声音断断续续但却打动人心，艰难说出那些饱含痛苦的话语，那时，他那双清秀而亲切的眼睛就会闪耀着愤怒之光，然后又黯淡下去，流露出沮丧悲痛，最后彻底熄灭，化作无尽的悲伤；有时他控制住自己的神情和音调，按捺心中的每一分激动，用平静的语气将一件件无比可怕的事情娓娓道来，然后，当他尖叫着诅咒那毁他一生的怪物，会突然一脸盛怒，就像喷薄而出的火山。

　　他的故事前后连贯，听起来确凿真实、毫无矫饰。但是我要承认，他给我看的费利克斯和赛菲的书信，以及我们从船上目击的那怪物幽灵，才是让我更加相信这段故事的证据，抵过他态度诚恳、内容连贯的讲述。也就是说，这样一个怪物真的存在！我对此毫不怀疑，不过还是瞠目结舌、惊叹不已。有时我竭力想从弗兰肯斯坦口中打听到怪物创造过程的细节，但是他坚决不说。

"你是不是疯了，我的朋友？"他说，"若非如此，你这无稽的好奇是为何目的？难道你也要为自己和这世界创造一个恶魔仇敌？冷静，冷静！记住我的不幸遭遇，不要引火烧身。"

弗兰肯斯坦发现我将他的过往以笔记的形式记了下来，他要求阅览，然后自己动笔对多处记录进行了更正补充，不过主要是修改了他和仇敌之间的对话，使其显得更加生动。"既然你已记录下我讲的故事，"他说，"我不想将一个残缺不全的版本流传给后代子孙。"

就这样，我花了整整一星期的时间听完了人能想象出的最离奇的故事。我的思绪和心里的每一点感受都沉浸在我对这位客人莫大的关切之中，他的故事及其温文尔雅的行为举止不由得让我对他产生浓厚的兴趣。我希望能安慰他，不过我能劝一个极其不幸、不对慰藉抱任何希望的人坚持活下去吗？噢，不能！他现在能感受到的唯一快乐，就是让自己支离破碎的灵魂平静下来，安然长逝。不过，他享受孤独与神志恍惚带给他的安慰。他觉得，在梦里和亲友们聊天可以为自己的不幸找到安慰或保持自己的复仇欲望。他认为，这些不是他的幻想，而是亲友们真的从那遥远的世界来看望他。这信念给他的幻想增添了一种庄严肃穆的氛围，如真理一般有力而丰满，几乎使我信服。

我们的聊天内容并不总限于他自己的故事过往和不幸遭遇。但凡讲到文学的任何一方面，他都展示出博大精深的学问和敏锐深刻的见解。他口才很好，谈吐铿锵有力、令人动容；当他讲述悲惨事件或想要使我同情或关爱时，我往往忍不住泪流满面。他此刻身处即将遭受毁灭的逆境，尚且如此高贵，如同神灵，那么在意气风发的华年，他定是个非常了不起的人！他似乎意识到自己的价值，也意识到自己一生这样毁掉是多大的损失。

他说："年轻时，我相信自己注定要成就一番大业。我情感深沉浓烈，但也有着冷静的判断力，这有助我取得杰出的成就。我天性中可贵的善感支撑我度过别人可能会压抑消沉的时刻，因我认为，天生我才必有用，而沉浸于无用的忧伤是一种罪恶。想到自己完成的作品——创造出了一个有感觉有理性的动物，我觉得自己并非凡夫俗子。这想法最初支撑我开启自己的事业，现在却一步步将我引向毁灭。我所有的努力和希望都化成了泡影，就像渴望无限权力的大天使一样，被囚禁在万劫不复的地狱之中。我的想象生动鲜明，有很强的分析和实践能力，这些特质融会贯通，让我有了这个想法——创造一个人。即使此刻想起作品未完成时我脑海中的种种幻想，我依然激动不已。我的思维天马行空，时而为自己拥有的能力感到欣喜若狂，时而因想到最终呈现的成果而激情澎湃。我从小便有鸿鹄之志，却沉到了人生的谷底！噢，我的朋友，如果你认识往日的我，那么会认不出如今落魄的我。我以前几乎不会消沉沮丧，命运似乎一直将我捧得高高在上，直到我重重跌下，从此一蹶不振。"

难道我必须失去这令人钦佩之人吗？我一直渴望能有一个朋友，我找到了这与我惺惺相惜且友爱于我的人。瞧，我在杳无人迹的大海上找到了这样一位朋友，但是我很害怕，我得到了他，知道了他有多好，最后却要失去他。我劝他乐天知命，他却根本听不进去。

他说："沃尔顿，谢谢你对我这不幸之人表现出的好意，但是你说到新的关系与感情，你认为有什么可以替代那些已经失去的人吗？有谁可以填补克莱瓦尔在我心中的地位，又有谁可以成为第二个伊丽莎白呢？就算这两人不是那么优秀出众，但仅凭他们与我童年相识，就是独一无二，后来结交的任何朋友都难望其项背。我们从小什么性情，他们一清二楚，虽然我们的性情日后会发生变化，但不管怎么变，儿时的痕迹也永不磨灭。我们的行为，他们才能判断是否出于正直的动机。兄弟姐妹之间不会怀疑彼此欺诈或虚伪，除非少年时即是如此。但若是朋友，不管这人和朋友的关系多么亲密，都可能怀疑其本性。不过，我喜欢结交朋友，珍贵的友情不仅是通过意味相投、时常维系而获得的，还得益于朋友自身的美德。无论我身处何方，伊丽莎白抚慰人心的声音以及克莱瓦尔的话语将一直萦绕在我耳边。他们已经死去了，但即便我这样形影相吊，还是有一种信念劝我活下去：如果我能投身任何一项崇高的事业或有任何宏图大志，能造福广大人类，那么我会活下去，努力实现。但我命并非如此，我的命运，是必须追到自己创造出的那怪物，毁掉他，然后，我在世间的任务就算完成，可以安然离世。"

17XX年8月26日

我亲爱的姐姐：

　　给你写这封信时，我正身处险境，不知能否再见到亲爱的英格兰以及住在那里的挚友。周围冰山林立，没有一点逃生的机会，每时每刻都有可能让我的船粉身碎骨。我说服勇士们同我一起航行，如今他们看着我，希望我能想想办法，但我无能为力。我们的处境异常凶险，但我依然勇气十足，没有放弃希望。不过想想这些人的性命都因我而危在旦夕，我心里也很难过。如果我们丧命于此，那么我疯狂的计划便是罪魁祸首。

　　玛格丽特，你会有怎样的心情呢？你无法收到我的讯息，只会焦急地盼着我的归来。年复一年，你会时常感到绝望，同时又不放弃希望，饱受折磨。噢！我亲爱的姐姐，不难预料，如果让你真诚的期望落空，会比让我遇难还难受。不过，你有丈夫和可爱的孩子。你会幸福快乐的，愿上帝保佑，让你幸福快乐！

　　我不幸的客人待我以至柔至亲的怜悯。他竭力鼓励我充满希望，听他那语气，好像生命是他视若珍宝的东西一样。他提醒我，这种情况对涉足这片海洋的其他航海家来说是家常便饭。就这样，不知不觉间，他让我看到了好兆头，我心里明亮了起来。就连水手们也被他说服，他一张口，他们便不再绝望。听了他的话，他们浑身充满力量。在他口中，这些无边无际的冰山根本不值一提，在人类的决心面前如若无物。不过，这些感觉是昙花一现。每天都看不见希望，他们的内心充满恐惧，我甚至担心这种绝望会导致水手暴动。

9月2日

　　虽然这些信极有可能永远都送不到你手中，但我还是忍不住记录下刚刚发生的一件非同寻常之事。

　　我们依然身处重重冰山的包围之中，时刻面临撞上冰山而粉身碎骨的危险。天寒地坼，许多不幸的旅伴已丧命在这荒凉凄楚之地。弗兰肯斯坦身体每况愈下，他双眼依然闪着狂热的光，但周身虚弱无力，有时突然来了精神想做些事情，但很快又变得气息奄奄。

　　我在上封信中说了，我担心发生暴动。今天早上，我的朋友半睁双眼，手臂有气无力地耷拉着。我正坐在那里，看他苍白的脸庞，五六个水手要求进入船舱，我这才回过神来。进来之后，领头的跟我说话。他告诉我，他们几个受其他船员委托，代表他们来找我，向我提出一个不容抗拒的公平请求。我们陷于茫茫冰山之中，很可能永远都逃不出去，但是他们担心的是，如果发生了可能的状况，冰层散去，打开一条自由通道，他们开开心心地闯过这一关之后，我会不顾一切地继续航行，从而将他们引向新的危险境地。因此，他们坚持要求我郑重发誓，如果船只能够放行，我要立刻掉头向南而去。

这请求让我感到为难。我还没有丧失信心，也没想过一旦逃出生天就折返回去。但是从道义上来说，我怎能拒绝这要求？或者说，我有拒绝的可能吗？我犹豫不决，尚未给他们答复，这时弗兰肯斯坦醒了，他起初一直默不作声，看起来也确实没有足够的力气加入我们的谈话。他双眼炯炯放光，双颊也一时泛红。他扭头看向那些人说："你们什么意思？要求你们的船长做什么？你们不也曾说，这是一次光荣的探险之旅吗？如此轻易就放弃自己的规划？那又为什么觉得它光荣呢？说它光荣，不是因为沿途像南方的海洋一样平坦无波折，而是由于危险重重，一路惊涛骇浪。每次遇到新情况，你们都要拿出不屈不挠的毅力、展现出无所畏惧的勇气；一路上危险和死亡相伴左右，而你们要勇敢地面对并将其克服。正因如此，这旅程才称得上是光荣之旅；正因为如此，这旅程才是值得敬仰的事业。将来，你们会因造福人类而享受欢呼敬意，你们将被加冕，为荣耀和人类利益而笑对死亡的勇士。而现在呢，瞧，刚遇到第一个想象的危险，或者说，不过是对你们勇气的第一个巨大考验，你们就退缩了，甘愿被后代说是不耐严寒、不敢冒险的无能之辈。唉，你们这些可怜的人啊，因为怕冷所以回到温暖的家中。天啊，如此大费周折是为了什么？想让你们的船长因失败而蒙羞，以此来证明你们自己的懦弱，可不用跑这么远。噢！拿出点男人样，或者说拿出点大丈夫的英雄气概。笃定目标，坚如磐石。这冰可跟你们的心不一样。冰并非坚不可摧，只要你们不畏惧，它就会在你面前退缩。千万别带着额头上的耻辱烙印回家，而要像奋勇搏击、征服一切、面对顽敌绝不落荒而逃的英雄一样凯旋。"

他语气慷慨激昂，声调抑扬顿挫，眼神中透露出崇高志向和英雄气概，你还会吃惊这些人被他的话打动吗？他们面面相觑，无言以对。我开口，令他们回去考虑一下刚才说的话。如果他们执意返航，我不会再强迫他们继续往北航行，但我希望他们经过考虑可以重新鼓起勇气。

他们回去了，我转身看我的朋友，但是他虚弱无力，几乎没有了气息。

最后会是什么样的结果，我不知道，但我宁愿死也不愿没达到目的就灰头土脸地回去。不过，我担心我的命运将会如此。这些人没有光荣和荣誉感做支撑，绝不会心甘情愿地继续承受目前的艰难。

9月5日

木已成舟，我已经同意，如果死里逃生，我们就掉头折返。我的希望就这样被胆怯和犹豫摧毁了。我垂头丧气地回家，依然无知。唯有达观圣人能耐心地承受这不公正的情况，而我不是。

9月7日

一切都过去了，我要回英格兰了。我失去了造福人类、获得荣耀的希望，我还失去了我那位朋友。但是我还是要将这些悲惨事情的细节一五一十地告诉你，亲爱的姐姐。我正乘船返回英格兰、回到你身边，我不会悲观失望。

9月9日，冰层开始移动，随着四面八方的冰岛四分五裂，远处传来雷鸣一样的呼啸。危险近在咫尺，但是我们却无能为力，只能被动接受最后的结果，我心念着那不幸的客人，他的病情急剧恶化，只能枯卧床榻。冰层在我们身后裂开，被巨大的力量向北推去。西边刮来一阵微风，11日时，向南的通道完全打开了。看到通道打开，水手们显然确定可以回祖国了，于是激动地大声欢呼，经久不息。昏睡中的弗兰肯斯坦苏醒过来，问为何如此吵闹。"他们在大喊大叫，"我说，"因为他们很快便可回到英格兰了。"

"那你真的会回去？"

"唉！是的，我不能逆众人而行。我不能让他们心不甘情不愿地随我赴险，所以我必须回去。"

"如果你要回去，那就回去吧，但我是不会回去的。你可以放弃自己的目标，而我的使命上天注定，我不敢违抗上帝的旨意。我身体虚弱无力，但是助我报仇雪恨的各位亡灵定会赋予我充足的力量。"他一边说，一边挣扎着想从床上起来，但他没有这么大的力气，挣扎一番之后又倒在床上，昏迷过去。过了很久他才缓过来，有好几次，我以为他已魂魄归西，但最后他还是睁开了眼。他呼吸困难，没法说话。医生给他吃了镇定药剂，叮嘱我们不要打扰他。同时，医生还告诉我们，我的朋友命数将尽，只有几个小时好活。

他被医生判了死刑，而除了伤心和耐心等待那一时刻的到来，我无能为力。我坐在他床边，注视着他。他闭着双眼，我以为他睡着了。但是过了半晌，他有气无力地叫我，让我走近一点，说："唉！我已耗尽赖以生存的力气，感觉自己马上就要死了。而我的仇敌、将我害成这样的那怪物可能还活着。沃尔顿，不要以为，到了弥留之际我依然像之前所说的那样充满仇恨，极其渴望报仇雪恨。不过我觉得，盼着敌手丧命也合乎情理。最后的时光里，我不断反思自己过去的行为，我也不觉做错了什么。由于一时的狂热，我创造出一个有理智的生物，有义务尽我所能确保他过得快乐幸福。这是我的责任，但我还肩负着另一项更重要的义务。我应更关注自己对于同胞应负的责任，因为这责任牵涉到更多生命的快乐或不幸。出于这种考虑，我拒绝为创造的第一个生物再创造一个伴侣，我这么做是对的。他屡屡作恶，无比凶狠，极其自私。他杀害了我的朋友们，还不遗余力地毁掉有着敏锐感受、快乐和智慧的生命。我也不知道，他的复仇欲望何时才是止境。他卑鄙无耻，不可再让他祸害其他人，一定要夺他的性命。我肩负着将他除掉的任务，但是我失败了。以前，在自私邪恶的动机驱使下，我曾请你完成我的未尽工作，如今我再次向你提出请求，不过，这次是出于理智和积德之心。

"但是我不能要求你放弃祖国和朋友们来完成这任务。既然你要回英格兰，那就没有什么机会能与他相遇了。但是，这几件事仍请你考虑，能为与不能为，也全由你自己来选择评定。死亡将近，我的判断力和思维均是混乱。我也许仍受感情误导，因此不敢要求你做我认为正确的事情。

"想到他活着为害人间，我深感不安。然而，我一直期待着解脱，这一时刻是我几年来唯一感到快乐的时候。已逝亲友的身影在我面前不断出现，而我将奔向他们的怀抱。永别了，沃尔顿！在宁静中寻找自己的幸福，不要野心勃勃，哪怕只是看起来单纯能让你在科学探索领域脱颖而出的想法。不过我为何要说这呢？我自己的希望是已成泡影，但其他人也许会成功。"

他说着说着，声音越来越弱，最后筋疲力尽，他便不再说话。大约过了半个小时之后，他再度张口，却说不出话。他的手无力地握着我的手，随着一抹温柔的微笑渐渐消失在嘴角，他永远闭上了双眼。

玛格丽特，天妒英才，我能说什么呢？我怎么说才能让你理解我的内心是何等悲痛呢？任何字句都苍白无力，不足以表达我内心的悲伤。我泪如泉涌，失望沮丧如乌云般笼罩了我的心。但是我的前路是英格兰，在那里我可以找到安慰。

好像有动静。这声音从何而来？现在是午夜，微风轻拂，甲板上值班的船员几乎没有察觉。接着又传来一个声音，似乎是人的声音，不过听起来更粗哑，是从停放弗兰肯斯坦遗体的船舱传来的。我必须起来看一下。晚安，姐姐。

上帝！那一幕可真是令人难以置信！现在回想起来，我依然头晕目眩。我不知道自己是否能够详细描述当时的情况；不过，若无最后这不可思议的悲惨结局，那么我已经记录下来的故事就不完整。

我走进那船舱，里面停放着我那一生坎坷、令人景仰的朋友的遗体。一具躯体俯在他上方，我找不到词汇来形容他——他体形硕大，但是粗陋无比，比例畸形。他趴在棺材上，一绺绺又长又乱的头发遮住他的脸，但是一只大手向外伸着，颜色和肤质就像木乃伊。听到我走近的脚步声，他不再发出悲伤而恐惧的喊叫，退开几步，嗖的一下向窗户跳去。我从没见过像他那么可怕的脸，令人作呕，奇丑无比。我不由自主地闭上了眼睛，使劲回想，对这个祸害，我应承担什么责任。我叫他站住。

他停住了，惊愕地看着我，然后又转向他的创造者那具没有生命的遗体，似乎忘记了我的存在，每一个表情和动作都似乎来自某种失控感情的肆意爆发。

"这个人也是被我害死的！"他大喊，"他一死，我的罪行就到头了，我的种种不幸该了结了！噢，弗兰肯斯坦！你宽厚仁慈，高尚无私！我现在让你原谅我还有什么用呢？我杀了所有你爱的人，从而无法挽回地毁了你。唉！他尸骨已寒，没法回答我了。"

他声音好像哽咽了，我心里既好奇又同情，暂时抑制住我最初的冲动，没有遵守朋友的遗愿完成责任——杀死他的仇敌。我靠近这巨大的怪物，不敢再抬头看他的脸，他丑陋的外表如此可怕、如此怪异。我想说点什么，却始终未能启齿。这怪物继续疯狂自责，语无伦次。最后，我下定决心在他大肆宣泄情感的间歇跟他说几句："你的悔过纯属多余。如果你在不择手段地展开残忍报复之前，听听良心的呼声，不对悔恨带给你的刺痛视而不见，那么弗兰肯斯坦现在还活得好好的。"

"你是不是在做梦？"这恶魔回答。"你以为我当时毫无痛苦和懊悔？他——"他指着尸体继续说，"他在生命结束时并不痛苦。噢！不及我在漫长的杀人过程中所承受痛苦的万分之一。可怕的自私驱使着我杀了一个又一个的人，其实我心里无比懊恼。你以为克莱瓦尔的一声声呻吟在我听来如同音乐那么动听？我的心构造如人，本一心向爱，也易产生同情怜悯。我因遭遇不幸而变得邪恶狠毒，内心这一剧烈转变让我承受了莫大的折磨，对此你无法想象。

"杀死克莱瓦尔后，我回到了瑞士，肝肠寸断，内心崩溃。我同情弗兰肯斯坦，点滴同情在心头累积，最后变成了恐惧，我痛恨自己。但是后来我发现他，既赋予我生命又让我承受无法言表折磨的他，竟胆敢希望过上幸福的生活。他让我饱受不幸和绝望的折磨，自己却要享受温情，而我永远不能沉浸其中。于是，我心里充满酸苦嫉妒和强烈愤怒，想要再次展丌疯狂报复。我想起了自己的威胁，决定将其兑现。我何尝不清楚，这是在把自己送上痛苦的不归路。但我被这一冲动冲昏了头脑，无法控制。我憎恨这冲动，但又不能不服从。后来我对她下了毒手！不，当时我并不痛苦。我已抛开所有情感，压抑住所有痛苦，让自己在无尽的绝望中沉沦。自那以后，恶变成我的善。我在邪恶的道路上已经被迫走了这么远，别无选择，只得让心性适应自愿选择的生存方式。完成我凶残的复仇计划，成了一种永无止境的欲望。现在一切都结束了，我的最后一个受害者横尸于此！"

刚开始，我被他对自己的不幸遭遇的表述所打动。不过，我想起弗兰肯斯坦曾说他能言善辩，很容易把人说服。当我再次看到朋友那已经失去生命的身体，愤怒的火焰再次在心中点燃。"浑蛋！"我说道，"你倒好，在这里哭诉自己一手酿造的不幸。你纵火点了数座房屋，将其化为灰烬，又坐在废墟中哀叹房子的倒塌。虚伪的恶魔！若你哀悼的那人还活着，那么他依然是你的报复目标，会再次因你该死的复仇而丧命。你之所以痛不欲生，只因你要残害的对象再也不能被你摆布了。"

"噢，不是这样的，不是这样的！"他打断我的话，"我的所作所为看起来都有着歹毒的目的，所以定会给你留下这样的印象。不过我不奢求有人同情我的不幸。我永远得不到同情。我第一次寻求同情时，心中涌动着美德、幸福和爱的感受，我希望能融入世间。但是如今，美德于我已是阴霾，幸福和爱转化成令人痛苦、厌恶的绝望，我还怎么寻求同情呢？若是痛苦继续，我愿意独自承受。到我死时，记忆中将满是痛恨和耻辱，这样我就满足了。曾经，我靠获得美德、声誉和快乐的幻想来哄骗自己。曾经，我痴心妄想有人会不介意我的外表，因为我的善良而喜爱我。我曾经怀有崇高的荣誉感和献身精神，但是，如今由于罪恶行径，我堕落成为最卑鄙无耻的畜生。从未有像我这般罪孽深重、祸害作乱而又悲惨不幸的人。回想自己犯下的可怕的罪孽，林林总总，我不敢相信曾经的我竟也对美和善良抱有无比美好的想象。但事实就是这样，坠入凡间的天使成了无恶不作的魔鬼。然而，上帝和人类的敌人即使落得悲惨下场，仍有朋友和伙伴，唯我是形单影只。

"你说弗兰肯斯坦是你的朋友，似乎对我犯下的罪行和他的不幸有所了解。但是即便他给你道出了一切经过，也无法一五一十地讲述我忍受的痛苦，我在无处排遣的激情中蹉跎的岁月。我毁灭了他的希望，自己却也未能如愿以偿。我的欲望一直如熊熊燃烧的火焰，我依然渴望爱和同伴，同时也依然遭受唾弃。难道这其中就没有不公之处吗？全人类与我为敌，却只有我一人被认定有罪吗？费利克斯不留一点情面地将朋友逐出家门，你为何不恨他？我救了那乡下人的孩子，他要将我杀害，你为何不恨他？不，他们皆是善良无瑕之人！我却是不幸被世人遗弃的怪物，注定要遭受唾弃、排斥和践踏。现在想到这不公，我依然血液沸腾。

"但是，我的确是个浑蛋。我亲手杀害了那些无辜也无助之人。我趁那些无辜的人熟睡，用力扼住他们的喉咙，让他们窒息而死。他们从没有伤害过我，也没有伤害过其他人。我的创造者是所有值得被爱和被景仰之人的楷模，而我却给他制造了种种不幸。我对他穷追不舍，甚至将他推向那万劫不复的毁灭深渊。他躺在那里，面色苍白，身体冰冷。你恨我，但是你对我的痛恨抵不上我对自己的痛恨。我看着自己沾满鲜血的双手，回想曾谋划各种暴行的心，渴望那时刻的来临——让我再也看不到这双手，那些罪恶的念头再也不会纠缠我的心。

"不用害怕我以后会再为非作歹。我的使命快要终结。我不再需要用你或其他任何一人的死来结束我这一世罪恶，完成我的宿命。我需要的，只有用自己的性命来画上句点。不要以为我迟迟不会了结自己。我会离开你的船，乘坐载我来此的冰筏，去寻找地球的最北端，我要收集焚尸用的木柴堆，将自己悲惨的躯体烧成灰烬，纵使有人好奇且不轨，想按照我的样子再创造出另外一个怪物，也不能从我的遗骸上寻到任何帮助。我将离开这世界，再也不会被各种痛苦折磨，再也不会受得不到满足又无法熄灭的情感所摆布。赋予我生命的人已经死了，等我死了，我们二人之间的回忆便会烟消云散。我再也看不到日升日落和繁星满天，再也感受不到微风拂面。光亮、感觉和意识都将消失，我只能在死亡中求得快乐。几年前，当世界首次展现在我面前，当我感受到夏天令人欢呼雀跃的温暖，听到树叶沙沙作响和鸟儿婉转歌唱，对我而言，那些就是全世界，如果那时死去，我会痛哭。而如今，死亡却是我唯一的慰藉。我恶贯满盈，饱受悔恨折磨。除了死亡，我还能在哪里找到安宁？

"永别了！我就此别过，你将是我见到的最后一个人。永别了，弗兰肯斯坦！如果你还活着，还想找我复仇，那么我活着比死了更能满足你的愿望。但你不这么想。你非要致我于死地，以防我酿出更大的惨剧。不过如果你地下有知，也会放过我，因为我已痛苦悔恨至此，比你的仇恨还要致命。虽然你已丧命，但是我的痛苦仍多于你，因为悔恨就像恶毒的尖刺一般，不停地在我的伤口中拧搅翻腾，直到死亡令伤口永远愈合。"

"但是很快，"他声音凄惨而庄重，"我很快就会死去，现在的一切感受都将不复存在。马上，这些焚烧我心的痛苦就会熄灭。我会以胜利者的姿态架起焚尸用的木柴堆，在烈火的折磨中狂欢。熊熊火光将渐渐熄灭，风将把我的骨灰吹入大海。我的灵魂将得到安息，若它仍不散灭，也定不会像这样思考。永别了。"

话音未落，他跃出舷窗，跳到靠船的冰筏上，转眼间便被海浪卷去，消失在远方茫茫的黑暗之中。

9月12日